W0000382

Jack Laidlaw wird von einem stadtbekannten Säufer an sein Sterbebett gerufen, wahrscheinlich wurde er vergiftet. Aus dessen letzten kryptischen Worten erfährt Laidlaw außerdem Hinweise auf den Mord an einem berüchtigten Gangster der Stadt und das Verschwinden eines Studenten – Tony Veitch. Was hat er mit den beiden Morden zu tun? Mit der ihm eigenen Dickköpfigkeit kämpft sich Laidlaw durch das Geflecht an Korruption und Gewalt, das ganz Glasgow durchzieht.

WILLIAM MCILVANNEY wurde 1936 in Kilmarnock, Schottland geboren. Er studierte an der Universität Glasgow und arbeite als Lehrer, bevor er sich entschloss, nur noch zu schreiben. Seine Romane wurden mit zahlreichen Preisen ausgezeichnet, darunter der renommierte CWA Silver Dagger Award für Laidlaw. McIlvanney gilt als Begründer des schottischen Noir und lebte in Glasgow, wo er 2015 gestorben ist.

WILLIAM MCILVANNEY BEI BTB
Laidlaw. Kriminalroman (71493)

William McIlvanney

Die Suche nach Tony Veitch

Kriminalroman

Aus dem Englischen
von Conny Lösch

btb

Die Originalausgabe erschien 1977 unter dem Titel
»The Papers of Tony Veitch«, diese Übersetzung folgt der
Ausgabe von Canongate Books Ltd, Edinburgh, 2013.

Verlagsgruppe Random House FSC® N001967

1. Auflage
Genehmigte Taschenbuchausgabe November 2017
by btb Verlag in der Verlagsgruppe Random House GmbH,
Neumarkter Str. 28, 81673 München

Umschlaggestaltung: semper smile, München
Umschlagmotiv: © Liam Mcgrady/Getty Images
Druck und Einband: GGP Media GmbH, Pößneck
mr · Herstellung: sc
Printed in Germany
ISBN978-3-71492-6

www.btb-verlag.de
www.facebook.com/btbverlag

Für Hilda, sie weiß warum

1

FREITAGNACHT, GLASGOW. Die Stadt der starren Blicke. Mickey Ballater stieg an der Central Station aus dem Zug und hatte das Gefühl, nicht in den Norden, sondern in die eigene Vergangenheit gereist zu sein. Als er in die Bahnhofsvorhalle trat, hielt er kurz inne, wie ein Forscher, der sich auf die der Region eigentümliche Fauna besinnt.

Und doch war hier nichts, das einem nicht auch andernorts hätte begegnen können. Vorübergehend fiel es ihm schwer, die Atmosphäre zu fassen. Im Grunde sagen alle Städte dasselbe, nur der Tonfall ist anders. An den von Glasgow musste er sich erst wieder gewöhnen.

Menschen standen in Trauben herum und schauten auf die Tafeln mit den Abfahrtszeiten. Offenbar glaubten sie, ihre Reiseziele allein durch drohende Blicke erscheinen lassen zu können. Auf den Bänken ihm gegenüber fühlten sich zwei Frauen zwischen Einkaufstüten heimisch. Nicht weit davon entfernt führte ein Säufer mit grell orangefarbenem Bart, der so lang war, dass er auch als Bettdecke hätte dienen können, eine hitzige Diskussion mit einem Guinness-Plakat.

»Von denen bekommen Sie nichts, Sir.« Ein kleiner Mann, der stehen geblieben war, um den Säufer zu beobachten, hatte das gesagt. Er war Mitte sechzig, aber sein Gesicht wirkte so schelmisch wie das eines jungen Hundes. »Hab's letzte Woche auch über eine Stunde lang versucht.« Bevor er weiterging, warf er Mickey noch einen Blick zu. »Aber die Hoffnung stirbt zuletzt.«

In diesem Augenblick kam Mickey in Glasgow an. Keine anonyme Stadt, sondern eine der Nähe, die trotz der Weitläufigkeit ihrer Elendsviertel so geräumig erschien wie ein Bus in der Rushhour. Erneut verstand er, welche Erwartungen ihn jedes Mal bei seiner Ankunft hier überfielen. Man konnte nie wissen, woher der nächste Einbruch in die eigene Privatsphäre kam.

Er erinnerte sich auch, warum er Birmingham einfacher fand. In Glasgow wimmelte es vor enthusiastischen Amateuren und Sonntagsrowdys. Man bekam ebenso schnell vom Busschaffner eine gescheuert wie von einem stillen Mann in einer Schlange, vor allem nachts. Der Text eines Songs über Glasgow fiel ihm wieder ein:

Going to start a revolution with a powder-keg of booze,
The next or next one that I take is going to light the fuse –
Two drinks from jail, I'm two drinks from jail.

Trotzdem war es gut, wieder zu Hause zu sein, wenn auch nur für kurze Zeit. Zumal er wusste, dass er mit sehr viel mehr Geld abreisen würde, als er mitgebracht hatte. Nur von Paddy Collins keine Spur.

Er ging zur »Royal Scot Bar« in der Bahnhofshalle und durch die Glastür. Auf den orangefarbenen Plastikschalen, die wohl das waren, was sich irgendein Designer mal unter einem Stuhl vorgestellt hatte, saßen drei oder vier Leute. Sie hatten nichts miteinander zu schaffen und wirkten dabei irgendwie abwesend, wie aus sich selbst vertrieben oder im Übergang zwischen zwei Inkarnationen. Hier herrschte die düstere Unaufgeräumtheit eines Ortes, der niemandem gehört, ein Abfalleimer verschwendeter Zeit.

Aber die Gespräche am Tresen – wo er nicht vergaß, ein Pint »Heavy« und kein »Bitter« zu verlangen – ließen vermuten, dass dies die Stammkneipe nicht weniger war. Die Barfrauen mochten die Erklärung dafür sein. Die eine war jung und hübsch und so bunt geschminkt wie ein Schmetterling. Die andere älter. Früher musste auch sie hübsch gewesen sein. Jetzt war sie besser als das. Dem Aussehen nach musste sie Mitte oder Ende dreißig sein, hatte anscheinend aber keine Zeit verschwendet. Ihre Augen suggerierten, Ali Babas Höhle könne sich dahinter verbergen, vorausgesetzt, man kannte das Passwort und kam den vierzig Dieben zuvor.

Mickey ließ sich sein Bier schmecken und dachte an Paddy. Er hätte hier sein müssen. Kein guter Anfang. Er konnte sich nicht vorstellen, dass es zu Komplikationen gekommen war, denn die Sache schien so riskant wie ein Überfall auf ein Baby im Kinderwagen.

Ein Mann mit Brille am Tresen war betrunken genug, um sich einzubilden, er habe einen privaten Draht zu der Barfrau mit den Augen. Auf dem Grund seines Glases hatte er magische Kräfte entdeckt, und nun starrte er sie auf eine Weise an, der keine Frau widerstehen konnte. Jedenfalls glaubte er das. »Das ist die Wahrheit«, sagte er. »Wenn ich's dir doch sag. Du hast die schönsten Augen, die ich je gesehen hab.« Sie blickte stumpf an ihm vorbei und stülpte ein Pintglas über die Spülbürsten. Er hätte genauso gut geniest haben können.

»Ich sag's dir. Die schönsten Augen, die ich je gesehen hab.«

Sie schaute ihn an.

»Verrätst du mir den Namen deines Optikers? Dann schick ich meinen Mann hin.«

Mickey fand, es reichte. Er trank aus und nahm seine Reisetasche. Anschließend ging er runter zu den Toiletten und knurrte, weil er am Drehkreuz zahlen musste. Heutzutage kostet alles. In der Kabine machte er die Tasche auf, kramte darin nach dem lose verpackten Messer, dessen Klinge keinen Griff hatte, sondern nur mit schwarzem Klebeband umwickelt war. Er steckte es in die Innentasche seines Jacketts. Dann zog er die Spülung.

Als er herauskam, sah er einen Mann, der wie ein Ölarbeiter aussah und seinen heftigen Bartwuchs gerade mit einem kleinen elektrischen Rasierer bändigte. Wie Sandpapier auf Rauputz. Ballater gab seine Tasche an der Gepäckaufbewahrung ab und trat hinaus auf die Gordon Street.

Das Gewicht des Messers fühlte sich gut an, ohne dieses Argument begab er sich nicht gerne an unvertraute Orte. Aus seiner anderen Innentasche zog er einen Zettel und las die Adresse. Am besten ging er die West Nile Street rauf und dann immer weiter.

Der Abend war angenehm. Vorbei am Empire House, das ihm gut gefiel, und zwei Männern, die sich unterhielten. Der eine erzählte von den Trinkgewohnheiten seiner Frau. »Davon würden einer Natter Titten wachsen«, sagte er.

Der Eingang war schäbig. Den italienischen Namen, den er suchte, fand er im dritten Stock. Er drückte auf die Klingel. Der Elektrorasierer von vorhin hatte dagegen melodiös geklungen. Nichts passierte. Er drückte noch einmal, lange, und lauschte. Stöckelschuhe in einem teppichlosen Flur. Die Tür öffnete sich einen Spalt. Die Frau wirkte unkonzentriert, als wäre sie noch nicht vollständig von dort wieder zurückgekehrt, woher sie kam.

»Kannst du später noch mal kommen?«

Tatsächlich ein italienischer Akzent.

»Nein«, sagte er und stieß die Tür auf.

»Warte.«

Aber er war schon drin. Erschrocken hatte sie die Tür zuhalten wollen, dabei war ihr rosa Morgenmantel kurz aufgegangen. Darunter trug sie nur einen schwarzen Strapsgürtel, Strümpfe und Schuhe mit Stilett-Absätzen. Wer auch immer im Schlafzimmer wartete, er stand auf Schuhe. Mickey schloss die Tür.

»Ich bin ein Freund von Paddy Collins«, sagte er. »Wenn du keine Zeit hast, nimm dir welche.«

Er ging den Flur entlang ins Wohn- und Esszimmer, das irgendwann einmal mit guten Absichten eingerichtet worden war. Hier gab es einen Korbstuhl mit roten Kissen, einen bunt gemusterten Sessel und ein dazu passendes Sofa. Außerdem einen weißen, runden Tisch mit passenden Stühlen. Es war unaufgeräumt und staubig. Auf dem Tisch standen schmutzige Tassen, eine Kante vertrocknetes Brot lag daneben.

Sie war ihm gefolgt, hatte den Gürtel ihres Morgenmantels fest zugezogen, sie wirkte beunruhigt.

»Ich kann nicht«, sagte sie und glaubte ihren eigenen Worten nicht.

»Oh doch, du kannst.«

Ein Mann erschien im Türrahmen. Er hatte sich die Hose hochgezogen und sein Bauch schwabbelte über dem Bund. Seine nackten Füsse wirkten verletzbar. In seinem Gesichtsausdruck lag die Gereiztheit eines Kunden, der guten Service gewohnt und jetzt enttäuscht worden war.

»Verdammt«, sagte er. »Was ist hier los?«

»Zieh dich an«, sagte Mickey.

»Ich hab aber bezahlt.«

»Du willst doch nicht ramponiert nach Hause. Deine Frau wird sich fragen, was passiert ist.«

»Hör zu …«

»Ich hab zugehört, jetzt reicht's. Schwing dich aufs Fahrrad. Sofort. Es sei denn, du willst deine Fresse im Taschentuch nach Hause tragen.«

Mickey setzte sich in den Korbsessel. Der Mann verschwand im Schlafzimmer. Die Frau wollte ihm hinterher, sah aber Mickey an. Er nickte sie zu dem bunten Sessel. Sie setzte sich. Nicht schlecht für eine Nutte, dachte Mickey, allmählich wird sie fett, aber aus dem Leim ist sie noch nicht. Die Schuhe taten ihren Beinen gut, sonst wären sie zu schwer gewesen. Sie nahm ein Päckchen Zigaretten vom Wohnzimmertischchen neben ihrem Sessel und bot es Mickey an. Er schüttelte den Kopf. Sie nahm sich Feuer und beide hörten, wie sich der Mann im Schlafzimmer anzog.

Dann tauchte er wieder im Türrahmen auf. Mit Kleidern wirkte er beeindruckender. Anscheinend hatte er mit ihnen auch Empörung angelegt.

Er sagte: »Ich denke …«

»Schön für dich«, erwiderte Mickey. »Weiter so. Jetzt verpiss dich.«

Der Mann ging. Mickey wartete, bis die Tür hinter ihm ins Schloss gefallen war, dann sprach er.

»Du bist also Gina.«

Sie nickte nervös.

»Ich bin Mickey Ballater.«

Sie riss die Augen auf und überschlug die Beine. Der Morgenmantel rutschte und Mickey ließ den Blick auf ihrem Schenkel ruhen.

»Wo ist Paddy Collins? Er wollte sich mit mir treffen.«

Sie zuckte mit den Schultern und blickte zur Decke. Mickey stand auf, ging zu ihr, beugte sich über sie und schlug ihr fest ins

Gesicht. Sie fing an zu weinen. Dann ging er zurück und setzte sich wieder. Während sie sich langsam fing, sah er sich im Raum um.

»Wo ist Paddy Collins?«

»Im Krankenhaus.«

»Wieso?«

»Wurde niedergestochen.«

»Von wem? Weißt du das?«

»Sein Schwager war gestern da. Sehr wütend. Sagt, Paddy ist verletzt. Schlimm. Glaubt, Paddy wird sterben.«

Es dauerte nicht lange, bis der Gedanke an Paddy Collins Mickeys Bedauern in Energie verwandelte, wie wenn man alte Fotos ins Feuer wirft. Starb Paddy Collins, würde mehr für ihn abfallen, sobald er Tony Veitch gefunden hatte. Aber ganz unproblematisch war das nicht.

»Sein Schwager, Cam Colvin? Bist du sicher?«

»Mr Colvin.«

»Das hat uns noch gefehlt. Woher wusste der von dir?«

»Paddy hatte meine Adresse dabei.«

»Praktisch. Was hast du ihm gesagt?«

»Dass Paddy Tony Veitch sucht.«

»Sieht aus, als hätte er ihn gefunden. Was noch?«

»Sonst nichts. Ich weiß sonst nichts.«

Mickey fand die schottische Färbung ihres italienischen Akzents sexy. Allmählich nahm er sie wahr.

»Hast du ihm von mir erzählt?«

Sie schüttelte den Kopf.

»Sicher?«

»Paddy hat gesagt, ich darf nichts sagen. Sonst.«

Sie machte eine halsabschneidende Geste. Beinahe hätte Mickey gelacht. Das klang auf jeden Fall nach Paddy, Frauen einschüchtern, das konnte er, und zwar immer noch genau auf dieselbe Tour wie im Drehbuch eines alten Films mit Edward G. Robinson.

»Was hat Paddy noch gesagt?«

»Wenn ich mache, was er will, wird alles gut.«

Klang überzeugend. Paddy hatte auch Mickey nicht viel erzählt. Er wusste nur, dass Veitch Hook Hawkins' Bruder kannte. Und so wie es aussah, würde Paddy Geheimnisse künftig noch viel besser für sich behalten können.

»Wo ist Tony Veitch?«

»Niemand weiß das.«

»Komm schon. Cam Colvin war doch im Krankenhaus.«

»Er liegt im, wie sagt man? Im Com-Como?«

»Verfluchte Scheiße. Was soll das heißen?«

»Como? Komma?«

Mickey starrte sie an.

»Koma. Du meinst, Paddy liegt im Koma?«

»Kann nicht reden.«

»Aber *du* kennst Tony Veitch.«

»Nicht gesehen seit dem Ärger mit Paddy. Seit zwei Wochen hat ihn niemand gesehen.«

»Ach!« Ballaters Augen bohrten sich in die Decke. Er zeigte auf sie.

»Hör zu, ich bin nicht wegen der schönen Aussicht hier. Egal, was du weißt, erzähl's mir lieber.«

»Für Tony bist du mein Mann.«

Er betrachtete sie ganz genau. Sie wirkte nicht abgebrüht, eher wie eine Amateurin, die immer noch staunte, dass sie Geld dafür bekam. Als sie Veitch geködert hatte, muss sie sich schön gewundert haben, dass Paddy ihr plötzlich auch noch einen vermeintlichen Ehemann verpasste, von dem Veitch sie freikaufen sollte. Wahrscheinlich hatte sie am Anfang gar nichts davon gewusst.

Aber viel Zeit blieb nicht. Wenn Veitch Paddy auf dem Gewissen hatte, konnte der Erwerb einer Schachtel Streichhölzer schon eine unverantwortlich langfristige Investition für ihn sein. Mickey würde schnell, aber vorsichtig handeln müssen. Er kannte sich in der Stadt gut genug aus, um zu kapieren, dass er sich nicht mehr auskannte. Zwei weitere Zeilen des Songs kamen ihm in den Sinn:

They're nice until they think that god has gone a bit too far
And you've got the macho chorus swelling
Out of every bar.

Durch Minenfelder hüpft man nicht. Er brauchte einen Sprengstoffdetektor. Ihm ging auf, dass Cam Colvin dafür infrage kam.

»In welchem Krankenhaus liegt Paddy?«, wollte er wissen.

»Victoria Infirmary.«

Ein Baby fing an zu weinen. Gina drückte die Zigarette aus, achtete dabei auf ihre Nägel. Sie stand auf und er hörte ihre Schritte auf dem Boden im Flur draußen, dann die vertrauten Geräusche, mit der eine Mutter ihr Kind beruhigt, als könne sie ihm ein Geheimnis verraten, das es beschützen wird, auch wenn sich die ganze Welt gegen beide verschwört.

Er verließ den Raum und fand das Telefon im leeren Schlafzimmer, wo das Licht noch brannte und das Bett zerwühlt war. Die Stimme am Telefon im Victoria Infirmary erklärte ihm, Mr Collins' Angehörige seien bei ihm. Er rechnete sich aus, dass er noch ein bisschen Zeit hatte.

Als er ins Wohnzimmer zurückkehrte, stand sie unsicher am Kamin. Als er auf sie zuging, drehte sie sich um und zuckte leicht zusammen, als habe er sie schlagen wollen. Dann öffnete er den Gürtel ihres Morgenmantels und ließ ihn zu Boden gleiten. Er zeigte Richtung Schlafzimmer. Als sie unbeholfen dorthin stakste, fiel ihm auf, dass sie zitterte.

»Wenn du schon angeblich meine Frau bist«, sagte er. »Können wir auch in die Flitterwochen fahren.«

2

DER ANRUF WAR KAUM MEHR als eine belanglose Störung, aber schon ein einziger Stein kann eine Lawine ins Rollen bringen.

»Und dann«, hatte Ena gesagt. »Was glaubt ihr wohl? Der Wagen hat den Geist aufgegeben. Hoffnungslos abgesoffen. Mitten im Clyde Tunnel. Und wo war Jack? Natürlich mal wieder bei einem Fall. In Morecambe!«

Laidlaw kannte die Geschichte. Er hatte Ena schon einmal schonend beizubringen versucht, dass es vielleicht mit Ausnahme der Nordvietnamesen auf der ganzen Welt niemanden mehr gab, der sie nicht kannte. Seine Gereiztheit rührte daher, dass er inzwischen begriffen hatte, welche Bedeutung sie für Ena besaß: das Versagen des Verbrennungsmotors stand für seine Vernachlässigung ihrer Ehe.

»Tut mir leid«, sagte er. »Ich hätte nebenherrennen sollen.«

Die anderen nahmen die Bemerkung amüsiert hin, wie einen anzüglichen Witz auf einer Beerdigung. Laidlaw spürte, dass sein Gefühl von Isoliertheit in Aggression umschlug. Das Telefon rettete ihn.

»Ich geh dran«, sagte er.

Er achtete darauf, sein Schritttempo zu zügeln, damit der Teppich nicht Feuer fing. Das Telefon stand im Flur.

»Hallo?«

»Ist da Detective Inspector Jack Laidlaw?«

»Genau.«

»*Der* Detective Inspector Jack Laidlaw? Leiter des Crime Squad? Beschützer der Armen? Anwalt der kleinen Leute?«

Zuerst erkannte Laidlaw den Stil, dann die Stimme. Es war Eddie Devlin vom *Glasgow Herald.*

»Du liebe Zeit, Eddie«, sagte er. »Deine Witze werden immer schlechter. Hättest du nicht deinen Korrektor mit ans Telefon holen können?«

»Das kommt davon, dass man der Öffentlichkeit ständig geben muss, was sie von einem erwartet. Hör zu, Jack. Im Royal liegt jemand in der Notaufnahme, der dich dringend sprechen will.«

»Heute noch? Hat er auch gesagt, ob ich Maltesers oder dunkle Trauben mitbringen soll? Was willst du, Eddie?«

»Nein. Im Ernst, Jack. Ich hab den Tipp von einem Pförtner bekommen. Ein alter Säufer, mit einem Kratzschwamm am Kinn. Stinkt wie ein Fass nach der Weinernte. Er ist gerade so noch bei Bewusstsein. Aber er hat immer wieder nach Jack Laidlaw gefragt. Will unbedingt Jack Laidlaw sprechen. Der Pförtner gehört zu meinen Informanten, weißt du? Na ja, er hat schon mal mitbekommen, dass ich von dir gesprochen habe. Deshalb dachte er, er sagt's mir lieber. Für mich springt dabei nichts raus. Wahrscheinlich deliriert der Alte im Suff. Nichts für ungut, Jack, aber Errol Flynn bist du nicht gerade. Vermutlich trotzdem noch besser als Spinnen und rosa Elefanten.«

»Ist er verletzt?«, fragte Laidlaw.

»Anscheinend nicht. Aber ich hab nicht viel rausbekommen. Er gibt sich Mühe, aber mit dem Reden hat er's nicht so.«

»Wann hast du den Anruf bekommen, Eddie?«

»Hier im Pub. Vor fünf Minuten. Dachte, ich sag dir lieber Bescheid, bevor ich gehe. Will noch mal im Vicky vorbei. Wegen Paddy Collins. Vielleicht bekomme ich ja ein paar berühmte letzte Worte. Egal, mach was du willst, Jack.«

»Danke, Eddie. Bin dir was schuldig.«

»Schon gut. Wenn die Revolution kommt, hätte ich gerne einen Presseausweis. Bis bald, Jack.«

»Bis bald.«

Laidlaw legte auf. Eddies Stimme hatte ihm das Trommelfell durchbohrt. In der Stadt war einiges los. Aber er hatte Gäste. Oder besser, Ena hatte Gäste. Er wollte fair sein, kam dann aber zu dem Schluss, dass sie ihn nicht vermissen würden. Wahrscheinlich würden sie seine Abwesenheit sogar als Erleichterung empfinden.

Jedes arbeitsfreie Wochenende war verplant. Ena hatte sich an die sozialunverträglichen Dienstzeiten bei der Polizei gewöhnt und gelernt, fehlende gemeinsame Stunden wieder wettzumachen. Wenn Laidlaw darauf bestand, mit dem Kalender umzugehen wie ein Alkoholiker mit Schnaps – lange Abwesenheiten, kurze Stippvisiten zur Ausnüchterung zu Hause –, so hatte sie beschlossen, seine Freizeit grundsätzlich gemeinsam mit ihm zu verbringen. Sie setzte Babysitter ein wie Schachfiguren – matt. Seinen Durst nach den Straßen Glasgows bekämpfte sie mit Ereignissen, so sorgfältig abgefüllt wie selbst gekelterter Wein, jede Flasche längst im Voraus etikettiert. »Freitag – Frank und Sally.« »Samstag – Party bei Mike und Aileen.« »Samstag – Film mit Al Pacino im La Scala. Babysitter schon bestellt.«

Heute war »Freitag – Donald und Ria«. Nicht ihr bester Jahrgang und mit einer starken Kohlsuppennote im Abgang, auf keinen Fall berauschend, aber vielleicht, hoffte Laidlaw, würden die zwischenmenschlichen Geschmacksknopsen langfristig so abstumpfen, dass er eine Binsenweisheit nicht mehr von einem

Lebenselixier unterscheiden konnte. Er bemühte sich, nichts gegen Donald und Ria zu haben. Trotzdem hatte er, wenn sie zu viert zusammensaßen, das Gefühl, an einer Feldstudie über Gruppensedierung teilzunehmen.

Außerdem ging es vielleicht um jemanden, der ihm einen Gefallen getan hatte. Jemanden, der im Sterben lag. In dem Raum, den er gerade verlassen hatte, lag niemand im Sterben. Wahrscheinlich waren die dort Anwesenden längst tot. Im Sterben lagen sie jedenfalls nicht.

Er trug ein rotes Polohemd und eine schwarze Hose, holte seine Jeansjacke aus dem Schrank im Flur und zog sie über. Gerne hätte er das Komitee von seinen Absichten in Kenntnis gesetzt, aber dann hätten die Anwesenden Veto eingelegt. Seine Entscheidung stand fest. Er hatte ein schlechtes Gewissen, aber das Gefühl war ihm vertraut.

3

ES WAR NUR EINE KURZE FAHRT von Cathcart, wo Laidlaw lebte, bis zum Royal Infirmary in der Cathedral Street, aber ein Riesenunterschied. Zum Glück wandelte sich die Architektur stufenweise, wie in Druckkammern, sodass man keine Kopfschmerzen davon bekam.

Das erste Tor stand halb offen und er fuhr durch. Viele Autos parkten hier, aber es war noch genug Platz. Er schloss den Wagen ab, und wieder wurde ihm bewusst, wie groß das Gebäude war, drei riesige miteinander verbundene Einheiten, jede mit einem imposanten Kuppeldach, wie eine Burg aus schwarzem Stein. Krankheit erschien ihm hier weniger als ein Gleichmacher denn als Ritterschlag, die Voraussetzung für den Zugang zur gothischen Aristokratie.

Auf der anderen Seite des Hofs befand sich die Unfallstation, wie ein Torhaus, in dem zunächst die Referenzen geprüft werden. Er ging hinein, es war nach elf.

Im Flur parkten blaue Rollstühle, ungefähr dreißig. Auf einem saß ein Junge von vielleicht zwanzig Jahren. Aber er war nicht gelähmt. Er wirkte so krank, als könne er Gleise durchbeißen. Die kleinen Kratzer auf seiner rechten Wange unterstrichen nur die Härte seiner Erscheinung. Er hatte eine dünne Jacke umgelegt, deren Schultern schwarz waren vor Blut. Er wartete auf jemanden.

»Hey, du«, sagte er, als Laidlaw eintrat. »Hast du mal ne Kippe?«

Laidlaw sah neugierig zu ihm rüber. Er erkannte Alkohol, aber keine Betrunkenheit, dafür die Reste einer Aggression aus einem gewonnenen Kampf. Sein Adrenalinausstoß stand unter der Überschrift: »Wer ist als Nächstes dran?«

Laidlaw wandte sich zur Tür Richtung Notaufnahme.

»Hey, du! Großer. Ich rede mit dir. Rück mal ne Kippe raus!«

Laidlaw ging zu ihm.

»Schau mal, Kleiner«, sagte er. »Bis jetzt hast du nur ein paar Blessuren. Willst du unbedingt auf die Intensivstation?«

Der Junge guckte ratlos angesichts des fremden Wortes, aber der Tonfall war so universal wie Esperanto.

Er sagte: »Komm schon. Hab dich bloß um einen kleinen Gefallen gebeten.«

»Dann pass auf, dass deine Bitte nicht nach einer Drohung klingt.«

Laidlaw gab ihm eine Zigarette.

»Das Ende mit dem Filter steckt man in den Mund, das andere zündet man an.«

Der Junge grinste. Laidlaw wandte sich wieder Richtung Notaufnahme. Der Raum war lang, die Decke gewölbt, gleichzeitig schlicht und überladen, wie eine viktorianische Wellblechbaracke. Laidlaw begab sich hinein, als wär's eine Zeitschleife.

Zuerst fielen ihm zwei Geister seiner Jugend auf, zwei Constables, deren Gesichter an frisch gelegte Eier erinnerten. Nicht weit von ihnen entfernt stand eine Gruppe in weißen Arztkitteln. Laidlaw hoffte, dass es Studenten waren. Die Polizisten und die Ärzte wirkten so jung, als hätten sie ihre Uniformen zu Weihnachten geschenkt bekommen. Plötzlich war Laidlaw Rip Van Winkle.

Er warf einen Blick in das Behandlungszimmer rechts. Unter der Aufsicht zweier Schwestern machte ein Arzt einem Jungen Vorhaltungen, der dort mit freiem Oberkörper saß. Er war von den Haarspitzen bis zum Gürtel blutüberströmt. Durch das Rot wirkte der Raum wie die Garderobe einer grotesken elisabethanischen Tragödie, *Titus Andronicus* vielleicht.

»Kein Problem!«, sagte der Junge.

Körperlich schien er recht zu haben. Laidlaw entdeckte eine längliche Platzwunde an seinem Nacken, aber sonst nichts. Ganz offensichtlich genoss er den Geschmack des Heroischen, den das eigene vergossene Blut vermitteln kann. Das wahrscheinlich Schlimmste, was man ihm antun konnte, war ihn sauber zu waschen. Danach würde er sich wieder mit sich selbst begnügen müssen. Laidlaw kannte ihn nicht, glaubte aber, dass er ihn vielleicht noch kennenlernen würde.

Gegenüber dem Behandlungszimmer befand sich eine Reihe mit Betten, durch Vorhänge voneinander getrennt. Hier bot sich Laidlaw eine Abfolge von Anblicken, die aus einem zeitgenössischen Mysterienspiel hätten stammen können. Ein Mädchen mit weit aufgerissenen Augen umklammerte ein blutbeflecktes Bettlaken und wartete auf jemanden oder etwas. Ein junger Mann mit einem linken Auge, das verfaultem Obst glich, beschwerte sich hysterisch über irgendeine Ungerechtigkeit, während der Arzt ihn versorgte. Eine Frau weinte, der Arm wurde ihr verbunden. »Schlimme Prügel bezieh ich von dem«, sagte sie. Ein Mann mittleren Alters erklärte einer Schwester im Beisein zweier Polizisten: »Das ist so ein wandernder Schmerz.« Laidlaw erkannte die ihm vertraute Kunstfertigkeit der Festnahmeverzögerung durch plötzliches Erkranken an geheimnisvollen Leiden.

Kabine E, von der Laidlaw wusste, dass sie früher zur Entlausung genutzt wurde, war allem Anschein nach eben noch in Benutzung gewesen, jetzt aber leer. Abgesehen vielleicht von den beiden zivil gekleideten Männern, die gerade hereinkamen, erkannte er niemanden hier. Begegnet war er ihnen noch nicht, aber ihre konzentrierte Art, sich in professionellen Bahnen zu bewegen, war ihm vertraut. Sie verschmolzen ebenso unauffällig mit ihrer Umgebung wie Mormonen.

Als Laidlaw zum Schluss noch einen Blick zurück warf, fiel ihm nichts Besonderes auf. Die Stadt durchlitt dieselben Schmerzen wie jede Freitagnacht. Hier war ihr Beichtstuhl. Man kam her, um zu gestehen, um sich zu Gebrechlichkeit, Dünnhäutigkeit oder organischer Anfälligkeit zu bekennen – der jämmerlich unzureichenden Maschinerie, der wir die Last unserer Ansprüche aufbürden.

Vor allem aber kam man her, um sich dem Blut zu ergeben. Überall war es hier, an Verletzten, Tupfern, dem Boden und den Kitteln der Ärzte. Verräterisch tropfte es aus unserem unhaltbar sicheren Selbstverständnis. Wie der Anblick von Ehrlichkeit ließ sich auch der von Blut nur schwer ertragen.

Laidlaw empfand hier noch stärker, was ihn so aufgebracht hatte gegen den Raum, aus dem er gerade kam und in dem Ena, Donald und Ria noch saßen. Er erzählte Lügen. Dieser dagegen versuchte es auch, aber er kam um das Eingeständnis seiner allgemeinen Menschlichkeit nicht herum. Der andere war exklusiv. Er fußte auf unzutreffenden Einschätzungen. Laidlaw fiel ein, dass elitäres Denken zu den Dingen gehörte, die er am allermeisten hasste. Entweder wir teilen mit allen oder wir verlieren uns.

»Hallo, Captain.«

Der Mann war schon älter, hatte eine kleine Platzwunde am Auge und mehr als nur ein bisschen was getrunken. Laidlaw hatte gesehen, wie er umhergewandert und hier und da Leute angesprochen hatte, wie Tennysons alter Seefahrer auf der Suche nach einem Hochzeitsgast.

»Sind Sie der Arzt, Sir? Geht um mein Auge hier. Hab Kopfball mit dem Gehweg gespielt. Und eins zu null verloren. Wäre ich nicht blau gewesen, hätte ich gewonnen.«

Laidlaw grinste und zuckte mit den Schultern.

»Tut mir leid«, sagte er. »Bin selbst fremd hier.«

Der Mann ging an der Trennwand vorbei. Dahinter lag das sagenumwobene Zimmer neun, der Reanimationsraum des Royal, in dem sich so ziemlich alles abgespielt hatte, was auf dem Gebiet der körperlichen Katastrophen möglich ist. Der Mann wurde sofort wieder von einem Arzt herausgeführt und Richtung Notaufnahme zurückgeschickt.

»Verzeihung«, sagte Laidlaw. »Ich suche jemanden.«

Laidlaw zeigte seinen Dienstausweis. Der Arzt warf einen Blick darauf, seine Zunge lag auf den Schneidezähnen, dann nickte er, ohne diese zu entblößen. Er konnte nicht älter als Ende zwanzig sein, mit der Brille und den strubbeligen Haaren sah er aber jetzt schon aus wie einer, der bei einem Erdbeben lediglich die Augenbrauen hochzieht. Sein Kittel war braun gesprenkelt, darauf die standesgemäßen Blutflecken.

»Harte Nacht?«, meinte Laidlaw.

»Nein. Heute ist es ruhig. Obwohl wir zwei VUPs und einen AMI hier hatten.« Er nickte Richtung Zimmer neun. »Wen suchen Sie?«

»Ich weiß es nicht«, sagte Laidlaw.

Der Arzt verriet weder Erstaunen noch Belustigung oder Interesse. Er wartete einfach ab. Dann folgte er dem älteren Mann mit Blicken. Laidlaw wusste, dass ein VUP ein Verkehrsunfall mit Personenschaden war. Nach dem AMI wollte er sich lieber nicht erkundigen. Der Arzt schien nicht in Stimmung, ein medizinisches Wörterbuch zu ersetzen.

»Ich hab gehört, hier wurde jemand eingeliefert, der nach mir gefragt hat. Jack Laidlaw. Ein Mann. Unrasiert. Wahrscheinlich betrunken.«

Der Alte hatte Zuflucht bei einer Schwester gefunden. Der Blick des Arztes ruhte jetzt auf dem Boden. Er sah zu Laidlaw auf, als wollte er ihn auf eine unwahrscheinliche Verbindung prüfen.

»Sie meinen den alten Säufer?«

»Kann sein.«

»Ja. Ich glaube, das war tatsächlich der Name, den er erwähnt hat. Hat ihn ständig wiederholt. Ich dachte, dass er vielleicht selbst so heißt. Hab sonst nichts aus ihm rausbekommen. Er hat Probleme mit den Atemwegen. Gott war der dreckig. Wusste nicht, ob ich ihn erst an die Dialyse hängen oder kauterisieren soll. Eine wandelnde Beulenpest.«

»Was ist passiert?«

»Es ging ihm immer schlechter. Anscheinend hat er sich mit letzter Kraft hergeschleppt. Wir haben ihn erst mal gewaschen.«

»Und was fehlt ihm?«

Der Arzt schüttelte den Kopf.

»Alles?« Sein Blick wanderte erneut im Raum umher. »Eine bessere Diagnose, als dass er sterben wird, haben die Kollegen nicht hinbekommen. Seine Atmung verschlechtert sich rapide. Anstatt ihn hier zu intubieren, haben wir ihn auf die Intensivstation verlegt. Ist gerade eben weg.«

»Wo ist die Intensivstation?«

»Neben der chirurgischen Abteilung, das ist …«

»Ich weiß.«

»Wahrscheinlich sind Sie dort nicht erwünscht.«

»Macht nichts«, sagte Laidlaw.

Auf dem Weg nach draußen warf er dem jungen Mann im Rollstuhl noch eine Zigarette zu. Um die Götter zu besänftigen.

4

DRAUSSEN WAR ES KALT. Laidlaw musste sich erst mal orientieren. Im mittleren, jetzt dunklen Teil des Hauptgebäudes war die Verwaltung untergebracht. Rechts, nicht weit vom Tor, die medizinische Abteilung. Er ging nach links.

Beim Überqueren des Hofs dachte er an den Arzt. Wahrscheinlich war es wirklich eine ruhige Nacht. Alles ist relativ. Laidlaw hatte einen einfachen Stoßdämpfer, der ihm half, fertig zu werden mit dem, was er zu Gesicht bekam. Er erinnerte sich an Glaister's *Medical Jurisprudence and Toxicology* – ein unauffälliger Name für eines der grauenvollsten Bücher, in denen er je geblättert hatte. Darin wurden die entsetzlichsten ungewöhnlichen Todesarten sachlich beschrieben, dazu Abbildungen erstklassig fotografierter Enthauptungen, Strangulationen und Genitalverstümmelungen. Die Darstellung willkürlicher und vorsätzlicher Brutalität ließ den Marquis de Sade wie den Touristen erscheinen, der er war. Hat man erst einmal verstanden, in was für einer Welt wir leben, muss man sich auch den Dingen stellen, die man lieber nicht sehen möchte.

Laidlaw hatte das akzeptiert. Er stieg die gewundene Treppe hinauf in den ersten Stock. Auf einem blauen Schild mit weißen Buchstaben las er »Intensivstation«. Er trat durch die Schwingtüren und stand in einem kurzen, breiten Gang vor einer weiteren Schwingtür. Sofort schaute eine Frau aus einem Zimmer. Ihr Gesichtsausdruck wurde zum Verbot, zeugte von der Verärgerung einer Fachkraft über das unbeholfene Eindringen eines Laien. Laidlaw kam sich vor, als hätte er eine Kamera um den Hals. Sie kam heraus und richtete sich wie eine Schusswaffe auf ihn.

»Ja?«

»Entschuldigung. Ich glaube, hier wurde gerade jemand herverlegt. Er hat darum gebeten, mich zu sprechen. Mein Name ist Laidlaw. Detective Inspector Laidlaw.« Er zeigte seinen Ausweis.

»Und?«

»Ob ich den Patienten wohl sehen kann?«

Sie stieß ein knappes, einsilbiges Lachen aus, es klang wie das weit entfernte Bellen eines Wachhunds und ebenso humorvoll. Anschließend schüttelte sie auf Beamtenart den Kopf und setzte den strengen, herablassenden Blick auf, der alle Uneingeweihten zu den Rettungsbooten fliehen lässt.

»Ist das Ihr Ernst?«

»Ich gebe mir Mühe«, sagte Laidlaw.

»Das hier ist eine Intensivstation.«

»Für ein Café habe ich es nicht gehalten. Und ich hab's eilig.«

Sie starrte Laidlaw an, schätzte ihn vermutlich neu ein: kein Durchschnittsidiot – vielmehr ein Ärgernis ersten Grades. In solchen Fällen mag es notwendig sein, eine Fassade aus minimalen Fakten aufzubauen, vorzugsweise unverständlichen.

»Der Ventilator wird vorbereitet. Möglicherweise ist eine Dialyse unerlässlich.«

»Ist er bei Bewusstsein?«

»Er ist sehr durcheinander.«

»Aber bei Bewusstsein.«

»Im Augenblick, ja.«

»Na, dann«, sagte Laidlaw. »Wenn er mich sprechen will, muss es ihm wichtig sein. Ich gehe davon aus, dass er trotz allem gewisse Rechte hat. Wenn Sie nicht wollen, dass ich zu ihm reingehe, überlegen Sie sich lieber, wie Sie's verhindern.«

Er ging an ihr vorbei. Sie holte ihn ein, bevor er die Schwingtür erreicht hatte.

»Warten Sie bitte hier«, sagte sie und ging weiter. Wenige Augenblicke später kam sie heraus und nahm einen frisch gewaschenen Krankenhauskittel von einem Stapel. Es machte ihr Spaß, Laidlaw zu beobachten, der dahinterzukommen versuchte, wie man den Kittel anzog. Da er die richtigen Filme gesehen hatte, zog er den Kittel falsch herum an. Sie bot ihm nicht an, ihm beim Zubinden zu helfen, weshalb er ihr mit den Händen auf dem Rücken folgte und dabei fürchtete, die Urheberrechte des Duke of Edinburgh zu verletzen.

Hinter der zweiten Schwingtür sagte sie: »Warten Sie hier, bitte.«

Das Licht im Raum war gedämpft. Rechts befanden sich mit Glasscheiben voneinander getrennte Kabinen. Aus manchen drangen leise Geräusche. Man hatte das Gefühl, hier auf Zehenspitzen zu leben. Zwei Schwestern bewegten sich beinahe geräuschlos hin und her, Vestalinnen dieses Allerheiligsten.

Die Geräte waren Gott. Auf einem Monitor zuckten drei gezackte Linien. In der Mitte lag der für Laidlaw einzig sichtbare Patient, wie auf einem Altar. Er war entsetzlich bewegungslos und an eine Beatmungsmaschine angeschlossen, ein belüfteter Leichnam. Als er ihn betrachtete, erinnerte sich Laidlaw, dass er irgendwo einmal gehört hatte, dass sich solche Patienten wund liegen, wenn sie nicht alle zwei Stunden eingeölt und umgebettet werden. Von seinem neuen Standpunkt aus, hielt er die Leute in der Notaufnahme für größenwahnsinnige Statisten.

Ihre Einschätzungen wirkten jetzt unerhört grob. In ihrer Unerbittlichkeit waren sie Anfänger. Dieser Mann legte Zeugnis für uns alle ab, ohne Melodram. Er war auf das Atmen reduziert und stellte keine weiteren Ansprüche, seine Demut war absolut. Zog man den Stecker, starb er.

Aus der ersten Kabine ganz rechts drangen Geräusche. Laidlaw nahm an, dass dort sein Mann sein musste. Und tatsächlich, die Schwester, die ihn wie ein Bakterium behandelt hatte, winkte ihn nun heran.

Als er beklommen einen Bogen um die Trennwand machte und in die Nische trat, ereilte ihn derselbe Schrecken, wie wenn man einen Bekannten sterben sieht. Alle vorangegangenen Momente der Zuversicht zählen nicht mehr. Der Tod soll anonym bleiben, das wird jetzt klar. Sonst nimmt er einen ins Visier.

Er sah einen Verdacht bestätigt, den er längst geschöpft hatte. Es war Eck Adamson. Und wenn er nicht so gut wie tot war, dann war Laidlaw unsterblich.

Ein Arzt schob sich zwischen Laidlaw und das Bett. Er war Inder, jung, zart und hübsch. Seine Stimme bildete einen erstaunlich angenehmen Kontrast zu den Glasgower Kehllauten, seine Konsonanten waren weich und die Aussprache originell.

»Sie dürfen mit Ihrem Freund reden, wenn Sie wollen. Wir werden ihn gleich an ein Beatmungsgerät anschließen. Im Moment ist es vor allem wichtig, die Lungenfunktion zu stabilisieren. Wenn Sie zu ihm durchdringen, versuchen Sie herauszufinden, was passiert ist.«

Laidlaw nickte. Zuerst fiel ihm auf, dass er Eck nie zuvor so sauber gesehen hatte. Sie hatten ihn zum Sterben schön gemacht. Nur der mehrere Tage alte Bart ließ darauf schließen, aus welchem Winkel des Lebens Eck stammte; der Bart und sein Blick. Schreckhaft war er immer schon gewesen, aber jetzt spielte er komplett verrückt, sprang mal hierhin, mal dorthin, als wüsste Eck endlich mit Sicherheit, dass es die Welt auf ihn abgesehen hatte. Der Arzt und die Schwestern warteten darauf, ihn von sich selbst zu erlösen.

»Eck«, sagte Laidlaw. »Ich bin's, Jack Laidlaw.«

Als er es noch mal wiederholte, streifte ihn Ecks Blick mehrmals, kehrte immer wieder zu ihm zurück, bis er auf ihm ruhte, noch unstet, aber immerhin auf derselben Umlaufbahn wie Laidlaw. Er blieb nicht auf seinem Gesicht haften, sondern schien unterschiedliche Körperteile abzusuchen, als wollte Eck Laidlaw wie ein Puzzle zusammensetzen. Eck wollte etwas sagen.

»Gut«, hörte Laidlaw.

»Gut«, erwiderte er.

»Gut.«

»Gut.«

Eck zuckte vor Anstrengung mit dem Kopf.

»Schreib auf«, glaubte Laidlaw verstanden zu haben. Er fand einen Umschlag in seiner Tasche und nahm einen Stift.

»Was ist passiert, Eck?«

Aber er hätte sich genauso gut mit einem Fernschreiber unterhalten können. Eck empfing keinerlei Nachrichten mehr. Mit dem letzten Rest, der von ihm übrig war, sandte er Informationen aus. Dass er Schmerzen hatte, war offensichtlich. So wie er die Worte daran vorbeipresste, mussten sie ihm sehr wichtig sein. Laidlaw hörte zu und fragte sich, warum.

Eck redete unzusammenhängend. Er sprach wie jemand, der einen Schlaganfall erlitten hatte, in Zeitlupe und unterbrochen von den Knacklauten des Betrunkenen, was das physische Trauma verschlimmert, weil es die Betroffenen zu Idioten macht. Laidlaw glaubte, aus den verzerrten Äußerungen, die einer zu langsam abgespielten Platte ähnelten, eine ständig wiederholte Aussage herauszuhören. Er schrieb mit, mehr aus Respekt vor der in Auflösung befindlichen Person denn aufgrund einer Bedeutsamkeit, die er den Worten beimaß: »Der Wein, den der mir gegeben hat, das war gar keiner.«

Das war alles, was er verstand. Als würde man einen Aufruhr belauschen. Eck wurde in seiner Not immer verzweifelter und der Arzt trat dazwischen.

»Der Herr kann in meinem Zimmer warten«, sagte er.

Die Schwester führte Laidlaw in einen kleinen abgetrennten Bereich am Ende der Station. Hier war gerade genug Platz, um sich hinzulegen. Laidlaw setzte sich auf das Einzelbett.

Er betrachtete die Rückseite des Umschlags, der Letzte Wille und das Testament von Eck Adamson. Er erinnerte sich an einen Artikel über eine Putzfrau in einer Anwaltskanzlei. Auf ihrem Totenbett hatte sie Juristenlatein vor sich hin genuschelt. Eck war nicht weit davon entfernt.

Vielleicht passte es, dass Ecks letzte Information wie Sanskrit rüberkam. Als Spitzel war er nie besonders wertvoll gewesen. Aber Laidlaw hatte ihn immer gemocht, und einmal, im Fall Bryson, hatte Eck ihm unwissentlich sehr geholfen.

Hinter der Trennwand war es still geworden und der Arzt tauchte wieder auf. Er schüttelte den Kopf.

»Tut mir leid«, sagte er mit der förmlichen Getragenheit, die einem eine fremde Sprache zu schenken vermag.

Laidlaw steckte den Umschlag ein.

»War er ein Freund?«

Laidlaw dachte nach.

»Möglich, dass er keinen besseren hatte. Woran ist er gestorben?«

»Kann ich im Moment noch nicht sagen. Wer war er?«

»Alexander Adamson. Ein Penner. Im Winter hat er in billigen Absteigen gehaust. Im Sommer da, wo er konnte. Angehörige nicht bekannt. Tolle Grabinschrift.«

Laidlaw erinnerte sich, dass er Eck eines Nachts schlafend auf einem Belüftungsgitter draußen vor der Central Station gefunden hatte. Er hatte sich die Wärme zunutze gemacht, die aus der Küche des Central Hotel aufstieg. Jetzt fand hier die Totenfeier am Ende eines trostlosen Lebens statt, sie beschränkte sich auf wenige zwischen Fremden gewechselte Sätze.

»Zum Schluss war es nicht mehr schlimm für ihn«, sagte der Arzt. »Er ist friedlich gestorben.«

Laidlaw nickte. Wie ein Blatt.

»Ich will eine staatsanwaltliche Obduktion.«

»Natürlich. Das ist Vorschrift.«

»Heute noch? Ich hätte das Ergebnis gerne heute.«

»Wir werden sehen.«

»Ja, das werden wir.«

Auf dem Weg zum Wagen schaute Laidlaw noch einmal in der Notaufnahme vorbei. Der Junge mit der blutverschmierten Jacke war weg. Eine Schwester zeigte Laidlaw Ecks Habseligkeiten in einem braunen Umschlag; eine leere Dose mit krümeligen Tabakresten, eine stehen gebliebene Armbanduhr, sieben einzelne Pfund und ein schmutziger Zettel. Laidlaw strich den Zettel glatt und las die handschriftliche Botschaft.

Der puritanische Trugschluss besteht darin zu glauben, Tugendhaftigkeit würde von alleine erreicht. Man macht das Richtige, weil man es nicht anders kennt. Das ist die Woolworth-Moral der Gesellschaft, ein billiger Ersatz. Wahre Moral beginnt mit einer Entscheidung: je größer die Entscheidungsvielfalt, desto größer die Moralität. Nur diejenigen können wahrhaft gut sein, die ihre Fähigkeit, Böses zu tun, genau überprüft haben. Idealismus ist Zensur der Realität.

Fein säuberlich notiert, darunter eine Adresse in Pollokshields und die Namen Lynsey Farren und Paddy Collins in schwarzem Kugelschreiber, außerdem »The Crib« und die Nummer 9464 946.

Laidlaws erste Reaktion war eine praktische. Ihm fiel auf, dass die Handschrift dieselbe, der Text aber mit blauem Stift notiert worden war. Er vermutete, dass die hausgemachten philosophischen Überlegungen bereits auf dem Zettel gestanden hatten, als deren Verfasser weitere Informationen hinzugefügt hatte. Für wen aber? Für Eck?

Der erste Teil war sicher nicht für ihn bestimmt gewesen. Aber auch die Adresse schien nicht zu passen. Pollokshields, wo das Geld auf Bäumen wächst, war wohl kaum Ecks Gefilde. Die Nummer sagte Laidlaw nichts. Nur »The Crib« ergab Sinn.

Dann überkam Laidlaw ein leichter Schauder, als er den Zettel in Händen hielt und Menschlichkeit seine Professionalität zu verdrängen drohte. In dem Versuch, diesem Gefühl auf den Grund zu gehen, las er den Absatz noch einmal. Vielleicht lag es an der hier spürbaren, gefährlich verzerrten Form jener calvinistischen Selbstgerechtigkeit, die sich in den Herzen vieler Schotten wie Eiszapfen herausgebildet hatte. Er fragte sich, von wem Eck diese seltsame Botschaft bekommen hatte.

Als er aufblickte, löste sich seine Schwermut angesichts des freundlich runden Gesichts der Schwester, die sich praktischen Dingen widmete. Durch sie wurde ihm bewusst, dass er es am besten genauso machen sollte.

»Verzeihung«, sagte er. »Den Zettel brauche ich. Muss ich was dafür unterschreiben?«

5

SCHANKGESETZE KÖNNEN SPASS MACHEN. Ohne käme man nie in den Genuss der geheimnisvollen Freuden des verbotenen Trinkens nach Kneipenschluss – und des Gefühls der Dazugehörigkeit zu einem sehr kurzlebigen Klub. Romantisch wie eine Holzhütte in Yukon, doch die Zeit sabbert schon wie ein zahnloser Wolf vor verschlossener Tür.

Genau solch eine Atmosphäre herrschte im »Crib«, einem Pub, das trotz seines Namens für Kinder kaum geeignet war. Es war nach halb eins. Draußen auf den Straßen von Saracen, einem ruppigen Viertel nördlich des Zentrums, war es ruhig. Drinnen hatten fünf Menschen spontan ein Pentagramm gebildet und dazu aufgerufen, sich selbst zu feiern.

Einer von ihnen war der ständige Barkeeper Charlie, der von einem Pub in Calton hierhergekommen war. Er war Mitte fünfzig und seinem Alter an Klugheit weit voraus. Obwohl er den Großteil seines Lebens zwischen gewalttätigen Männern verbracht hatte, waren seine schlimmsten Auseinandersetzungen solche mit Bierfässern gewesen.

Das Geheimnis seines narbenfreien Gesichts war ein feines Gespür für Hierarchien. Wie ein Glasgower Knigge kannte er exakt die für jede beliebige Situation angemessene Form der Ansprache. Außerdem arbeitete er für einen Mann, dessen Namen andere sich überzogen wie eine Livree aus Panzerstahl. Hatte man Beziehungen zu John Rhodes, war das ein bisschen, als hätte man Securicor als Taxiunternehmen verpflichtet.

Ein Vorteil, den Charlie nie ausnutzte. Selbst jetzt, in der sicher abgesperrten Kneipe, zügelte er sich, weil er wusste, dass Ausgelassenheit angreifbar macht. Er hatte zwei nicht allzu große Whisky getrunken und leise in den Refrain eines Lieds eingestimmt.

Dass er genau wusste, wo er war, war weniger entscheidend als dass er wusste, wo er nicht war, nämlich im Krankenhaus. Dies hier war Dave McMasters Veranstaltung. Charlie begnügte sich damit, einer weiteren von Daves Geschichten zu lauschen.

»Die gehen also auf den Barras, den Markt, okay? Einer ist als Nikolaus verkleidet. Ein Zentner Baumwolle und Gummistiefel von der Armee. Der andere schleppt die Spielsachen, kleine Modellautos und angesabbertes Kaugummi. Nikolaus lockt sie an, und sein Helfer nimmt ihnen das Geld ab. So machen die das den ganzen Tag, verziehen sich nur ab und zu zum Aufwärmen ins Pub. Gut. Als dichtgemacht wird, sind sie auch wieder drin. Teilen die Beute. Nur dass der Helfer zwei Drittel haben will und der liebe Nikolaus nur eins bekommen soll. Nikolaus ist stinkig. Und zack! Könnt ihr euch das vorstellen? Er präsentiert ihm ein Geschenk. Dann tätowiert er ihm die Rippen mit den Stiefeln. Flucht so laut, dass sein Bart Feuer fängt. Am lustigsten war's, als der Türsteher die beiden rausgeschmissen hat. Nikolaus liegt auf dem Gehweg und der Rausschmeißer schreit: Du hast Hausverbot, Nikolaus! Hausverbot. Nikolaus hat Hausverbot.«

Charlie lachte mit, aber nicht mit derselben Unbekümmertheit wie die anderen. Er hatte begriffen, worum es ging. Die anderen drei hofierten Dave.

Das Mädchen war seine Freundin. Jedes Mal, wenn er etwas sagte, fraß sie ihn mit Blicken auf. Lachte über seine Witze, als gelte es einen Wettstreit zu gewinnen.

Mit ihrem vornehmen Akzent, ihren schicken Klamotten und ihrer blonden Eleganz gehörte sie hierher wie eine Jungfrau ins Bordell. Aber wahrscheinlich steckte mehr dahinter, als der erste Eindruck vermuten ließ. Sie war jetzt schon seit einem Monat ständig in Daves Nähe. Was auch immer sie an ihm anziehend fand, seine zuvorkommenden Manieren konnten es nicht sein.

Dave McMaster war die neue Version eines alten Typs. Charlie hatte schon einige von seiner Sorte erlebt, Rabauken mit der Ambition, sich einen Ruf über den eigenen Freundeskreis hinaus aufzubauen und das eigene Hobby, Gewalt, zum Beruf zu machen.

Bei einer Schlägerei mit zwei jungen konkurrierenden Banden aus Possil war Dave ausgetickt, hatte ein Bajonett geschwungen und mehr als sechs Gegner in die Flucht geschlagen. Charlie konnte sich vorstellen, wie er am nächsten Morgen aufgewacht war und plötzlich einen Ruf zu verteidigen hatte, der ihm ebenso viel abverlangte wie eine Heroinsucht. Seither hatte er sich weiterentwickelt, aber Charlie zweifelte immer noch. Dave war sehr schnell aufgestiegen. Jetzt war er die rechte Hand von Hook Hawkins, der im Auftrag von John Rhodes vier Pubs in Saracen führte, darunter auch »The Crib«. Dave war ehrgeizig. Charlie fragte sich nur, ob er sich in seinem Ehrgeiz nicht übernahm.

Keiner der anderen schien Charlies Bedenken zu teilen. Sie waren so kritisch wie ein Fanklub. Außer dem Mädchen saßen dort Macey, ein kleinkrimineller Einbrecher, und ein Junge namens Sammy, den Charlie nicht kannte. Wahrscheinlich wollte sich Macey in Daves Fahrwasser hocharbeiten.

Sammy war Tourist, Macey hatte ihn hier eingeführt. Er sah aus wie ein Vetter vom Land. Seine Augen glänzten vor Bewunderung für Daves Unerbittlichkeit. Vermutlich gehörte er zu der Sorte von Schwachköpfen, die Eintrittskarten für Verkehrsunfälle kaufen. Er wollte unbedingt dazugehören, konnte sich aber selbst nicht helfen.

Er hatte eine lustige Geschichte zum Besten geben wollen, war damit aber rübergekommen wie einer, der eine Partie Golf Loch für Loch nacherzählt. Zum Glück konnte er singen, seine helle, schöne Stimme hatte ihn nicht verdient. Charlie ging durch den Kopf, dass Sammy besser zu Hause geblieben wäre und nur Kassetten von sich geschickt hätte.

»Das ist wahr«, sagte Dave. »Als die bei ihm waren, stand eine Drechselbank im Schlafzimmer. Und er wusste nicht mal, was man damit macht. Hat sie nur mitgehen lassen, falls sie was wert ist. Wofür das Ding gut sein kann, hat er erst aus der Anklageschrift erfahren.«

Das Gelächter entsprach nicht dem Witz des Gesagten, nur der Autorität, mit der Dave es vorgetragen hatte. Seine selbstbewusste Ausstrahlung ließ alles, was er sagte, lustig erscheinen, auch wenn es in der Nacherzählung auf ein Nichts zusammengeschrumpft wäre. Als es an der Tür zur Straße klopfte, lachten sie immer noch.

Dave zog eine Grimasse.

»Sieh nach, Charlie«, sagte er. »Wenn's niemand Besonderes ist, wirf ihn raus.«

Charlie ging zur Tür und machte auf, ließ die Kette aber vorgelegt. Durch den Spalt sah er Cam Colvin. Hinter ihm standen zwei andere, die Charlie nicht erkennen konnte. Was auch nicht nötig war. Cam Colvin genügte. Charlie wünschte, John Rhodes wäre da.

»Mr Colvin. Kann ich helfen?«

»Du kannst dir selbst helfen, indem du die Tür aufmachst. Es sei denn, du willst einen zweiten Durchbruch zur Straße.«

Charlie kannte seine Aufgaben, und sich Cam Colvin zu widersetzen gehörte nicht dazu. Dave hatte nur gesagt, wenn's jemand Besonderes ist, sollte er ihn reinlassen. Cam war jemand Besonderes. Charlie zog die Kette ab.

Hinter Cam traten Mickey Ballater und Panda Paterson ein. Mickey war eine Zeit lang aus Glasgow weg gewesen und nicht mehr so bekannt wie früher, aber Charlie hatte ein gutes Gedächtnis.

Panda hieß wegen seines trügerisch gemütlichen Aussehens so, er war groß und schwerfällig, hatte ein rundes unschuldiges Gesicht. Er hätte ein Teddybär sein können, wären seine Krallen nicht echt gewesen.

Charlie ließ sich seine Überraschung nicht anmerken. Keiner von ihnen gehörte zu Colvins Männern. Charlie, der wusste, dass Paddy Collins im Sterben lag, konnte nur vermuten, dass sie im Vicky aufmarschiert waren, um Cam gegenüber guten Willen zu zeigen, wie ein rückwirkendes Alibi. Aber bestimmt war Ballater nicht nur deshalb aus England hierhergekommen. Beide hatten Paddy Collins gekannt, was aber ihr Erscheinen nicht erklärte. Charlie gefiel das nicht. Er wusste ziemlich genau, wer zu wem gehörte, und seltsame Zusammenstellungen machten ihm stets Sorge. Meist bedeuteten sie Ärger. Er schloss die Tür ab und folgte ihnen, dann stellte er sich hinter die Bar.

Cam Colvin blieb in einigem Abstand zu den bereits dort Sitzenden stehen. Sie sahen einen mittelgroßen Mann in einem Crombie-Mantel. Seine Klamotten wirkten ausnahmslos teuer, aber ein kleines bisschen der Mode hinterher, als hätte er *The Tailor and Cutter* immer nur beim Zahnarzt im Wartezimmer gelesen. Die Haare waren zu lang, aber gut geschnitten. Charlie fragte sich, ob sie wussten, wen sie vor sich hatten.

Auf der Tabelle der Glasgower Profigangster, die inoffiziell in Pubs und auf Grundlage unglaublicher Anekdoten von denen erstellt wird, die sich auskennen, rangierte Cam Colvin derzeit an der Spitze. Die Eigenschaften, die wie Punkte bei einer Fußballliga angeführt wurden und seinen Platz rechtfertigten, waren seine extreme Bösartigkeit und seine absolute Vorsicht. Sein Name stand für brutale Präzision, darin ähnelte er einem paranoiden Computer.

Wenn er sich gewaltsam Zugang zu einem Pub verschaffte, das John Rhodes gehörte, war dies nicht auf Leichtsinn zurückzuführen. Es bedeutete, dass ihm etwas sehr Ernstes auf der Seele brannte.

»Cam«, sagte Dave. »Charlie, gib dem Mann was zu trinken. Was darf's denn sein?«

Charlie rührte sich nicht. Er wusste, wer die Befehle gab.

»Ich suche Hook.«

»Ist heute Abend nicht da, Cam. Worum geht's?«

»Ich hab nicht gesagt, dass ich dich suche. Ich erklär's ihm selbst. Wo ist er?«

Die Stimme war hell und ausdruckslos und ließ die automatische Zeitansage der Telefongesellschaft exaltiert klingen.

»Keine Ahnung«, sagte Dave. »Ich glaub nicht, dass er heute Abend zu Hause ist. Soll ich ihm was ausrichten?«

Cam ging an Dave vorbei ins andere Zimmer, kam aber gleich wieder zur Tür zurück.

»Mach Licht«, sagte er zu Charlie.

Charlie machte Licht. Solange Cam weg war, musterte Panda Paterson das Mädchen, als stünde es auf der Speisekarte.

»Wie heißt du?«, fragte er sie.

»Geht dich nichts an«, erwiderte Sammy.

Der Klang seiner Stimme erschreckte ihn selbst. Als hätte sich etwas spontan entzündet, ein atmosphärischer Unfall. Er war so versunken in die Situation, in den Auftritt Daves und der anderen, dass er sprach wie sie, nicht wie er selbst. Betreten sah er sich um, als wollte er denjenigen ausfindig machen, dessen Stimme aus seinem Mund gekommen war. Panda begutachtete ihn wie eine Bakterienkultur.

»Ihr Name ist Lynsey«, sagte Dave. »Und sie gehört mir.«

Panda sah ihn an.

»Dann bist du mit einem Chauvinistenschwein zusammen«, sagte er. »Du bist Dave McMaster.«

»Ich weiß, wer ich bin. Wer bist du?«

Daves ahnungslose Dreistigkeit gehörte zu den Dingen, die Charlie an ihm Sorgen machten. Eines Tages würde er beim Wikingerspielen ersaufen.

»Ich nehm ein Pint Heavy«, sagte Panda.

Charlie zapfte, während Cam Colvin zurückkam. Sein Gesichtsausdruck verriet nichts. Er sah Dave an.

»Sag Hook, ich will ihn sprechen«, meinte er. »Macey, du kannst mir Bescheid geben. Wo und wann. Aber schnell. Sag das Hook.«

Panda Paterson nahm sein Pint vom Tresen. Er ging zu den anderen, als wollte er sich dazusetzen, und kippte ganz langsam sein Bier über Sammys Kopf. Charlie vermutete, Panda wollte Cam zuliebe eine Vorstellung inszenieren. Mickey Ballaters Miene war undurchdringlich.

Es dauerte sehr, sehr lange und war ein Akt von ausgesprochener Grausamkeit, sadistischer als ein Faustschlag. Je langsamer er goss, desto umfassender schien Sammys Erbärmlichkeit. Die anderen sahen zu, wie er zunächst erschrak, seine Wut unterdrückte, aufstehen wollte, es sich dann aber doch anders überlegte und sich mit einem entsetzlichen Selbstverständnis begnügte. Er schloss die Augen und verhielt sich reglos wie eine Leiche. Als Panda Paterson beinahe schon gewissenhaft die letzten Tropfen aus dem Glas schüttelte, leuchtete Sammys Schmach grellbunt. Die anderen ertrugen den Anblick kaum. Panda stellte das Glas vorsichtig ab, es war so leer wie Sammys Ego.

Cam Colvin hatte desinteressiert zugesehen, anscheinend war er mit den Gedanken woanders.

»Sag Hook Bescheid«, sagte er und ging, gefolgt von den anderen beiden. Dave erlaubte dem Schweigen nicht, sich auszubreiten.

»Hol einen Lappen!«, sagte er verächtlich.

Es war nicht ganz klar, wem seine Verachtung galt. Während sich niemand sonst rührte, holte Charlie einen Lappen und wischte Sammy wie eine Mutter trocken.

»Zum Teufel, Kleiner«, sagte Charlie. »Stillhalten war genau richtig. Ich hätte es genauso gemacht. In dem Kampf gab's nicht mal Gewichtsklassen. So ein großes Arschloch, wie der eins ist, kannst du gar nicht werden. Das ist ein richtiger Schweineficker. Als der klein war, hat er alten Frauen *halb* über die Straße geholfen. Überlass den John.«

Das Menschliche in Charlies Stimme ließ den Raum allmählich tauen. Das Mädchen sagte: »Puuuh.« Macey legte Sammy eine Hand auf die Schulter.

»Vergiss es, Junge«, sagte er, was ungefähr dasselbe war wie einem Napalmopfer Heftpflaster zuzuwerfen. »Worum ging's eigentlich?«

»Ärger«, meinte Dave McMaster. »Jemand steckt in Schwierigkeiten.«

6

ALS ER ZURÜCKKAM, hatte Ena sich bereits ein altes Drehbuch zurechtgelegt. Sie verkörperte Rom und er Attila, den Hunnenkönig. Seine Portion Lasagne war während seiner langen Abwesenheit ungenießbar geworden, im eigenen Fett erstarrt. Die Gäste waren gegangen. Ena deutete an, es habe sich ein tiefgründiges Gespräch entsponnen, das er verpasst habe. Der letzte Blick in Ecks totes Gesicht war noch frisch in Laidlaws Erinnerung, und so fiel es ihm schwer, sich an seinen Text zu erinnern.

Sie fing wieder mit seinem angeblich mangelnden sozialen Fingerspitzengefühl an. Er zeige sich so charmant wie King Kong. Sie geziert, wie in ein Mustertuch gestickt. Dagegen er ein Monument der Selbstsucht. Wer Sorgen habe wie sie, müsse an Frostbeulen sterben. Jedenfalls habe er alles dafür getan, dass Donald und Ria ihn nicht ausstehen konnten. Wer Feinde hatte wie diese beiden, wer brauchte da noch Freunde?

Nach dem Kabarett der gegenseitigen Vorwürfe ging Ena ins Bett, und Laidlaw schenkte sich ein halbes Glas Antiquary ein, füllte es mit Wasser auf. Er ging ans Telefon, hoffte jemanden dranzubekommen, den er kannte und mit dem er klarkam, was nicht ganz einfach war, wie er schuldbewusst dachte. Er hatte Glück. Der diensthabende Staatsanwalt war Robbie Evans.

»Hallo, Jack. Was gibt's Neues von der Front?«

Laidlaw erzählte ihm von Eck.

»Du glaubst, sein Tod hatte keine ausschließlich natürlichen Ursachen?«

»Möglich.«

»Welche zum Beispiel?«

»Gift?«

»Wie willst du das feststellen? Hat er sich nicht seit Jahren selbst vergiftet?«

»Wenn er's mal wirklich alleine gewesen ist. Es wird eine Obduktion geben. Ich würde nur gerne sichergehen, dass es so schnell wie möglich passiert. Noch Morgen Vormittag. Anscheinend hat er ziemlich lange im Sterben gelegen. Wenn ihm das jemand angetan hat, gehen uns Spuren verloren, je länger es dauert. Ich würde mich gerne vergewissern, bevor er im Kühlhaus landet.«

»Ich kümmer mich drum. Hat dir den Abend verdorben, oder?«

»Ja, schon. Aber Eck ist es nicht besser ergangen.«

»Ruf morgen wieder an, Jack.«

»Danke.«

Er trank ein paar Schluck Antiquary und ging hoch, um nach den Kindern zu sehen. Wenn er Schlimmes erlebt hatte, war das für ihn fast wie ein Zwang. Er erinnerte sich, wie er einmal vor vielen Jahren, als er noch Uniform getragen hatte, als Erster am Tatort eines Mordes eingetroffen war, nicht in Glasgow. Das Opfer, ein Homosexueller, war von zwei jungen Männern, die er auf einer öffentlichen Toilette getroffen und mit nach Hause in seine Wohnung genommen hatte, zu Tode gefoltert worden. Einer der Männer war Fleischer-Lehrling und hatte den Jungen zum krönenden Abschluss, nachdem sie ihn bereits stranguliert hatten, von der Leiste bis zum Brustknochen aufgeschlitzt und ausgeweidet wie ein Huhn. Später hatte der Fleischer ausgesagt: »Der war nicht normal.«

Damals war Moya gerade erst auf der Welt und Laidlaw merkte, dass er so oft nach ihr sah, dass es ihm schon wie ein Wachdienst vorkam. Große böse Welt, ich behalte dich im Auge.

Heute Abend war alles gut. Moya schlief mit ihren elf Jahren beinahe lächelnd, als habe sie ein Geheimnis. Dem Anschein nach ein sinnliches. Ihr Körper wurde dieser Tage weicher und ihr Gesichtsausdruck zog sich in Nachdenklichkeit zurück. Gute Probleme kamen auf sie zu. Mit zehn sah Sandra jünger aus, als sie war, und schien immer noch den Ehrgeiz zu besitzen, als Junge durchzugehen. Jackie lag wie immer ausgestreckt und selbstvergessen wie ein Unfall in der Kammer. Er war sieben. Ihnen ging es gut.

Er stieg die Treppe runter und stürzte sich kopfüber auf seinen Drink, schenkte sich gleich einen weiteren ein. Er überlegte, ob er lesen sollte. Aber alles schien ein bisschen zu weit vom toten Eck im Royal entfernt. Er dachte über ihn nach. Entfernt verspürte er das Bedürfnis, jemandem davon zu erzählen, der sich dafür interessierte. Für jeden Toten sollte es mindestens einen geben, der sich für ihn interessiert. Je mehr Menschen etwas darüber wissen wollen, desto näher kommt man einer Art humanistischen Erlösung. Und für eine andere fehlte Laidlaw der Glaube.

Er erinnerte sich, dass er Eck seit Beginn seiner Zusammenarbeit mit Brian Harkness ein paar Mal getroffen hatte. Brian hatte beim Fall Bryson zum ersten Mal mit ihm zu tun gehabt.

Laidlaw ging zum Telefon. Es war inzwischen früh am Morgen, aber er rief trotzdem an. Er musste es einige Male klingeln lassen, bevor Brians Vater abnahm. Brian war nicht zu Hause. Laidlaw entschuldigte sich. Brians Vater war ein netter Mann, der Laidlaw von seiner generellen Abneigung gegen Polizisten auszunehmen schien, obwohl er ihm nur einmal begegnet war. Er nahm die Nachricht über den Toten entgegen und erklärte, er wolle Brian ausrichten, dass Laidlaw ihn früher treffen wollte. Aber natürlich hatte er Eck nicht gekannt.

Laidlaw legte auf und nahm Ecks Zettel aus der Hosentasche. Da fiel ihm das Geld ein. Dass Eck sieben Pfund in der Tasche hatte, war genauso ungewöhnlich für ihn wie ein Hauptgewinn im Fußball-Toto. Die Nummer musste eine Telefonnummer sein, drei Ziffern Vorwahl. Er wählte sie, ließ es fünfzehn Mal klingeln. Niemand hob ab.

Dieser wenig überraschende Umstand zog Laidlaw in seiner Niedergeschlagenheit noch weiter runter. Wenn er auf der Intensivstation schon ganz unten angekommen war, dann hing er jetzt in den Schlaglöchern. Das Schweigen am anderen Ende der Leitung wirkte auf ihn so absolut, als hätte er Gott angerufen. Immer wieder lockte ihn die Verzweiflung über gegenseitiges Desinteresse in einen Hinterhalt und machte jegliches Gefühl, etwas geleistet zu haben, zunichte.

Entweder war jeder etwas wert oder niemand. Er erinnerte sich, als Teenager hochfliegende Gedanken gehegt zu haben, als wäre er der Erste, dem sie je in den Sinn kamen. Rückblickend nannte er das seine »Warum sind wir auf der Welt«-Phase, während derer er manchmal mit einem Kopf herumlief, der einer Titelseite mit der Schlagzeile glich: Gibt es Gott? Heute konnte er darüber lachen, aber sein Lachen klang reumütig.

In Wirklichkeit verfolgten ihn einige der Unmöglichkeiten, mit denen er damals zu kämpfen hatte, bis heute. Er erinnerte sich, den Glauben an eine übergreifende Bedeutung des Lebens aufgegeben zu haben, weil eine solche unteilbar, unwiderruflich und allgemeingültig hätte sein müssen und jeder schwebenden

Feder und jedem Fitzelchen Papier gleichermaßen und unvoreingenommen Bedeutung verliehen hätte.

Eck war wie ein solches Fitzelchen Papier. Man konnte nicht behaupten, der Sinn sei anderswo und Eck spiele keine Rolle. Das wäre Verrat. Wir haben nur einander, und wenn wir Waisen sind, können wir ehrenhalber nichts anderes machen, als einander zu adoptieren, der Sinnlosigkeit des Lebens mit der Sorge füreinander trotzen. Das ist, was uns adelt.

Laidlaw versuchte, seine Energie wieder aufzufüllen, indem er beim Whisky allen Gewalttätern den Krieg erklärte, allen, die sich nicht für andere interessierten. Doch allein der Gedanke war ihm peinlich. Er wäre ein solch verhinderter Held, ein Gescheiterter, der sich Gescheiterten entgegenstellt. Er musste sich eingestehen, dass er in diesem Moment Jan im Burleigh Hotel anrufen wollte und deshalb gleich ein doppelt schlechtes Gewissen hatte. Einerseits, weil er damit der Versuchung erliegen würde, Jan als Trösterin zu missbrauchen, obwohl er sie kaum an seinem Leben teilhaben ließ. Und andererseits, weil er Ena betrog. Der Kompromiss seines Lebens, mit dem er andere so sehr verletzte, widerte ihn an.

Doch ihm fiel niemand ein, dem Eck genug bedeutete, um herausfinden zu wollen, was ihm zugestoßen war. Laidlaw musste es versuchen. Erbärmlicherweise, wie ihm schien, fielen ihm nur kleine Dinge ein. Er würde die Adresse und die Namen überprüfen und die verfluchte Nummer so lange wählen, bis jemand abnahm. Und morgen würde er die Ergebnisse der Obduktion bekommen.

Wenigstens konnte er Brian morgen davon erzählen, einem, der den Toten gekannt hatte. Damit wurde die Liste der Trauernden um einen weiteren Namen verlängert. Doch auch dieser Gedanke vermochte nicht, seine wütende Traurigkeit zu vertreiben.

7

HARKNESS WACHTE MIT einem ganz eigenen Problem auf. Im Vorzimmer des anbrechenden Tages war es in letzter Zeit sein ständiger Begleiter. Wann sollte er heiraten? Die Antwort wurde durch eine zweite Frage, die sich der ersten stets wie ein siamesischer Zwilling anschloss, erheblich verkompliziert: Wen sollte er heiraten?

Müde durchlief er sein frühmorgendliches Gedankenprogramm, das er statt Liegestützen absolvierte. Er hatte genug von der Herumtreiberei. Er wollte heiraten. Er mochte Morag. Er mochte Mary. Morag wollte er auf keinen Fall den Laufpass geben. Mary auch nicht. Aber er wollte heiraten. Und hatte genug von der Herumtreiberei.

Seine gegenwärtige Situation bestätigte dies. Er lag in Unterhose unter einer Decke auf jemandes Couch. Die Couch war ein Garant für Schlaflosigkeit. Sie war so konstruiert, dass der Kopf im rechten Winkel zum Körper unter der einen Armlehne eingeklemmt lag, während die andere ein wildes Muster in die Waden prägte. Seine Füße guckten unter der Decke hervor, und der große Zeh seines rechten Fußes – schwarz angelaufen, seitdem er ihn sich bei einem Spiel des Crime Squad gestoßen hatte – schien ihm vorzuwerfen, jünger erscheinen zu wollen, als er tatsächlich war. Er war nämlich schon siebenundzwanzig. Und sein Fußnagel sah aus, als würde er abfallen. Auch das noch.

Jetzt wusste er wieder, wo er war. Zuerst hatte er geglaubt, bei einem Mädchen zu Hause. Gestern Abend war er im »Joanna's« gewesen, einer Disco. (Was hatte er da gewollt? Nach einer dritten Möglichkeit Ausschau halten?) Aber dann erkannte er die unnachahmliche Einrichtung von Milligans kleiner Wohnung, eine Art Wartezimmer-Barock.

Die Wände waren graubraun und schmucklos, die Möbel so anheimelnd wie in einem Gebrauchtwarenlager und überall verstreut dazwischen Klamotten. Weniger ein Zimmer als ein Koffer mit Türen.

Aus der winzigen Küche drang das Brutzeln von etwas, das in einer Pfanne gebraten wurde, und dann hörte er Milligan vergnügt »My Way« massakrieren.

Harkness grinste. Seit er vor seiner Versetzung zum Crime Squad unter Detective Inspector Milligan bei der North Division gearbeitet hatte, war er mit der ansteckend-nervösen Fröhlichkeit Milligans vertraut. Der Mann benahm sich, als wäre die Welt eine Parade zu seinen Ehren. Wenn er an Laidlaws Angespanntheit dachte, verstand Harkness, weshalb sein neuer und sein alter Vorgesetzter einander nicht leiden konnten. Ihre Charaktere widersprachen sich.

Milligan tapste durchs Zimmer, trug einen dunkelblauen Frotteebademantel von Marks & Spencer. Vermutlich aus der Grabbelkiste. Er deckte den Tisch. Harkness, der immer eine Weile brauchte, um zurück an die Oberfläche zu gelangen, wollte zumindest guten Willen beweisen. Er machte den Mund auf, um zu sprechen, doch heraus kam nur ein verzerrtes Gähnen, ein »Narrgh«. »Darf ich dich damit zitieren?«, fragte Milligan. »Du hast gestern Abend ganz schön getankt. Was war los? Bist du in ein Fass gefallen?«

»Hab meine Probleme in Alkohol ertränkt.«

»Welche Probleme? Dein einziges Problem ist, dass du nicht genügend hast.«

Beim Anblick von Milligan, der die zahlreichen ihn umhüllenden Hektar Frottierstoff sprengte und dessen breites Gesicht aussah, als hätte es mehr Gegenwind bekommen als Beachy Head, kam sich Harkness, was Probleme anging, allerdings naiv vor. Milligan hatte eine gescheiterte Ehe und eine verhinderte Karriere hinter sich, er war ein Überlebender, der selbst bei einem Luftangriff noch fröhlich pfiff.

»Ich bilde mir aber ein, dass ich welche habe«, sagte er kleinlaut und stand auf. Seine Füße waren eiskalt. »Danke, dass du mich gestern Nacht aufgenommen hast.«

»Dachte, du hast vielleicht noch ein Mädchen dabei. Wie ein Take-away.«

Harkness ging ins Badezimmer und wusch sich, benutzte Milligans letzte Rasierklinge, die sich wie eine Metallsäge auf der Haut anfühlte, und fragte, ob er das Telefon benutzen dürfe.

»Wenn's nicht abgestellt ist.«

Er rief seinen Vater an, um sich zu erkundigen, ob jemand eine Nachricht für ihn hinterlassen hatte. Dann ärgerte er sich, weil er nicht da gewesen und mit Laidlaw über Eck gesprochen hatte. Er versicherte seinem Vater, dass noch Zeit genug war, um Laidlaw pünktlich zu treffen. Kurz überlegte er, ob er in Simshill anrufen sollte, aber da es auf seiner Uhr bereits fünf vor acht war, ließ er es bleiben.

Das Frühstück war eine einzige Selbstkasteiung. Der Schinken und die Eier waren fraglos gut, aber er hatte sich die Zähne nur mit dem Zeigefinger geputzt, und die Reste der vergangenen Nacht in seinem Mund ließen alles nach Federn schmecken. Milligans grausame Heiterkeit machte es nicht besser.

»Ich glaube, ich werde heiraten«, sagte Harkness mehr oder weniger zu sich selbst und unterbrach damit Milligans Monolog.

»Warum machst du nicht was Vernünftigeres und spielst Russisch Roulette?«

»Kannst du die Ehe nicht empfehlen?«

»Ich hoffe, das soll kein Antrag sein. Nur weil ich ein gutes Frühstück zustande bringe. Eigentlich bin ich auch vergeben. Meine Frau und ich überlegen, ob wir uns nicht wieder versöhnen wollen. Ehrlich. Letzte Woche hab ich zwei oder drei Stunden mit ihr verbracht und sie kein einziges Mal schlagen wollen. Das muss Liebe sein. Sie hat immer noch nicht die Scheidung eingereicht, weißt du? Eine Schande ist das. Wenn die sich erst mal auf mich einlassen, sind sie für andere verdorben.«

»Wann soll das passieren?«

»Gib ihr Zeit. Sie wird schon klein beigeben. Die Kinder treiben sie in den Wahnsinn. Machen das Haus zum Abenteuerspielplatz. Denen fehlt die starke Hand des Vaters. Wobei's schade ist, wenn ich aus meiner hübschen kleinen Junggesellenbude rausmuss.«

»Zwing dich.«

»Könnte das letzte Mal sein, dass du hier gepennt hast. Und das ist erst der Anfang. Ich werde diesen Arschgesichtern zeigen, was ein richtiger Polizist ist. Die werden gar nicht mehr anders können, als mich zu befördern.«

»Wie meinst du das?«

»Kennst du Paddy Collins?«

»Im Victoria Infirmary? Der bei einer Messerstecherei verletzt wurde?«

»Verletzt? Er ist durchlöcherter als Haggs Castle. Die wussten nicht, ob sie ihn verbinden oder eine Runde auf ihm spielen sollen. Seit Tagen war er schon so gut wie tot. War nur eine Frage der Zeit, bis er's zugeben musste. Letzte Nacht war's dann so weit.«

»Weißt du, wer's getan hat?«

»Nein, aber ich krieg's raus. Ich war ein paar Mal bei ihm, leider war er nie bei Bewusstsein. Weißt du, wer er war?«

»Paddy Collins.«

»Klar. Und Hitler war Anstreicher. Ich meine, ob du weißt, mit wem er verwandt war? Cam Colvin ist sein Schwager. Und weißt du, was das bedeutet?«

»Paddy Collins bleibt vielleicht nicht der einzige Tote.«

»Kann eine große Sache werden.« Milligans unverhohlener Enthusiasmus irritierte Harkness, wie eine Touristenführung im Leichenschauhaus. »Stell dir das vor. Ich hab Cams Schwester im Krankenhaus gesehen. Sie macht auf trauernde Witwe, übt schon seit Tagen. Allmählich hat sie's richtig gut drauf. Toll, oder? Ihr Mann war schon immer so voller Scheiße wie zwei Tonnen Kompost. Gemein zu Frauen, gemein zu Männern. Hat nur von Cam Colvins Ruf gelebt. Jeder, der ihn kannte, hätte gesagt, er hat's verdient, als Leiche zu enden. Aber kaum liegt er im Krankenhaus mit einem Schlauch in der Nase, fangen die Engelschöre an zu singen. Sie wird dafür sorgen, dass es einem vorkommt wie ein Weltuntergang. Und Cam wird das nicht gefallen. Er wird ihr ein Leichentuch zum Tränentrocknen reichen. Mit einem Toten drin. Das kann er nicht auf sich sitzen lassen.«

Harkness schüttelte den Kopf, dachte an die Konsequenzen.

»Drängt Jacks Sorgen in den Hintergrund«, sagte er.

»Wer? Laidlaw? St. Francis aus Simshill. Was treibt er so?«

»Hab gerade meinen Vater angerufen. Jack hat sich bei mir

gemeldet. Eck Adamson ist gestern Nacht im Royal gestorben.«

»Und deshalb hat er Sorgen? Das ist ungefähr so traurig, wie wenn eine Flasche Brennspiritus zerbricht. Der muss doch inzwischen aus reinem Alkohol bestanden haben. In Laidlaws Augen war er natürlich das Paradebeispiel einer Not leidenden Kreatur. Du lieber Himmel, wir haben alle unsere Probleme, schon wahr. Außerdem war Eck als Spitzel ungefähr so viel wert wie ein Kanarienvogel. Der war ja nicht mal in der Lage zu wiederholen, was man ihm vorgesagt hat, geschweige denn, dass er einem was verraten hätte. Aber ich hab einen echten Spitzel. Kannst du dich an Macey erinnern?«

Harkness nickte. Als er mit Milligan gearbeitet hatte, war er Benny Mason ein paar Mal begegnet. Macey war das, was Polizisten unter einem »guten Halunken« verstehen – professionell, nicht gewalttätig. Er hielt den Ball flach und nahm die Dinge wie sie kamen, ohne sich zu beschweren. Seine Berufung zum Informanten schien er als selbst gewählte Beförderung zu betrachten. Und er machte sich gut in seiner neuen Rolle, schien nervlich unbelastet von den Risiken eines Lebens im kriminellen Schwebezustand. Harkness hatte jüngst gehört, Macey habe bei einem Einbruch seelenruhig zu einem unaufgeklärten Polizisten, der ihn festnehmen wollte, gesagt: »Nicht schnappen. Ich hab euch von dem Ding erzählt. Ich bin der, der knapp entkommt.« Und das ist er dann auch.

»Du arbeitest immer noch mit ihm?«

»Hab nicht vor, damit aufzuhören«, sagte Milligan. »Hab seine Eier im Schraubstock. Der gehört mir. Steckt mit Hook Hawkins unter einer Decke. Hab ihm schon gesagt, dass ich Informationen über Paddy Collins von ihm erwarte. Ich bin sicher, dass er welche hat. Besser wär's.«

»Pass nur auf, dass er sich nichts ausdenkt.«

Milligan lachte.

»Dann kann er gleich seinen Grabstein bestellen. Nee. So blöd ist Macey nicht. Der wird mir den kleinen Gefallen tun. Heute Abend treffe ich ihn. Rate mal wo?«

Harkness zuckte mit den Schultern.

»The Albany.«

»The Albany? Du machst Witze. Das ist ein scheiß Treffpunkt für einen Spitzel.«

»Na, und wie.«

»Kannst ihn gleich bitten, es auf Plakatwände zu schreiben.«

»Ja, oder? Er wollte absagen. Konnte's kaum fassen. Hat ins Telefon gebrüllt. Aber ich hab ihn gezwungen, einzuwilligen. Ich wette, der musste durch seine eigenen Exkremente waten, um aus der Telefonzelle rauszukommen.«

»Wozu?«

»Ich will, dass er sich angreifbar fühlt. Als hätte er seinen Deckmantel zu Hause vergessen.« Milligan zwinkerte. »Hast du's eilig?«

»Ja«, sagte Harkness. »Jack will mich schon früher treffen.«

»Spülst du noch die Teller? Ich muss mich fertig machen. Hab heute viel vor. Hör zu. Später am Nachmittag bin ich im ›Admiral‹, wenn du Zeit hast. Wir könnten einen trinken. Wenn sich dein Magen erholt hat.«

Als sie raus auf die Straße traten, blickte Harkness in einen Himmel so schwarz wie eine Mülltonne. Passte zu seinem Kater. Er wünschte gerade, er könnte sich Milligans Heiterkeit zu eigen machen, als dieser von einem langhaarigen Mann in Jeans angerempelt wurde. Der junge Mann sah Milligan an, ohne sich zu entschuldigen.

»Verpiss dich, bevor ich dich zertrampele«, sagte Milligan und brach in schallendes Gelächter aus.

Harkness erinnerte sich an das, was Laidlaw über Milligans Lache gesagt hatte – »klingt, als würden Knochen brechen«.

Dann vertiefte er sich wieder in seinen Kater.

8

DER »GAY LADDIE«, John Rhodes' Lieblingsbar in Calton, am Anfang – und wie einige meinten auch am Ende – des Glasgower East End, war gerammelt voll. Jedenfalls kam es einem so vor. Macey, Dave McMaster und Hook Hawkins waren da. Außerdem John Rhodes.

Trotz seiner Erfahrenheit ließ sich Macey immer noch von John einschüchtern. Das hatte keinen bestimmten Grund. Nicht seine beachtliche Größe. Nicht die irre Strahlkraft seiner Augen, so blau wie eine Ansichtskarte vom Meer. Äußerlich gab es nichts, womit man das Gefühl hätte erklären können. Vielleicht hatte es etwas mit der Gewalt zu tun, die John in der Vergangenheit auf sich gezogen und angesammelt hatte, den schlimmen Orten, die er besucht und von denen er wieder zurückgekehrt war. Auf Maccy wirkte er wie eine drohende Gefahr, als würde er mit Flüssigsauerstoff jonglieren. Und immer wieder widerlegte seine gelassene Natürlichkeit diesen Eindruck.

Wenn er sich John jetzt so ansah, wie er den Tee, den Dave hinten aufgegossen hatte, in vier Becher schenkte, war sich Macey erneut der explosiven Widersprüche bewusst, die John Rhodes ausmachten. Dass sie hier waren, gehörte dazu. Sie trafen sich in dem Pub, weil John nicht duldete, dass die brutalen Methoden, mit denen er sein Geld verdiente, in sein Zuhause einbrachen und sein Familienleben störten, das er mit seiner Frau und den beiden Töchtern führte, als wäre er der Geschäftsführer einer Bank.

Der befremdende Gedanke fand Widerhall in der Befremdlichkeit der Kneipe. Es war circa halb zehn Uhr morgens, und durch die hohen Fenster, die kaum mehr als drahtverstärkte Glasschlitze waren, drangen Lichtstrahlen voll wirbelnder Staubpartikel, was dem fast leeren Pub eine verstörende Feierlichkeit verlieh, ähnlich einer Kapelle mit Baugerüst. Als das Teeritual beendet war, sprach der Hohepriester.

»Hook«, sagte er. »Sag die Wahrheit. Weißt du, was Cam Colvin vorhat?«

Hook Hawkins blickte auf. Sein erhobener Kopf bewegte sich, als wollte er absichtlich die Narbe betonen, die sich von seiner linken Wange bis unter sein Kinn zog. Manche behaupteten, sein Spitzname rühre daher, denn er habe sie einem Mann mit einer Hakenhand zu verdanken. Andere behaupteten, der Name stamme aus seiner kurzen Karriere als Boxer.

Macey dachte an sein Treffen mit Ernie Milligan später am Abend und hatte außer seiner angeborenen Neugierde weitere Gründe, aufmerksam zuzuhören. Er wusste, dass Hook und Paddy Collins zerstritten waren, hatte aber nie erfahren warum. Er fragte sich, ob es um etwas ging, das noch nicht ausgestanden war. Aber er fand Hooks Darbietung überzeugend.

»Bei Gott, ehrlich. Ich weiß nicht, worum's geht, John. Keine Ahnung.«

»Paddy Collins ist tot«, sagte John. »Weißt du was darüber?«

»Wir waren Freunde.«

»Nicht immer.«

»Ist lange her, John.«

»Vielleicht sieht Cam das anders. Ist dieser Sammy auch ein Freund von dir, Macey?«

»Ja. Na ja, ein Bekannter, John. Der ist harmlos.«

John sah Dave McMaster an. Macey bereute seine letzte Bemerkung. Er hatte nur John gegenüber klarstellen wollen, dass er keinen Unruhestifter in dessen Pubs einführen würde. Aber er begriff jetzt, dass er Daves Situation damit verschlimmert hatte, weil er ihm unterstellte, er würde zulassen, dass Unschuldige belästigt werden. Hoffentlich würde Dave es ihm nicht übel nehmen.

»Dem geht's gut«, ergänzte Macey beschwichtigend. »Ist nichts passiert. Nur die Jacke sieht jetzt aus, als wär sie gebatikt.«

Wenn er in Stimmung war, ließ sich John ebenso leicht unterhalten wie das Publikum im Glasgow Empire an einem regnerischen Dienstag. Immer noch ruhte sein Blick auf Dave. So angeguckt zu werden, dachte Macey, ist, als würde man einem Schmelzofen zu nahe kommen. Man weicht automatisch zurück.

»Was macht Mickey Ballater hier oben? Wer will diesen Abschaum hier haben? Und Panda Paterson? Wenn ich scheiße, kommt was Besseres raus als der.«

»Der war kein Problem, John«, sagte Dave. »Aber ohne dein Okay wollte ich mich nicht mit Cam anlegen. Jetzt wird's ernst. Das ist alles.«

John starrte ihn an.

»Das will ich hoffen«, sagte er. »Auf einen Laden aufpassen heißt auch, dass man sich um alle kümmert. Wenn du einem Arschloch erlaubst, dir ins Gesicht zu pissen, kommt der Nächste gleich mit ner ganzen Busladung vorbei, und die wollen dann alle mal. Kann ganz schnell einreißen, wenn sich rumspricht, dass man sich im ›Crib‹ was erlauben kann.«

Er trank seinen Tee. Eigentlich fällte er gar keine Entscheidung. Er ließ sie fällen. Bedachtsamkeit war nicht seine Stärke.

Dafür Wut. Als er dort saß, lockte er sie aus ihrem Zwinger, legte ihr Bruchstücke des Geschehenen vor, als wollte er sie auf eine Fährte setzen.

»Einen zweiten Durchbruch zur Straße?«, sagte er. »Ich glaube kaum, dass das klappt. Wir müssen mal sehen, wie er's haben will. Wenn er uns so kommt, verpass ich ihm einen Durchbruch in den Brustkorb. Ich hau Löcher rein, da können Vögel drin nisten.«

Er sah Macey an.

»Mach was mit ihm aus.«

»Wann, John?«

»Jetzt.«

»Hier?«

»Nein. Er soll sich's aussuchen. Egal wo. Aber komm gleich wieder. Ich will ihn gleich sehen.«

Macey ließ den Tee stehen, den er kaum angerührt hatte, und ging zur Tür.

»Macey. Am besten irgendwo in der Nähe von einem Krankenhaus.«

John Rhodes grinste, ein Ereignis, so freundlich wie eine Sonnenfinsternis im Winter.

9

DEN URBANEN BEDUINEN gibt es in Glasgow wie in jeder anderen Stadt. Aufgrund der Orientierungslosigkeit des Alkoholikers verändert er ständig seinen Standort, aber sein Vagabundieren folgt eingefahrenen Handelswegen. In einer Saison sind bestimmte Orte angesagt, die irgendwann aufgegeben werden, wie Kurorte, deren Brunnen versiegt sind.

Laidlaw hatte Eck gut genug gekannt, um eine grobe Vorstellung von seinen Präferenzen zu haben. Über kurze Zeiträume hinweg – und in den vergangenen Jahren sehr unregelmäßig – war er hin und wieder, wie einige meinten, in Wohlanständigkeit abgetaucht, hatte in richtigen Häusern gelebt. Aber natürlich war er immer wieder auf der Straße gelandet, meist in einem Mantel, der mehr oder weniger einer Müllhalde mit Knöpfen glich.

Wenn er gerade keinen Ausflug machte, wusste man meist, wo er zu finden war. Selbst Zerfall kann zur Routine werden. Die Winter verbrachte er im Talbot House oder dem Great Eastern Hotel, dessen Name eine Absteige in der Duke Street zierte wie ein Zylinder einen Scheißhaufen. Bei freundlicherem Wetter zog es ihn meist ins East End, in die Nähe des Glasgow Green und die verkommene, noch immer nicht sanierte Gegend südwestlich der Gorbals Street.

Harkness machte sich Sorgen um Laidlaw, seit sie das Büro zu Fuß verlassen hatten. Er kannte Laidlaws Überzeugung, die »Straße in sich aufnehmen« zu müssen, als ließen sich Fälle durch Osmose lösen. Abgesehen von der zweifelhaften Effizienz dieser Methode, lief man sich die Füße wund. Die geistesabwesenden Gespräche, die damit einhergingen, machten es nicht besser. Man sah einem Hamster im Laufrad zu, der verzweifelt nirgendwohin gelangt.

»Paddy Collins steht auf Ecks Zettel. Paddy Collins ist tot. Was hat Eck mit Paddy Collins' Tod zu tun? Hat dir Milligan noch was erzählt?«

»Nein. Nur das.«

»Hat er gesagt, ob jemand ins Victoria gekommen ist, als er da war?«

»Paddys Frau. Und, ich denke, Cam.«

Sie gingen an einer Telefonzelle vorbei.

»Seltsam. Warte, ich versuch's noch mal unter der Nummer.«

Beide quetschten sich in die Zelle und Laidlaw wählte aus dem Gedächtnis. Harkness wusste warum. Seit sie losgegangen waren, hatte er es schon drei Mal versucht. Dieses Mal wurde beim zwölften Tuten abgenommen. Laidlaws Augen strahlten wie die eines kleinen Jungen an Weihnachten. Er warf Geld ein und nickte Harkness gleichzeitig zu, damit dieser sein Ohr an den Hörer hielt.

»Hallo«, sagte Laidlaw.

»Hallo?« Eine Frauenstimme.

»Hallo. Wer spricht da bitte?«

»Hallo, hallo?« Sie klang etwas älter.

»Wer spricht da bitte?«

»Hallo. Hier ist Mrs Wotherspoon. Wer sind Sie, junger Mann?«

»Verzeihung«, sagte Laidlaw und zwinkerte Harkness zu. »Ich will nur sichergehen, dass ich die richtige Nummer habe. Wie lautet Ihre Adresse?«

»Die Adresse? Das ist eine öffentliche Telefonzelle, junger Mann. Ich bin nur vorbeigekommen und hab's klingeln hören. Bin auf dem Weg zur Fußpflege. Meine Füße bringen mich um. So wie ich gehe, brauch ich zehn Minuten, bis ich an der Telefonzelle vorbei bin. Wahrscheinlich hab ich's deshalb gehört.«

Harkness keuchte leise, war knallrot im Gesicht vor Anstrengung, sich das Lachen zu verkneifen, er zwinkerte zurück. Laidlaw guckte, als hätte er einen Strumpf voller Asche zu Weihnachten bekommen.

»Wo steht die Telefonzelle, meine Liebe?«, fragte er.

»Ist eine von zweien an der Ecke Queen Margaret Drive und Wilton Street. Worum geht's denn, junger Mann? Wollen Sie jemanden erreichen? Kann ich helfen?«

»Meine Liebe«, sagte Laidlaw. »Tut mir leid, dass ich Sie belästigt habe. Ist die falsche Nummer. Vielen Dank für Ihre Hilfe.«

»Keine Ursache.«

»Ich hoffe, Ihren Füßen geht's bald besser.«

»Das hoffe ich auch, junger Mann. Allerdings. Im Moment fühlen sie sich an wie zwei Laib Toastbrot. Machen Sie's gut, junger Mann.«

»Cheerio.«

Als sie weitergingen, hatte Laidlaw nichts gegen Harkness' Frotzeleien. Sie hielten ihn aber nicht davon ab, sich sofort wieder in Gedanken zu verlieren.

»Immerhin etwas«, sagte er. »Das hätten wir erledigt. Paddy Collins fällt aus. ›The Crib‹ ist zu allgemein, als dass es im Moment von Bedeutung sein könnte. Bleibt die Adresse in Pollokshields und die geheimnisvolle Lynsey Farren. Mal sehen, was dabei herauskommt, wenn wir sie überprüfen.«

Laidlaw und Harkness hielten sich zunächst auf der Nordseite des Flusses. Gingen ein kurzes Stück durch den Park und kamen hinter der seltsam verzierten Fassade von Templeton's Teppichfabrik wieder heraus.

»In dieser Stadt gibt's ein paar fantastische Gebäude«, sagte Harkness. »Aber man guckt fast nie hin.«

Laidlaw stimmte ihm zu.

»In unserem Job bekommt man einen Tunnelblick«, sagte er.

Betreten gingen sie weiter. Harkness machte sich jetzt noch mehr Sorgen um Laidlaw. Es hatte etwas Zwanghaftes, wie Laidlaw immer weiterlief. Schonungslos. Er sprach Fremde an, beschrieb Eck und erkundigte sich, ob ihn in letzter Zeit jemand gesehen hatte. Harkness war es peinlich.

So hatte man ihm das in der Polizeischule nicht beigebracht. Ähnlich schlau wie nackt über die Straße rennen. Und trotzdem funktionierte es irgendwie. Niemand erschrak. Harkness überlegte, dass einem Offenheit in Glasgow am besten freies Geleit sicherte. Versuchte man Glasgower zu überrumpeln, fielen sie aus allen Ecken über einen her. Sie hassen es, an der Nase herumgeführt zu werden. Begegnet man ihnen ehrlich, ist ihre Toleranz riesengroß.

Für einen Mann galt dies ganz besonders. Er war klein, hatte ein lahmes Bein und trug etwas, das aussah wie ein Beutel mit Brötchen. Als Laidlaw ihn ansprach, nickte er weise.

»Du lieber Gott, ja. Der Junge vom großen Tammy Adamson. Kein Problem. Das kann ich Ihnen ganz genau sagen. Als Big Tammy den Laden in Govanhill verkauft hat, ist Alec zur See gefahren. Bei der Handelsmarine. Soweit ich weiß, ist er da immer noch. Netter Junge, aber groß. Fast eins neunzig.«

»Nein«, sagte Laidlaw. »Das ist nicht der, den wir meinen.«

»Klingt aber nach ihm. Trotzdem viel Glück. Einen anderen Eck Adamson kenne ich nicht.«

»Danke«, sagte Laidlaw.

»Wofür? War froh, dass mein Bein mal Pause hatte. Tschüs, Jungs.«

Auf ihren Wegen begegneten sie auch ein paar Mal Obdachlosen und unterhielten sich mit ihnen. Einige, die um ein Feuer herumsaßen, schickten sie auf die Südseite des Flusses. Die Information war wahrscheinlich ebenso hilfreich wie ein hölzerner Kompass. Aber etwas anderes hatten sie nicht.

Sie überquerten den Fluss auf der Suspension Bridge. Eine Zeit lang passierte gar nichts. Nachdem sie weitergegangen waren, entdeckten sie fünf Leute hinter der Caledonia Road Church. Ein bemerkenswerter Moment. Vier Männer und eine Frau, die sich verschworen hatten, einer hatte eine Flasche in der Hand. Sie führten eine tiefgründige Diskussion. Platon hatte es nicht schwerer gehabt.

Mit der Kirche im Rücken, wirkten sie klein, und doch relativierten sie deren Größe. Die Außenmauern des in den Sechzigerjahren ausgebrannten Gebäudes waren ein Mahnmal der Zuversicht, die bröckelnde Gewissheit, dass Gott gut ist. Wie eine konkurrierende Glaubensgemeinschaft stritten sie lebhaft in ihrem Schatten

»Hallo zusammen«, sagte Laidlaw, womit er den Tag für Harkness auf eine andere Wellenlänge hob. Laidlaws Unterhaltung ähnelte dem Versuch, mit einem auf dem Atlantik sinkenden Schiff von der Küste aus zu kommunizieren.

»V'pissich«, sagte einer von ihnen, ein kleiner Mann, dessen Gesicht durch alkoholbedingte Zerfallsprozesse zum Wasserspeier geworden war. »V'pissich, das is uns.«

Die Frau schmunzelte, ein gespenstisch kokettes Kichern, das eigentlich hinter einen Fächer gehörte. Sie sah den Kleinen voll schelmischer Bewunderung an, als hätte er gerade einen seiner besten Sinnsprüche von sich gegeben. Die anderen drei ignorierten Laidlaw und Harkness.

»V'pissich«, wiederholte der Kleine.

Er näherte sich Laidlaw auf gleichermaßen bedrohliche wie rührende Weise, schleppte einen Stil, an den er sich kaum noch erinnerte, wie eine ungeladene Pistole mit sich herum.

»Ich will Sie nur etwas fragen«, sagte Laidlaw. »Hat hier jemand Eck Adamson gekannt? Sie, ich kenne Sie.« Laidlaw zeigte auf den Mann mit der Flasche. »Ich habe Sie mit ihm zusammen gesehen.«

Alle verstummten. Der Mann mit der Flasche schwankte, zog seine Würde wie einen Opernumhang fester um sich. Seine Iris wirkte pelzig.

»Ich weiß alles, was man über Boote wissen kann«, sagte einer. »Ich kann Boote zum Sprechen bringen.«

»Verzeihen Sie, Captain«, sagte der Mann mit der Flasche. »Wie kann ich Ihnen helfen?«

Die Höflichkeit der Nachfrage wirkte bizarr vor dem Hintergrund seines grausamen Niedergangs.

»Sie haben Eck Adamson gekannt, ist das richtig?«, fragte Laidlaw.

Der Mann schien mental in einem umfänglichen Terminkalender zu blättern.

»Ich freue mich, ihn zu meinen Bekannten zählen zu dürfen.«

»Sie durften. Er ist tot.«

»Hat nie genug gekriegt«, sagte jemand.

»Ich bin erschüttert«, sagte der Mann mit der Flasche. »Erschüttert.«

Er nahm einen Schluck und reichte die Flasche der Frau. Während die anderen tranken, erklärte Laidlaw, was geschehen war, und fragte den Mann, ob er wusste, wo sich Eck in letzter Zeit herumgetrieben hatte. Aber es kamen nur Bruchstücke bei ihm an.

»Einer unserer Lieblingsplätze«, sagte der Mann und setzte sich in Bewegung. Laidlaw und Harkness kamen mit, während die anderen hinterhertrotteten.

Weit mussten sie nicht gehen. Er blieb an einer Brache stehen, wo die Asche eines erloschenen Feuers auf ein verlassenes Lager verwies. Der Mann nickte. Die anderen stellten sich dazu.

»Haben Sie gesehen, dass ihn jemand angesprochen hat?«, fragte Laidlaw. »Ein Fremder vielleicht?«

»Ein junger Mann. Möglicherweise ein Wohltäter.«

Harkness verstand Laidlaws Gesichtsausdruck. Wahrscheinlich heizten seine Fragen die kreative Fantasie des Mannes an. Außerdem war ihm die verstörende Angewohnheit des Säufers eigen, zwischen einzelnen Bemerkungen in eine Art Winterschlaf zu verfallen.

»Ja, da war ein junger Mann. John? David? Alex? Patrick?«

»Danke«, sagte Laidlaw. »Erinnern Sie sich auch an seinen Familiennamen?«

»Wir verwenden hier keine Familiennamen.«

»Hat nie was abgegeben«, sagte der Kleine.

»Was meinen Sie?«

»Wenn der eine Flasche hatte, wollte er nichts abgeben. Basta.«

Laidlaw gab dem Gediegenen fünfzig Pence.

»Vielen Dank. Derzeit fehlt es mir an finanziellen Mitteln.«

Die Versammlung löste sich auf wie Nebel.

»Nützliche Informationen«, sagte Harkness.

Sie standen ziellos auf der Brache herum.

»Lass uns suchen«, sagte Laidlaw.

»Wonach? Einer Visitenkarte?«

»Egal. Such!«

Sie suchten. Eine dreckige halbe Stunde später drehte Harkness eine Flasche in einer mit losen Backsteinen verstopften Mauernische herum. Lanliq mit Schraubverschluss. Darin befand sich etwas Dunkles.

Vorsichtig fasste Laidlaw die Flasche am Hals, schraubte den Deckel ab und roch. Nichts ihm Bekanntes. Er sah Harkness an.

»Wir müssen sowieso zurück aufs Revier und einen Wagen holen. Wir nehmen die Flasche mit.«

»Klar«, sagte Harkness. »Vielleicht gibt's ja noch Pfand dafür.«

»Darauf spare ich mir die Entgegnung. Wir nehmen ein Taxi.«

An sich war die Idee einfach, aber sie führte zu einem jener unvorhergesehenen Momente Glasgower Kabarettkunst, vor der die Stadt nur so strotzt. Laidlaw winkte das Taxi heran und nannte mit dem ihm instinktiv eigenen Gespür für Unauffälligkeit ein Ziel unweit der Pitt Street. Kurz nachdem sie angefahren waren, scherte ein grüner Wagen ohne Vorwarnung direkt vor ihnen auf die Fahrbahn.

»Weg mit dir!«, brüllte der Taxifahrer. »Hoffentlich fallen dir die Räder ab.«

Er wirkte wie Ende dreißig, sein lockiges Haar wurde bereits schütter und offensichtlich litt er extrem unter jener zeitgenössischen Krankheit, dem urbanen Wutausbruch.

»Arschloch«, sagte er und warf den Kopf hin und her, als müsse er den Fausthieben der Welt ausweichen.

Er gehörte zu den Taxifahrern, die ihren Wagen wie ein kleines Häuschen auf Rädern ausstaffieren. Ein schicker Teppich lag auf dem Boden, und statt Werbung hingen an den Sitzlehnen Landschaftsbilder aus den Highlands, die Three Sisters of Glencoe und die Ballachulsih Ferry, bevor die Brücke gebaut wurde. Am Rückspiegel baumelten zwei Bommeln, und Plastikfußballer, Rangers und Celtic, thronten auf dem Armaturenbrett. Wie bei einer Spazierfahrt durch die Psyche eines anderen.

»Wollt ihr ein bisschen Musik, Jungs?«

Der Anblick seiner Augen im Spiegel ließ vermuten, dass Abwehr einem Kapitalvergehen gleichkam. Sie nuschelten etwas Unverbindliches und er legte eine Kassette ein.

»Magisch, oder? James Last. In dem Job braucht man was Beruhigendes.«

Eine fast volle Flasche Irn Bru klemmte verkehrt herum zwischen Taxiuhr und Gepäcktür. Während er weiterredete, entstand der Eindruck, dass er damit nicht nur seinen Durst löschte.

»Ich sag euch, wo ich nicht hinfahre.« Er erklärte dies, als seien sie eigens gekommen, um sich nach seinen persönlichen Tabuzonen zu erkundigen. »Nicht mehr jedenfalls. Blackhill und Garthamlock. Auf keinen Fall. Wisst ihr warum? Garthamlock. Hab so einen Wichser da rausgefahren. Hinten drin hat er gesessen mit dem größten Schäferhund, den ich je gesehen hab. Rin Tin Tin mit Elefantiasis. Wir kommen an, er hat kein Geld. Will mir seinen Hund auf den Hals hetzen. Ich steig aus dem Taxi. Bevor ich Jack Robinson sagen kann, hat er mir auch schon einen Tritt voll in die Eier verpasst. Aus dem Nichts. Mein Sack war dick wie eine Wassermelone. Eine Woche bin ich gelaufen wie ein Cowboy. Aber clever war er nicht. Hab ja ungefähr gewusst, wo er wohnt, richtig? Bin mit ein paar Kumpels bei ihm vorbei, hab auf ihn gewartet. Und mit seinem Kopf Fußball gespielt. Keine Sorge. War ein großer Kerl. Hat geschrien wie ein Schwein. Sein Gesicht hat ausgesehen wie ein Puzzle. Als wir fertig waren, hatte er Nasenlöcher in den Ohren. Korrekt. War schön, Jungs.«

Er drehte die Musik auf und summte kurz mit.

»In dem Job trifft man Irre.«

Harkness beobachtete die Augen des Fahrers, der auf den wahnsinnigen Vorfall mit einer kosmischen Verdauungsstörung zu reagieren schien. In der Erkenntnis, dass sie ihr Ziel fast erreicht hatten, lag eine gewisse Erleichterung. Jetzt konnte er sein Lachen nicht länger unterdrücken.

»Ja. Man lernt, niemandem zu vertrauen. Gibt Leute, die massieren dir die Fresse mit ner Flex, schneller als du gucken kannst. Die Welt ist ein Schlachtfeld.«

»Das Trinkgeld ist ja auf der Uhr schon drauf«, sagte Laidlaw, als er bezahlte.

Harkness merkte, dass Laidlaw recht hatte. Mit seinem Gerede hatte er sie abgelenkt und war eine unnötig umständliche Strecke gefahren. Der Mann sah Laidlaw an, als überlege er, sich mit ihm zu duellieren.

Er schaltete sein Taxischild ein und fuhr los. Harkness stellte sich vor, dass er wie ein manischer Radiomoderator auf Rädern durch Glasgow fuhr, Radio Armageddon, die Taxiuhr tickte wie eine Zeitbombe.

»Wir bringen das hier ins Labor«, sagte Laidlaw und lachte plötzlich.

Er zeigte hilflos auf das davonrauschende Taxi und schüttelte den Kopf. Harkness nickte, krümmte sich.

»Was war das denn?«, brachte Harkness gerade so mit Mühe noch heraus.

»Wie eine Fahrt im Taxi über die Niagarafälle.«

»Ich frage mich, was in Blackhill los war?«, sagte Harkness.

10

DER »TOP SPOT« WAR im selben Gebäude untergebracht wie das Theatre Royal und hatte sich seit der Übernahme des Theaters durch die Scottish Opera verändert. Durch die nach wie vor bestehende Nähe zum neuen Haus von Scottish Television kam immer noch sehr viel Kundschaft von dort. Bob Lilley ging an der Bar vorbei nach unten, die gewölbten Kellernischen und mit Löwenbräuwappen geschmückten Bierfassdeckel an den Wänden wirkten wie Kulissen der Operette The Student Prince.

In der Lounge war angenehm viel los. Er entdeckte Laidlaw und Brian Harkness an einem der Tische. Harkness sagte etwas, womit Laidlaw augenscheinlich nicht einverstanden war. Als Bob sich vor ihnen aufbaute, wartete Laidlaw ein paar Minuten und fragte dann: »Was muss man tun, um hier ein Getränk zu bekommen? Sich schminken?«

Harkness und Laidlaw hatten erneut über die Autopsie gesprochen, der Laidlaw am Vormittag beigewohnt hatte. Harkness war froh, dass Bob gekommen war.

Als Laidlaw an der Bar wartete, schüttelte Harkness den Kopf. Bob setzte sich und schaute zu Laidlaw rüber. Er sah einen großen, gut aussehenden Mann, der nicht wie ein Polizist wirkte, auch nicht wie vierzig, er betrachtete die kopfüber hinter dem Tresen hängenden Flaschen, als könne er sein Schicksal daran ablesen. Laidlaws intensive Gedankenverlorenheit war Bob so vertraut, dass er sich fragte, weshalb Harkness sie beunruhigend fand.

»Jack hat keine fixen Ideen«, sagte Harkness, »das sind schon Wahnvorstellungen.«

Bob teilte sich ein Büro mit Laidlaw und stand ihm näher als alle anderen, abgesehen vielleicht von Harkness, wobei sich Harkness selbst in diesem Punkt nicht so sicher war. Er kannte Laidlaw jetzt seit ungefähr einem Jahr und fand ihn im Umgang immer noch unberechenbar, jede beiläufige Bemerkung konnte erstaunliche Entgegnungen provozieren. Er war ähnlich undurchsichtig wie der Louisiana Purchase. Gegenüber den Kollegen beim Crime Squad hatte sich Bob selbst zu Laidlaws Verteidiger erkoren, wobei ihm diese Funktion manchmal wie ein Vollzeitjob vorkam.

»Was ist los?«, fragte Bob.

»Fruchtlose Tage liegen hinter uns. Ich denke, das ist es. Jack glaubt, er kann herausfinden, wer Eck Adamson auf dem Gewissen hat.«

»Wurde Eck denn ermordet?«

»Jack ist davon überzeugt.«

»Wie?«

»Das musst du ihn fragen. Wäre ja gut und schön, wenn er die Augen offen halten und hoffen würde, dass sich was ergibt. Aber das genügt ihm nicht. Ich merke, dass ihm der Fall zur Obsession wird. Und es ist hoffnunglos, oder? Als stünde man im Schneesturm und würde rufen: ›Siehst du die Flocke da hinten am Ende der Straße. Geh und hol sie dir.‹ Es ist aussichtslos. Und du weißt ja, wie Jack ist, wenn er sich was in den Kopf gesetzt hat. Auch wenn's ein sinnloses Unterfangen ist. Man kann ihn ebenso wenig ignorieren wie einen singenden Aufmarsch der Heilsarmee. Alle werden die Köpfe schütteln.«

»Inzwischen sollten sie sich an ihn gewöhnt haben.«

»Wer gewöhnt sich schon an Jack? Du weißt, was ich meine.

Ich mag ihn. Ich wünschte nur, jemand würde ihm einen Laster voll Valium zu Weihnachten schenken.«

Laidlaw brachte Harkness' Lager, einen Whisky für Bob und nahm einen Schluck von seinem Soda and Lime. Bob beschloss Harkness zu helfen.

»Wurde Eck ermordet?«, fragte Bob.

Laidlaw nickte.

»Lungenfibrose. Verdacht auf Paraquat-Vergiftung.«

»Paraquat? Ach, komm«, sagte Bob. »Wie kommst du dann auf Mord? Eck hat nicht mal vor Pferdepisse haltgemacht, wenn er Durst hatte. Der war wählerisch wie ein öffentliches Pissoir. Hat getrunken, was ihm in die Quere kam. Fertig. Wieso willst du behaupten, dass es Mord war?«

»Er hat so eine Bemerkung gemacht.«

»Jack! Du hast Eck doch gekannt. Pat the Liar ist George Washington dagegen. Das darf nicht dein Ernst sein. Du kannst solchen Bemerkungen kein Gewicht beimessen.«

»Doch, ich denke schon. Er hat gesagt: ›Der Wein, den der mir gegeben hat, das war gar keiner.‹ Ich glaube, jemand hat ihm Unkrautvernichter untergejubelt.«

»Woher willst du das wissen?«, fragte Bob. »Konnte Paraquat nachgewiesen werden?«

»Nein, das ist nicht mehr nachweisbar. Die eigentliche Vergiftung war wohl schon eine ganze Weile her. Der Stoff verursacht proliferative Veränderungen.«

»Und was heißt das?«, fragte Harkness.

»Ich weiß es nicht genau. Ich glaube, auch wenn die Substanz nicht mehr nachweisbar ist, verschlimmern sich trotzdem die verursachten Schäden. Und diese weisen auf Paraquat hin. Kein schöner Tod.«

»Hast du ihn gesehen?«

Laidlaw nickte.

»Na gut, Jack«, sagte Bob. »Dann ging's ihm also schlecht. Er tut dir leid, aber Mitleid ist kein Ersatz für gesunden Menschenverstand. Reiß dich zusammen, bitte. Du musst lernen, dich zufriedenzugeben mit dem, was du tun kannst.«

»Gut, Bob«, sagte Laidlaw. »Ich glaube, ich hab mir von Brian schon genug gute Ratschläge aus dem Police College anhören müssen. Meinst du, das weiß ich nicht? Wenn du das perfekte Verbrechen begehen willst, ein Verbrechen um des Verbrechens willen, wie gehst du vor? Du bringst einen Penner um. Hab ich recht? Und zwar aus zwei Gründen: Keiner schert sich um ihn. Gleichgültigkeit brandet dir entgegen. Und du versuchst dagegen anzuschwimmen. Zweitens: Um ein Verbrechen aufzuklären, musst du mit den Nachbarn, den Angehörigen und den Freunden sprechen. Was hat ein Penner schon für Freunde? Höchstens andere Penner. Den telefonischen Nachrichtendienst könnte man besser ins Kreuzverhör nehmen. Nachbarn? Die Tauben im Park. Angehörige? Wenn sie nicht schon ins östliche Nekropolis gezogen sind, halten sie sich bedeckt. Darauf kannst du dich verlassen. Wie ist das abgelaufen? Wer weiß das schon? So nachvollziehbar wie die Flugbahn eines Pin-Ball. Und immer hat man das Gefühl, dass es nur zum Spaß geschehen ist. Jemand wollte eine Mücke zerquetschen. Als würde man kreuz und quer über die Hope Street laufen und mitten auf der Straße eine Fliege mit ausgerissenen Flügeln finden. Wird jemand versuchen, den Täter aufzuspüren? Ich weiß, Bob. Ich weiß.«

»Wieso zum Teufel nimmst du's nicht einfach mal so hin?«

»Und warum nimmst *du*'s hin? Ich weiß nicht, was du von deinem Job hältst. Aber ich fühl mich damit so wohl wie im Büßerhemd. Schön, ich mache meine Arbeit. Weil ich manchmal das Gefühl habe, dass sie wichtig ist. Aber nicht, wenn ich einfach nur als besserer Straßenkehrer unterwegs bin. Barlinnie vollstopfe wie einen Müllcontainer. Man muss doch auch mal was anderes machen als immer nur Steuergelder verbraten. Ich will was zurückgeben. Wenn ich nicht mehr tun kann, als im Auftrag des Establishments den Deckel draufzuhalten, dann scheiß drauf. Ich kündige. Aber ich glaube, dass man mehr machen kann. Lernen gehört zu den in unserem Beruf unerlässlichen Dingen. Nicht nur, wie man Verbrecher fängt, sondern auch, wie sie ticken und vielleicht sogar warum. Ich bin kein Wachhund, bin nicht auf Pfeifkommandos trainiert, jage nicht, egal auf wen man mich ansetzt. Und ich misstraue nicht den Menschen, deren Spur ich aufnehme. Ich misstraue denen, in deren Auftrag ich das mache. Und ich habe nicht vor, mich zu ändern.«

»Und?«

»Wäre Wee Eck in einem Penthouse gestorben, hätte ich dich gerne dasselbe sagen hören. Du weißt, was für ein Leben er hatte. Torquemada war sein Schutzheiliger. Seinen Tod nicht gleichgültig zu betrachten ist das Mindeste, was wir tun können. Verstehen wollen, was geschehen ist. Als würden wir einen kleinen Kranz aus Plastik auf sein Grab legen. Apropos Grab. Er wird nicht mal eins haben. Sein Leichnam geht direkt in die Anatomie-Abteilung der Glasgow University. Ich weiß noch, dass mir Eck vor Jahren erzählt hat, er habe seinen Körper dort für fünf Pfund verkaufen wollen. Er wusste nicht, dass der Körper nach dem Tod den nächsten Angehörigen gehört. Und sie ihn deshalb umsonst bekommen. Sogar da hat er den Kürzeren gezogen.«

»Seit wann bist du Mitglied der Bürgerwehr, Jack?«

»Überhaupt nicht. Ich veranstalte keine Hexenjagd. Ich denke nur, dass wir ihm schuldig sind, das Geschehene zu verstehen. Die Wahrheit ist das einzig gesunde Klima.«

Harkness sagte: »Und wie kommen wir da hin, großer weißer Jäger?«

Laidlaw lachte.

»Bitte keine unangenehmen Fragen.«

Bob sagte: »Du könntest eine Anzeige schalten: Geständiger gesucht. Ich würde sagen, das ist deine einzige Chance.«

»Ich möchte lieber was Praktisches tun«, sagte Laidlaw.

Die attraktive junge Bedienung kam rüber und nahm Laidlaws leeres Glas. Sie hatte langes schwarzes Haar und Augen, die immer knapp neben dem Gesicht ihres Gegenübers etwas zu sehen schienen, vielleicht Schuppen auf der Schulter. Sie war dunkel und interessant auf eine Art, dass man sie länger anstarrte, als nötig war. Die Frau blieb stehen – wartete sie darauf, eine Bestellung entgegenzunehmen, oder wollte sie entdeckt werden?

»Nein, danke, meine Liebe«, sagte Laidlaw.

Die anderen beiden bestätigten dies. Die Kellnerin ging wieder. An einem Tisch in der Nähe saß ein bekanntes Fernsehgesicht und benahm sich wie ein bekanntes Fernsehgesicht. Die Gruppe drum herum legte die Spontaneität eines Studiopublikums an den Tag.

»Noch ein Soda and Lime«, sagte Laidlaw, »und ich geh rauf zum Vorsingen. Von dem Zeug wird man blöd im Kopf. Außerdem haben wir noch einen Besuch zu machen.«

»Jetzt bin ich aber erleichtert«, sagte Harkness. »Hab schon gedacht, du willst den Fall allein durch Reden aufklären.«

»Wir besorgen uns was zu essen und fahren nach Pollokshields.«

»Jack«, sagte Bob. »Übertreib's nicht.«

»Ignorier ihn«, sagte Laidlaw. »Er verbringt sehr viel Zeit hier. Ich sollte dem Geschäftsführer Bescheid sagen.«

Bob kam mit vor die Tür. Die Kellnerin hätte fast Cheerio gesagt. Draußen hatte die Stadt die Laune gewechselt. Warm war es immer noch nicht, aber immerhin war der Himmel jetzt klar. Harkness, der seinen Kater inzwischen überwunden hatte, empfand mal wieder, dass das Wetter etwas sehr Subjektives war. Bob meinte, er wolle ins Büro: »Zurück in die Zurechnungsfähigkeit.«

Bevor sie in die Stewart Street gingen, um sich einen Wagen zu holen, blieb Laidlaw am Eingang zum Theatre Royal stehen und betrachtete das Programm.

»Ich wünschte, das Leben wäre der Oper ähnlicher«, sagte Laidlaw.

»Warum?«

»Weil dann niemand ohne ausführliche Erklärung sterben würde. Hätte Wee Eck eine Arie im Royal gesungen, wäre alles klar.«

Sie gingen weiter und überquerten die Cowcaddens Road. Harkness, kurzzeitig geblendet von der Helligkeit des Tages, dachte darüber nach.

»I-hiii-ich ha-ha-haaaabe das Gii-hihihihi-hift von He-hector McGobleeee-gin bekommen.«

»Na ja«, sagte Laidlaw. »Vielleicht war's ganz gut, dass er keine Arie gesungen hat.«

11

SIE HATTEN SICH für den Veranstaltungssaal des Coronach Hotel entschieden. Der Name des Hotels knapp hinter dem südöstlichen Stadtrand von Glasgow, einer Gegend, in der die Stadt fast ganz natürlich von der sie umgebenden Landschaft ausgehöhlt wird, wirkte sehr passend. Coronach bedeutet Trauergesang.

Er stammte aus einer Zeit kurz vor der Lockerung der Ausschankgesetze durch den Clayson Report, als nur Hotels sieben Tage die Woche Alkohol ausschenken durften und das sonntägliche Trinken den in der Juristensprache so genannten Bona-fide-Reisenden vorbehalten blieb. Wie die Dorfpumpe in einer Ortschaft mit modernisiertem Kanalsystem mahnte es an den alten Schottischen Sabbat, jenen interessanten Ausnahmezustand, als die Kirche auf der Einhaltung der Sonntagsruhe beharrte, was dazu führte, dass die Schotten ihren Durst wie schweres Reisegepäck von einem Ort zum anderen schleppten.

Getrunken wurde im Coronach immer noch, aber es war nicht mehr so überfüllt, besonders sonntags nicht. Sich hier nach einem Zimmer zu erkundigen wäre so naiv gewesen, wie Calpurnia im »Caesar's Palace« zu erwarten. Der einzige Hinweis darauf, dass die Gastfreundschaft über den Ausschank von alkoholischen Getränken hinausgehen könnte, war der Versammlungssaal.

Er hieß Rob Roy Room, weshalb auf dem Boden Teppich

mit MacGregor-Karo lag und an den Wänden Schilder mit gekreuzten Zweihandschwertern hingen. Heute trafen sich hier weniger romantisch verklärte Outlaws.

Als Macey John Rhodes, Hook Hawkins und Dave McMaster hereinführte, war Cam Colvin bereits da. Zwei der kleinen Tische waren zusammengeschoben worden, Stühle standen drum herum. Cam saß am Kopfende, so gelassen wie ein Parteifunktionär.

Mit ihm und John Rhodes trafen stilistisch zwei Gegensätze aufeinander, ähnlich wie bei einer Begegnung zwischen Belegschaft und Geschäftsführung. Cam war konservativ gekleidet, trug einen dunklen Nadelstreifenanzug und schwarze Schuhe, die wie Tanzballerinas glänzten. Das Hemd war bieder gestreift und die Krawatte marineblau. John sah dagegen aus, als wäre Oxfam sein Schneider. Der hellbraune Anzug war zerknittert, das Hemd am Kragen offen. Er trug eine lila Strickjacke.

Cam merkte nichts, als John Rhodes hereinkam. Aber die Zündschnur in Johns blauen Augen brannte bereits. Cam und er nickten einander zu. Cam zeigte auf den Mann zu seiner Rechten.

»Das ist Dan Tomlinson«, sagte er. »Der Geschäftsführer.«

Dan Tomlinson war ein dünner Mann Mitte fünfzig. Er wirkte beunruhigt, als könne er sich nicht mehr erinnern, ob das Hotel auch wirklich ausreichend versichert war. Mickey Ballater blieb nicht weit entfernt stehen und nickte. Der einzige andere Mann im Raum versuchte zunächst, den einarmigen Banditen neben der kleinen Bar niederzustarren, und kam dann zu ihnen gelatscht.

»Oh«, sagte John Rhodes. »Und Panda Paterson.«

»Korrekt, John. Gutes Gedächtnis«, sagte Panda.

Er streckte zur Begrüßung die Hand aus, und John Rhodes

schlug ihm eine Faust in die Fresse. Ein kurzer knapper Hieb, blitzschnell und gezügelt, er kostete John nichts, der Faustschlag eines Durchtrainierten und das Ergebnis so geschulter Reflexe, dass es den Anschein hatte, sie verfügten über eine eingebaute Zielautomatik. Dass jemand ausgeholt hatte, begriff man erst, nachdem man schon getroffen worden war.

Der Effekt erinnerte an den Moment in einem Hollywood-Musical, wenn Alltägliches in eine Busby-Berkeley-Choreografie einbricht. Plötzlich fing Panda Paterson an zu tanzen. Er begab sich mit weit ausholender Geste auf die kleine glatte Tanzfläche und vollführte ausgefeilte Schritte. Anschließend zeigte er eine improvisierte Figur mit dem Titel »Anfänger auf dem Eis«, ging mit fuchtelnden Armen zu Boden und schlitterte auf dem Hintern rückwärts, bis ihn der Teppich stoppte und sein Kopf mit einem Geräusch wie ein verrutschter Ton auf einem Xylofon gegen den Heizkörper knallte.

»Das ist der Preis für ein Pint im ›Crib‹«, sagte John Rhodes.

Aus Pandas Mund kam Blut. Vorsichtig stützte er sich ab, als wollte er aufstehen, sank dann aber wieder zu Boden und berührte sachte seinen Mund.

»Du hast eine kluge Entscheidung getroffen«, sagte John Rhodes und betrachtete ihn bei seinen vergeblichen Versuchen, aufzustehen. »Du hast recht. Ich hab ein gutes Gedächtnis. Ich weiß nicht, wo du dich in letzter Zeit rumgetrieben hast. Hast du ein paar Cowboyfilme gesehen? Na ja, hier läuft das anders. Wer auch immer dir erzählt hat, dass du hart drauf bist, er hat dich verarscht. Ich bin hier, weil ich dir sagen will, dass ich dich schon sehr lange kenne. Damals warst du scheiße und du bist es immer noch. Kleinen Jungs Angst einjagen! Wenn du das noch mal machst, schieb ich dir ein Bierglas in den Arsch. Eins mit Henkel.«

Hätte man die Atmosphäre in Flaschen abgefüllt, man hätte Molotowcocktails bekommen. Geschult in Überlebenstechniken, analysierte Macey die Inhaltsstoffe.

Jetzt, nachdem er gesagt hatte, was er zu sagen hatte, stand John Rhodes vollkommen reglos da.

Das Furchterregendste an ihm war die Erkenntnis, dass das Geschehene Ergebnis maßvoller Zurückhaltung seinerseits war und ihn eigentlich nur auf den Geschmack nach mehr gebracht hatte. Er wendete Gewalt nicht einfach nur an, er liebte sie. Dabei war er ganz er selbst, verspürte den gewissen Kick. Wie ein Dichter, der einmal ein Epos verfasst hat, wollte er sich nicht mehr mit Knittelversen und kleineren Prügeleien aufhalten, wenn die Situation so wie jetzt ausreichend Anlass bot, in die Vollen zu gehen.

Die anderen, auch Panda Paterson, verhielten sich wie Möbelstücke. Eigentlich ging es nicht um sie. Selbst Panda hatte es eher zufällig erwischt, wie ein Stück Papier, auf dem John seine Botschaft fein säuberlich in Blockbuchstaben notiert hatte. Adressat war Cam Colvin.

Macey wusste, dass Johns Wut selbst im Augenblick ihres Ausbruchs eine gewisse Subtilität behielt. Weder Cam noch er konnten Konfrontationen gebrauchen. Daran konnte man sterben. John hatte sich für eine versteckte Beleidigung revanchiert. Jetzt war Cam an der Reihe.

Er ließ sich Zeit. In seinem Blick lag wie immer gedankenverlorene Konzentration, als wäre der Rest der Welt nur irrelevantes Rauschen. Gegen Druck von außen schien er völlig unempfindlich, Macey glaubte, er hätte sich sogar in der Achterbahn noch eine Zigarette gedreht. Er sah John Rhodes direkt an.

»An deinem Rückwärtsgang musst du noch arbeiten«, sagte er. »Der ist scheiße.«

Es klang triumphierend. Alle lachten außer Panda Paterson, der sich kleinlaut aufrappelte.

John Rhodes nahm, wie mit einem seidenen Lasso gebändigt, am Tisch Platz. Die anderen setzten sich dazu. Dan Tomlinson brachte die Getränke, Port für John und Bier für die anderen. Cam trank Orangensaft. Dan Tomlinson ging hinaus. Die Besprechung wurde fortgesetzt.

»Eigentlich wollte ich nur Hook sprechen, John«, sagte Cam.

»Hab's gehört. Aber ich dachte, ich komme mit. Hab auch noch eine kleine Nachricht zu überbringen.«

Er sah Panda an, der zu Boden blickte.

»Weshalb wolltest du Hook sprechen? Warst ganz schön ungeduldig.«

»Bin's immer noch.«

Cam trank vorsichtig von seinem Orangensaft, seine Ruhe schien seinen Worten zu widersprechen.

»Paddy Collins ist tot.«

Er sagte es in der Erwartung einer unmittelbaren Reaktion, so wie ein König, der erwartet, dass seine Höflinge in helle Aufregung geraten, sobald er niest. Aber das Territorium war geteilt. John Rhodes kostete seinen Drink, als wäre er plötzlich zum Bonvivant geworden. Cams Besorgnis und Johns Gleichgültigkeit führten bei den anderen zu auswegloser Neutralität. Den Blick auf den Tisch gerichtet, wählte Cam seinen Ansatz so sorgfältig, als wollte er einen Faden durch ein Nadelöhr ziehen.

»Nicht, dass Paddy Collins wichtig wäre«, sagte er. »Ich hab bei Burton's im Schaufenster schon bessere Männer gesehen. Aber unsere Pauline hat ihn geheiratet. Er war nicht allein auf der Welt. Sie ist in einem schrecklichen Zustand. Frag mich nicht, warum. Wie die meisten Frauen. Anscheinend trägt sie ihr Hirn in der Hose. Aber so ist das nun mal. Und mir gefällt das nicht. Niemand scheißt ungestraft vor meine Tür. Wenn doch, wisch ich ihm den Arsch mit Rasierklingen.«

Die Worte gehörten zum Ritual, wie die Geräusche, die ein Meister der Kampfkünste in Vorbereitung auf eine Begegnung ausstößt. Er schien in diesem Augenblick von allen getrennt, probte die seinem Charakter entsprechenden Gesten, lokalisierte seinen Willen. Er war distanziert, fast schon förmlich. Aber man wusste, dass er gleich loslegen würde.

»Was glaubst du, wer die sind? Wo wohnen die? Wer auch immer Paddy Collins umgebracht hat, ich werde ihn finden. Was von dem übrig bleibt, reicht für keine Dose Hundefutter.«

Er hatte leise gesprochen. Da er keinerlei Zweifel hegte, hatte die Aussage auch keine stimmliche Bekräftigung nötig. Sie wurde geäußert so gleichmäßig wie Atemzüge.

»Er kam nicht mehr dazu, mir zu sagen, was passiert ist. Aber irgendjemand muss was wissen. Weißt du was, Hook?«

»Warte mal«, sagte John Rhodes. »Wieso soll er was wissen?«

»Ich frage ihn, John. Ich hab keine Lust, scheiß stille Post zu spielen.« Die Tonlage hatte sich nicht verändert. Nur der Kraftausdruck signalisierte abstrakt eine Steigerung. »Er ist ja hier und hat einen Mund. Lass ihn antworten.«

»Mag sein«, sagte John. »Kommt drauf an, wie die Frage gemeint ist.«

»John. Was du mit Panda machst, ist deine Sache. Ich hab nichts damit zu tun. Er war zufällig hier. Aber versuch mich nicht anzupissen, wo ich zu Hause bin. Jemand hat meinen Schwager umgebracht. Ich hab ihn mir nicht ausgesucht, aber er war nun mal der Mann meiner Schwester. Wer auch immer es war, wird ihm folgen. Ich stelle klare Fragen. Und ich meine nichts anderes als das, was ich sage. Lässt du Hook jetzt antworten?«

Macey spürte, wie sich die Achse des Raums zögerlich zu Cams Gunsten neigte. John Rhodes überlegte, ob er zu viel zuließ, anschließend lächelte er und nickte Hook zu.

»Woher soll ich was wissen, Cam?«

Cam beobachtete Hook. »Sag's ihm«, sagte er zu Panda.

»Na ja, ich lebe heutzutage eigentlich zurückgezogen. Aber ich komm gut klar.« Er konnte der Versuchung nicht widerstehen, sich ein kleines bisschen zu rehabilitieren, den anderen mitzuteilen, dass er nicht jeden Tag was auf die Fresse bekam. »Wir haben da so ein paar Sachen am Laufen.«

»Wir wollen deine Lebensgeschichte nicht hören«, sagte Cam. »Erzähl ihm von Paddy.«

»Na ja, ich hab immer mal wieder mit ihm zu tun gehabt. War ein Freund von mir.«

Anscheinend wollte er Loyalität als ausgleichenden Charakterzug anbieten.

»Über Tote soll man nicht schlecht sprechen«, sagte John Rhodes.

Panda war wie eine von zwei rivalisierenden Weltmächten bedrohte Bananenrepublik. Er spürte den Druck und redete in bewusst neutralem Tonfall weiter.

»Als ich das letzte Mal mit im gesprochen hab, war er total gut drauf. Glaubte, er würde bald zu Geld kommen. Jemand sei ihm noch was schuldig. Jemand, den er im ›Crib‹ treffen wollte.«

Die anderen warteten, aber das war alles, was Panda zu sagen hatte. Er saß da wie jemand, der die Pointe vergessen hat.

»Das war's?«, fragte John Rhodes.

»Nicht ganz«, sagte Cam. »Mickey.«

Macey fand Mickey Ballaters Anwesenheit interessant. Panda war ein Schmarotzer, lebte vom Ruf anderer. Warum er hier war, ließ sich leicht nachvollziehen. Aber bei Mickey Ballater war das anders. Macey dachte über ihn nach.

»Ich wollte Paddy besuchen«, sagte Mickey. »Kaum komme ich an, liegt er im Vicky. Hat über jemanden hier oben gesprochen, den er mir vorstellen wollte. Kam mir echt komisch vor. Ein Kerl namens Tony Veitch.«

Cam hatte immer noch Hook im Blick.

»Das ist alles, was ich habe«, sagte Cam. »›The Crib‹ und einer, der Tony Veitch heißt. Hook?«

»Tut mir leid, Cam. Würd dir helfen, wenn ich könnte.«

»Ein Aufpasser muss aufpassen. Ist dein Job, alle zu kennen.«

»Wie soll das gehen, Cam? Komm schon. Eine Kneipe wie das ›Crib‹ hat einen Namen, da gehen Touristen hin. Wichtig ist, dass die mich kennen. Wissen, dass ich da bin.«

»Ich will diesen Tony Veitch. Anscheinend war er's, den Paddy im ›Crib‹ treffen wollte. Hook, du warst doch mit Paddy befreundet, oder? Aber nicht schon immer.«

»Vor Jahren, Cam. Ein blöder Streit wegen einer Frau. Später haben wir drüber gelacht. Das muss er dir doch erzählt haben.«

»Hab warscheinlich nicht zugehört. Frauen. Das Arschloch. Egal …«

Ein Fremder war eingetreten. Ein großer Mann, der mit zunehmendem Alter in die Breite gegangen war. Viel war nicht passiert, das sein Gefühl von der eigenen Wichtigkeit beeinträchtigt hätte, und das wenige hatte er gleich wieder vergessen. Den grinsenden Mund hatte er auf eine Art geöffnet, die nahelegte, dass der Scherz privat war.

»Oh-ha«, sagte er, als er auf sie zukam. »Dachte doch, dass

ich Stimmen gehört habe. Ich war da drüben auf dem Klo. Da tanzen die Fliegen, Jungs. Wie sieht's aus? Gibt's was zu trinken?«

Er hatte bereits genug intus, um legal in Schutzhaft genommen zu werden. Cam Colvin war's, den er unterbrochen hatte. John Rhodes betrachtete ihn ohne jede Belustigung. Die anderen warteten.

»Hat die Katze eure Zungen gefressen? Gibt's hier was zu trinken?«

»Ja.« Cam sah ihn an. »Wie wär's mit einem Pint Blut? Frisch aus deinem Gesicht gezapft.«

Der Mann skizzierte ein kurzes Lachen und radierte es gleich wieder aus. Die Selbstsicherheit kam ihm abhanden und sein Gesicht probte unbeholfen mehrere Mienen, während er sich gleichzeitig am Tisch umsah, vom Aussehen der Mitwirkenden allmählich auf die Handlung schloss. Eine Komödie war das hier nicht. »Hm?«, machte er und wollte die anderen überzeugen, ihm eine Rolle anzubieten. Ein sehr schlechtes Vorsprechen.

»Wartet mal. Ihr müsst nicht ...«

»Verpiss dich«, sagte Cam betont präzise, als würde er Sprechtechniken unterrichten.

Der Mann ging raus, zog eine Nachhut aus sinnlosem Gebrumme hinter sich her, mit der er seiner Selbstachtung auf ihrem Rückzug Deckung gab.

»Ich muss mit Dan Tomlinson sprechen«, sagte Cam. »Vor Weihnachten soll er keine Ballons aufhängen. Egal. Ich finde, Hook sollte mir helfen, John.«

»Wieso?«

»Er kennt die Leute, die im ›Crib‹ ein und aus gehen. Er kann sich umhören. Nur für den Anfang, ich werde diesen Tony

Veitch finden. Nur für den Anfang. Wenn er's war, ist er tot. Und alle, die sich mir in den Weg stellen, kriegen auch was ab. Möchte nicht denken müssen, dass Hook mir nicht helfen wollte.«

John Rhodes grinste. Sie beobachteten einander.

»Wenn Hook oder sonst einem von meinen was durch dich zustößt, Cam, buchst du besser gleich ein Familiengrab. Paddy Collins bekommt jede Menge Gesellschaft.«

Die anderen waren mucksmäuschenstill. Professionelle Verbrecher sind grundsätzlich konservativ, vielleicht weil sie die Gesetze ernst nehmen müssen und nur effizient agieren können, wenn sich die anderen an die Vorschriften halten. Allen war bewusst, dass die Konfrontation die bestehende Ordnung bedrohte, wie ein nuklearer Gleichstand.

Macey begriff die Anspannung. Wollte man sich auf die Seite des Siegers schlagen, musste man in diesem Konflikt zu Cam halten. Seine Interessen waren größer und breiter gefächert und er war sehr viel besser organisiert als John. Aber auch Menschen mit mächtigeren Organisationen nötigte John Rhodes einen Riesenrespekt ab.

Und das hatte vernünftige Gründe. Wie eine alteingesessene Familienfirma, die von einem rücksichtslosen Unternehmen aufgekauft wurde, hatte sich John Rhodes etwas bewahrt, das sein Überleben garantierte: Er hatte ein reines, unverfälschtes Produkt anzubieten – hundert Prozent reine Gewalt. Wenn er abtreten musste, dann nur über mindestens eine Leiche, aber nicht seine. Alle wussten, wenn man sich gegen John Rhodes stellte, wurde es ernst. Mit ein oder zwei gebrochenen Kniescheiben ließ sich das nicht beilegen.

Cam schien über die altmodischen Werte nachzudenken, aus denen John ein Freudenfeuer aufschichtete, um sich seinen Sinn für Humor daran zu wärmen. Wenn es sein musste, konnte Cam damit umgehen, aber lieber nicht. Man wusste nie so genau, was auf der Strecke blieb.

Als er den Mund aufmachte, hatte er einen beinahe schon flehentlichen Gesichtsausdruck, bei dem auch der Wunsch mitschwang, die eigene Gewaltbereitschaft nicht abrufen zu müssen, da kein Ende abzusehen war.

»John. Du willst Ärger, dein Wunsch soll dir erfüllt werden. Aber muss es jetzt sein? Ich bitte nur darum, dass Hook guten Willen zeigt. Und auf wessen Seite er steht. Er kann helfen. Wird er's tun?«

John Rhodes trank seinen Port aus. »Was tun?«

»Mickey will sich umhören. Das ist ganz praktisch. Er ist praktisch. Man kennt ihn hier nicht mehr so wie früher. Und er könnte einen gebrauchen, der ihn ein bisschen an die Hand nimmt. Er denkt, dass Hook ihm helfen kann. Okay?«

Mickey sah Hook an, der die Frage an John Rhodes zurückgab. John nickte.

»Okay. Er hilft. Aber komm nicht wieder in eins meiner Pubs, Cam. Und du, Action Man.« Er zeigte auf Panda Paterson. »Wenn's auf eine meiner Kneipen auch nur regnet, mach ich dich dafür verantwortlich. Pass auf, dass das nicht passiert. Macey wird alles weiterleiten, was wir rausbekommen, okay?«

»Okay. Der Kerl heißt Tony Veitch. Wir sprechen uns bald, Macey.«

Macey nickte knapp, um seine Besorgnis zu kaschieren. Bei einer so beunruhigenden Vermählung wie dieser lief der Trauzeuge am Ende Gefahr, den Hochzeitsgästen zum Fraß vorgeworfen zu werden.

12

EIGENTLICH HÄTTE DIES ein Samstag sein sollen, aber Harkness kam der Tag ganz anders vor. Eher wie der achte Tag einer entstellten Woche, ein einunddreißigster Juni. Er passte nicht. Vielleicht war auf dem Mond eine Sicherung durchgebrannt.

Sie waren nicht im Büro. Bereiteten sich auf keinen Gerichtstermin vor. Sie observierten niemanden und streiften auch nicht auf der Suche nach Informationen durch die Straßen. Sie waren in Pollokshields.

Diesen Teil von Glasgow kannte Harkness kaum, nur gelegentlich fuhr er über die South Side zur Arbeit und hier durch, wobei er versuchte, keinen Anstoß an den Häusern zu nehmen. Außen hui, innen pfui, sagte er sich ständig, um den Neid zu bekämpfen, der ihn hier wie plötzlicher Sauerstoffmangel überfiel.

Aber das stimmte nicht. Reichtum war hier realer, als es den Anschein hatte. Einige der riesigen gelben Sandsteingebäude waren in Wohnungen umgewandelt worden, das war richtig. Einige hatten sich in eigenständige pakistanische Dörfer verwandelt. Aber die Infiltration einiger weniger lediglich wohlhabender oder gar armer Menschen genügte nicht, um den grundsätzlichen Eindruck zunichtezumachen, den Pollokshields vermittelte.

Auch das Haus, das sie suchten, bestätigte dies, eine Sandsteinburg mit Türmchen, von der Straße durch eine niedrige Mauer und eine hohe Hecke wie durch die bescheidenere Variante eines Wassergrabens getrennt. Der Wintergarten seitlich am Haus war schon architektonisch hochinteressant, feuchte Vegetation unter einem Kuppeldach. Im Haus hatte Harkness halb erwartet, einen Katalog gereicht zu bekommen. In dem weiträumigen Eingangsbereich hingen zwei abstrakte Gemälde, ein Terrakottafries an der Wand – antike Nackte im Blätterwald. Die Treppe sah aus, als könnte man ausgezeichnet einen gläsernen Schuh darauf verlieren. Das bunte Fenster färbte den beigefarbenen Teppich.

Der Raum, in den man sie geführt hatte, war üppig mit Leder und Holz ausstaffiert, neureichere Einrichtungsgegenstände waren nicht erlaubt. Hier war so viel Platz, dass Harkness die Sessel, in denen sie Platz genommen hatten, wie Wasserstationen in der Steppe erschienen. Er betrachtete seinen Gastgeber, der ein Glas Chivas Regal in der Hand schwenkte, und fragte sich, weshalb Laidlaw den ihm angebotenen abgelehnt und ihn dadurch gezwungen hatte, ebenfalls abstinent zu bleiben. Nicht dass Laidlaw noch nie im Dienst getrunken hatte.

Milton Anthony Veitch, wie er sich selbst vorgestellt hatte, bekleidete sein Alter von knapp über fünfzig, als wäre alles davor lediglich Lehrzeit. Sein Haar war wunderschön grau, relativ lang und präzise geschnitten, es wirkte nicht nur gewaschen, sondern professionell gereinigt. Das leicht verlebte Gesicht trug er stolz zur Schau, wie eine Trophäe. Die Falten hatte er sich verdient. Was Frauen betraf, glaubte Harkness, lag er noch gut im Rennen. Stand eine Dame nicht auf ihn, so war das ihr Problem.

Er war groß, aber fast schlank geblieben. Erst allmählich hängte sich sein Gewicht an ihn wie ein minderwertiger Anzug.

Wenn er so wie jetzt in seinem Echtledersessel saß, wölbte sich der Bauch leicht vor. Aber auch das war ein sehr geschmackvolles Attribut, eine Erinnerung an gute alte Zeiten. Vielleicht war er nicht mehr auf allen Gebieten auf der Höhe, dachte Harkness, aber das musste er auch nicht sein. Geld erlaubte ihm, sich durch erfundene Lebensräume zu bewegen, und dort war er immer noch etwas Besonderes, ein alternder Löwe in Longleat. Harkness dachte, dass sein Gastgeber niemand war, mit dem er gerne Geschäfte gemacht und dabei den Kürzeren gezogen hätte.

Milton Veitch hatte gelauscht, als Laidlaw ihm von Eck und dem Zettel mit seiner Adresse erzählte. Er seufzte.

»Sie haben den Zettel sicher dabei, nicht wahr?«

Laidlaw zog ihn aus der Tasche, durchquerte den Raum und gab ihn Mr Veitch, dann kam er zurück und setzte sich. Das dauerte so lange, dass Harkness glaubte, die Einrichtung eines Busverkehrs wäre sinnvoll gewesen. Mr Veitch betrachtete seinen Drink, dann blickte er auf.

»Tony«, sagte er.

»Tony?«

»Mein Sohn. Das hat Tony geschrieben.«

»Sind Sie sicher, Mr Veitch?«

Er lächelte.

»Ich denke, ich kenne seine Handschrift. Außerdem wurde mir erst jüngst die Ehre zuteil, eine Nachricht von ihm zu erhalten. Einen Brief sozusagen. Der Inhalt ist mir noch lebhaft im Gedächtnis.«

Er erhob sich, ging zur Tür und rief: »Alma!« Harkness fand die Frau, die daraufhin erschien, sehr interessant – wie die meisten Frauen. Er hatte den Eindruck, Laidlaw, der behauptete, der Anblick gut aussehender Frauen sei eine der wenigen steuerfreien Vergünstigungen, die der Polizistenberuf ihnen bescherte, schien diese Ansicht zu teilen. Sie verdeutlichte Harkness erneut, weshalb ihn ältere Frauen anzogen. Ganz einfach: Sie hatte erlebt, was er nicht erlebt hatte, aber erleben wollte. Kaum hatte er sie erblickt, entdeckte er eine Türöffnung, durch die er gehen wollte.

»Das ist Miss Brown«, sagte Milton Veitch, was ungefähr so war, als hätte er auf die Kathedrale von Reims gezeigt und gesagt: »Das ist eine Kirche.«

Sie lächelte und Harkness' Kopf schlug einen Purzelbaum. Ihr Lächeln war wunderschön, langsam, unüberlegt und unbefangen. Harkness hielt es für einen Amazonas und wusste, was er werden wollte: Forschungsreisender.

»Sie führt mir den Haushalt.«

Alle Anwesenden wussten, was er meinte, und Harkness war zutiefst enttäuscht. Sie hätte so viel mehr sein können, das wusste er. Erste Bedenken beschlichen ihn.

»Alma. Haben wir noch den Brief, den Tony geschrieben hat?«

»Welchen Brief?«

Sein Gesichtsausdruck wies sie an, keine Spielchen zu spielen.

»Welcher Brief wohl?«

»Du hast ihn weggeworfen. Weißt du's nicht mehr?«

»Egal, spielt keine Rolle. Es ging nur darum, die Herren von der Polizei davon zu überzeugen, dass ich die Handschrift meines eigenen Sohns erkenne. Vielleicht bleibst du besser hier.«

Er stellte alle einander vor und sie setzten sich wieder.

»Worum ging es in dem Brief?«, fragte Laidlaw.

»Gute Frage. Ein Trotzanfall gegen den Vater, schlauer bin ich daraus nicht geworden.«

»Ihr Sohn lebt nicht hier?«

»Nein, schon eine ganze Weile nicht mehr. Tatsächlich wissen wir gar nicht, wo er derzeit lebt.«

»Aber erst seit einer guten Woche«, sagte Alma. »Gib ihm Zeit.«

»Ich habe keine mehr«, sagte Mr Veitch. »Keinen einzigen Tag.«

Sie sahen einander an, der abwesende Tony bildete eine Eisschicht zwischen ihnen.

»Hat der Brief etwas damit zu tun?«, fragte Laidlaw.

Mr Veitch fiel wieder ein, dass er Gäste hatte. Er seufzte.

»Das ist eine lange und größtenteils unappetitliche Geschichte. Mein Sohn studiert an der Glasgow University. Hat studiert. Während seines Examens ist er verschwunden, und zwar bevor er alle Prüfungen abgelegt hatte. Der Brief sollte mir sein – ich will es mal so nennen – Verhalten erklären. Es handelte sich dabei eher um einen mit der Post verschickten Roman.«

»Hat er vorher schon nicht mehr hier gewohnt?«

»Er hatte eine Wohnung in der Stadt. Die wilde Freiheit der Jugend, war das wohl. Aber seit er dort weg ist, haben wir keine Ahnung mehr, wo er steckt.«

»Sie haben nicht versucht, ihn ausfindig zu machen?«

»Nun, offensichtlich geht es ihm gut. Sein Brief strotzte nur so vor Geringschätzung. Ich denke, er hat endlich eine Möglichkeit gefunden, seiner Verachtung für alles, wofür ich stehe, Ausdruck zu verleihen. Die Botschaft hat er mir bereits lange genug zu vermitteln versucht. Ich habe bewusst keine Polizei eingeschaltet. Wenn er sich von mir lossagen möchte, dann hat er das Recht dazu. Er ist schließlich über einundzwanzig. Gerade so. Vielleicht wollen Sie Alma den Zettel zeigen?«

Alma hielt sich nicht lange mit der Lektüre auf. Milton Veitch betrachtete sie durchdringend, aber sie sah ihn nicht an.

»Das ist Tonys Handschrift«, sagte sie.

»Der Mann, bei dem wir ihn gefunden haben, war Stadtstreicher. Eck Adamson. Er ist tot. Vergiftet.«

»Mutmaßlich«, sagte Harkness.

Laidlaw ignorierte die Fußnote.

»Hat einer von Ihnen beiden ihn gekannt?«

»Ich führe ein recht großes Unternehmen und begegne dort nicht vielen Stadtstreichern.«

Alma Brown schüttelte den Kopf.

»Er war ein netter Penner«, sagte Laidlaw. »Die anderen Namen, Paddy Collins? Ein kleiner Krimineller. Nein? Ich nehme nicht an, dass Ihnen ein Pub namens ›The Crib‹ etwas sagt?«

Beide sahen aus, als hätten sie vergessen, dass er da war.

»Wahrscheinlich haben Sie keine Filialen in Saracen, Mr Veitch. Lynsey Farren?«

Der Name veränderte die Raumtemperatur. Man spürte, wie sie merklich abkühlte. Alma Brown blickte unwillkürlich zu Milton Veitch. Wie der Name einer Versteckten. Seine Deckung flog auf. Er wirkte verärgert.

»Wir kennen Lynsey Farren, alle beide«, sagte er. »Sie ist Lord Farren of Farrens Tochter. Lady Lynsey Farren. Sie dürfte noch seltener mit Stadtstreichern verkehren als ich.«

Er sagte dies, als sei die Angelegenheit für ihn damit erledigt. Harkness hatte Zweifel.

»Und Tony kennt sie ebenfalls, wenn ich Sie richtig verstehe?«, fragte Laidlaw.

»Ja, er kennt sie. Unsere Familien kennen einander seit Jahren. Seit Lynseys und Tonys Kindertagen. Aber ich möchte wirklich nicht, dass man Lynsey mit dem Unsinn behelligt, den mein Sohn angestellt hat. Was ist denn überhaupt passiert?«

Dachte schon, er fragt nie, schoss es Harkness durch den Kopf.

»Möglicherweise hören Sie es nicht gerne, Mr Veitch. Paddy Collins wurde erstochen. Und damit stehen schon zwei Tote in Zusammenhang mit diesem Zettel, den Ihr Sohn geschrieben hat. Wir wissen nicht, was passiert ist. Aber ich denke, sie werden mir zustimmen, dass es einen gewissen Aufklärungsbedarf gibt. Eck und Paddy Collins schweigen. Was wird uns ›The Crib‹ erzählen? Man könnte genauso gut ein Stadion voller Fußballfans vernehmen. Damit bleiben Sie und Lynsey Farren. Wir sprechen mit Ihnen und werden auch mit ihr sprechen. Übrigens gehört die Telefonnummer auf dem Zettel zu einer Telefonzelle im Queen Margaret Drive. Sagt Ihnen das was?«

Zuerst schüttelte er den Kopf, dann tat sie es ihm gleich.

»Dürfte ich um Miss Farrens Adresse bitten?«

»Ich weiß nicht recht, ob mir Ihre Art gefällt.«

Laidlaw blickte zu Boden, als wollte er abwarten, bis die Belanglosigkeiten verflogen waren. Aber Mr Veitch steuerte auf nichts anderes als eine Konfrontation zu.

»Ich sagte, ich weiß nicht, ob mir Ihre Art gefällt.«

Laidlaw sah ihn an. »Das mag sein«, sagte er leise. »Ich bin auch nicht sicher, ob Sie meiner Art gefallen. Glücklicherweise spielt das aber gar keine Rolle.«

»Milton!« Alma Brown wirkte auf ihn ein. »Bitte. Wenn was mit Tony ist, müssen wir helfen. Wir müssen. Lynsey würde das auch wollen. Es wird ihr nichts ausmachen, befragt zu werden.«

Er beriet sich mit seinem Drink, dann nannte er eine Adresse in East Kilbride, unter der Harkness nicht unbedingt Adelige vermutet hätte.

»Arbeitet sie?«, fragte Laidlaw.

»Hier ist für mich die Grenze erreicht. Sie hat ihr eigenes Unternehmen, und ich denke nicht, dass es diesem guttut, wenn die Polizei dort auftaucht.«

Laidlaw wartete ab und Mr Veitch schien sich wieder zu beruhigen.

»Es gibt Gründe, weshalb ich Lynsey ungern in die Sache hineinziehen möchte«, sagte er wie ein Kabinettsminister im Gespräch mit einem naiven Fragesteller. »Lord Farren ist ein alter Mann. Im Prinzip lebt er in der Vergangenheit. Das Elend der modernen Lebensumstände erreicht ihn nicht. Es wäre schön, wenn das so bliebe. Würde Lynsey in etwas Unappetitliches verwickelt, wäre das sein Tod. Und Lynsey hat ohnehin selbst genug um die Ohren, würde ich meinen.«

Laidlaws Interesse war geweckt.

»Womit?«

»Ein Vorfall, bei dem die Polizei eingeschaltet wurde. Ein Besuch bei ihr zu Hause in der Wohnung endete wohl sehr unschön. Gewalttätig, glaube ich.«

»Wissen Sie, wer bei ihr war, oder was passiert ist, Mr Veitch? Worum ging es?«

»Leider sind mir keine Einzelheiten bekannt. Ich hab das arme Mädchen auch nicht weiter bedrängt. Hatten Sie noch weitere Fragen?«

»Ein oder zwei. Kennen Sie Tonys Freunde oder wissen Sie, wo er sich aufhalten könnte? Fällt Ihnen jemand ein, mit dem er Kontakt aufnehmen möchte? Orte, die er aufsuchen würde? Irgendetwas in dieser Richtung?«

»Tut mir leid«, sagte Alma Brown.

»Die Antwort lautet sämtlich Nein«, sagte Mr Veitch. »Er ist mir bereits seit Jahren fremd. Ich hoffe, so wird es bleiben.«

»Wovon lebt er?«, fragte Laidlaw.

Die Frage schien Mr Veitch zu erstaunen.

»Wie meinen Sie das?«

»Geld. Wenn er sich versteckt. Woher bekommt er Geld?«

Mr Veitch lächelte.

»Er hat sein eigenes. Meine Frau ist vor zehn Jahren gestorben und hat meinem Sohn ihr gesamtes Vermögen hinterlassen. Seit seinem einundzwanzigsten Geburtstag kann er darüber verfügen. Was vielleicht den Zeitpunkt seiner Rebellion erklärt. Wie nicht wenige Rebellen, zieht er es vor, den Aufstand finanziell abgesichert zu proben.«

»Haben Sie Fotos von ihm?«, fragte Laidlaw.

»Wenn, dann trage ich sie sicher nicht am Herzen.«

»Ich suche welche raus«, sagte Alma Brown und ging hinaus.

Milton Veitch schenkte sich nach und setzte sich wieder.

»Denken Sie, Tony hat etwas Schreckliches getan?«, fragte er. »Oder dass er irgendwie für das Geschehene verantwortlich ist?«

Laidlaw zuckte mit den Schultern.

»Nicht unbedingt. Auf keinen Fall unbedingt. Aber zwei Menschen wurden ermordet.« Er sah Harkness an, womit er ihm mitteilte, dass er an dieser Stelle keine Einmischung seitens eines Puristen gebrauchen konnte. »Das sind die einzigen Anhaltspunkte, die wir haben. Das ist alles.«

»Wissen Sie«, preschte Mr Veitch vor. »Ich fürchte, es würde mich nicht wundern. Es würde mich überhaupt nicht wundern.«

Seine Stimme verklang, als Miss Brown eintrat. Sie gab Laidlaw zwei Fotos.

»Die können Sie behalten«, sagte sie. »Ich habe noch weitere Abzüge.«

Mr Veitch erhob sich. Es blieb ihnen nichts anderes übrig, als es ihm gleichzutun. Als Harkness neben Mr Veitch in seinem hellgrauen Anzug stand, der so teuer aussah, dass er auch aus handbestickten Zehn-Pfund-Scheinen hätte geschneidert sein können, hatte er das Gefühl, seine Schuhe sähen aus wie jedes Mal, wenn er eine neue Hose anprobierte – urplötzlich schäbig.

»Oh, ein Letztes noch«, sagte Laidlaw. »Ich weiß nicht, ob Sie sich eingeprägt haben, was Tony auf den Zettel geschrieben hat. Aber in meinen Augen wird ein gewisses verbrecherisches Interesse offenkundig. Finden Sie, dass Tony so was ähnlich sieht?«

»Fragen Sie mich nicht«, sagte Mr Veitch. »Ich habe ihn kaum gekannt.«

»Vielleicht sollten Sie es gar nicht so ernst nehmen«, sagte Miss Brown. »Tony hat sehr viel geschrieben. Er hat Massen an Papier beschriftet. Wir haben dem nie viel Bedeutung beigemessen. Vielleicht hätten wir es tun sollen.«

»War der Brief seit seinem Verschwinden das einzige Lebenszeichen?«

»Der hat gereicht. Glauben Sie mir«, sagte Mr Veitch.

Als sich alle betreten Richtung Tür bewegten, spürte Harkness die Fremdheit dieser beiden Menschen, die gemeinsam unter einem Dach lebten und Gespräche voller Schatten führten. Er dachte, dass ein so großes Haus wie dieses nötig war, um all die Gespenster unterzubringen, die er in ihrer Beziehung zueinander zu erkennen glaubte, und fragte sich, ob Reichtum so etwas aus den Menschen machte. Ob die großen Häuser aus den Gespenstergeschichten wirklich von der Schuld derer heimgesucht wurden, die ungerechterweise etwas besaßen, während andere leer ausgingen. Jedenfalls konnte er sich nicht erinnern, jemals Spukgeschichten gelesen zu haben, die in Einzimmerwohnungen spielten.

Im Wagen nahm Laidlaw die Fotos aus der Tasche und betrachtete sie, dann gab er sie an Harkness weiter. Sie zeigten einen blonden jungen Mann mit ernster Miene und intensivem, staunendem Blick. Das eine war farbig und mit Blitz aufgenommen, Tony blickte von seiner Lektüre auf. Das andere war schwarz-weiß und im Freien geknipst. Tony Veitch trug einen Mantel und stand vor einem Haus. Er wirkte wie ein frisch von irgendwo eingetroffener Flüchtling.

»Was siehst du, Boy Robin?«, fragte Laidlaw.

»Einen Mörder?«, fragte Harkness.

»Ein Geheimnis. Das genügt fürs Erste.«

Laidlaw steckte den Flüchtling wieder ein und überließ Harkness den Leser.

»Milton Veitch äußert sich weniger vage«, sagte Harkness.

»Ja, er hatte es eilig, nicht wahr? Ich frage mich, warum. Aber ich sag dir was. Weißt du, wer den ersten Stein wirft? Das Arschloch mit der größten Schuld. Wenn du einen Sohn hättest, der in ähnlichen Schwierigkeiten steckt, wie er sie seinem Sohn unterstellt, was würdest du tun?«

»Woher soll ich das wissen?«

»Und woher ich? Aber ich wette, ich würde ihn suchen. Ich würde wissen müssen, was passiert ist. Wenn Jackie groß wird und in so was reingerät, würde ich mich fragen, was ich falsch gemacht habe. Herrgott noch mal, ich könnte einen besseren Vater aus Bast flechten, als der einer ist.«

Harkness sah ihn besorgt an. Laidlaw war viel zu inbrünstig. Welche Kräfte auch immer in ihm wirkten, sie verstärkten sich. Laidlaw war jetzt vierzig, aber die Wut tickte in ihm wie ein Geigerzähler und wurde in keinster Weise vom Alter besänftigt.

Harkness glaubte zu wissen, was es war, das unaufhörlich Druck auf ihn ausübte und ihn so unter Strom stellte. Ein paar Mal war er bei Laidlaw zu Hause gewesen und hatte gesehen, dass er sich in seiner zerrütteten Ehe als den Rettungsanker seiner drei Kinder betrachtete. Gleichzeitig bestand er darauf, während der Arbeit an wichtigen Fällen im Burleigh Hotel in der Sauchiehall Street zu übernachten, was wohl kaum am Komfort und der Küche dort lag. Eher schon, da war sich Harkness sicher, an Jan, der Rezeptionistin. Dazu kam Laidlaws natürliche Neigung, Not und Elend geradewegs anzuziehen, was eine Mixtur ergab, die jeden Dampfkochtopf explodieren ließ.

»Okay, Jack«, sagte Harkness. »Wohin? East Kilbride?«

»Sie wird jetzt nicht da sein. Zurück in die Stadt, Brian. Außerdem, selbst wenn sie da wäre, können wir kaum schneller fahren als andere telefonieren.«

»Was?«

»Mr Veitch ruft sie in diesem Moment an. Darauf kannst du dich verlassen. Galahad ist gesund und munter. Und spielt mit sich selbst.«

Während der Fahrt fiel Harkness etwas ein.

»Sag mal, wieso hast du den Whisky heute wieder abgelehnt? Das wird auf Dauer ganz schön eintönig.«

»Ich trinke meinen Whisky mit Wasser«, sagte Laidlaw. »Nicht mit Herablassung.«

13

»... IN DIESER TRÄGEN STADT diese Menge, daneben ihr Schrei aus Hunger, aus Elend, aus Aufruhr, aus Hass, diese Menge, so seltsam geschwätzig und stumm.«

Gus Hawkins las das Ende des Satzes gerade zum zweiten Mal, als es an der Tür klopfte. Er aß eine zusammengeklappte Scheibe Brot mit Marmelade, seine samstagmittägliche Rückkehr zum Trostfutter seiner Kindheit, dazu trank er den letzten Rest seines Tees. Seine Mutter räumte den Tisch ab. Sein Vater saß im Sessel, ein Starrsüchtiger vor dem Fernseher. Gus wollte aufstehen.

»Ich geh schon, Sohn«, sagte seine Mutter. »Wahrscheinlich ist es Maggie von unten.«

Ihr verdutztes »Oh«, als sie die Tür öffnete, ließ Gus aber erneut aufblicken. Sein Bruder stand dort, trug seine Narbe im Gesicht, als wollte er seiner Mutter beichten, welcher Arbeit er nachging. Er umarmte sie überschwänglich und zwinkerte Gus über ihre Schulter hinweg zu. Seine Fröhlichkeit diente der Ablenkung.

»Wie geht's der besten kleinen Mama in ganz Großbritannien? Hey, Da. Ich hab einen Freund mitgebracht, Ma. Wir wollen uns mal mit Superhirn hier unterhalten.«

»Jimmy! Hab schon gedacht, du hast vergessen, wo wir wohnen.«

Was Verärgerung hatte sein sollen, wurde in Lachen verwandelt durch die Alchemie, die Müttern ermöglicht, ihre Kinder zu denen zu machen, für die sie sie halten.

»Niemals. Das ist ein Kumpel aus Birmingham. Mickey Ballater.«

Gus sah den großen Mann an, der hinter seinem Bruder in die Wohnung trat. Was auch immer er in Birmingham machte, Bankangestellter war er nicht. Gus' Mutter schloss die Tür.

»Komm rein, Sohn. Komm rein. Mickey, richtig? Ich mach euch Tee. Haben auch gerade welchen getrunken. Gus kommt jeden Samstag zum Essen. Dann weiß ich, dass er wenigstens einmal die Woche was Anständiges bekommt. Ich weiß nicht, warum er nicht ganz hier wohnen will. Aber so ist sie nun mal, die Jugend heutzutage.«

»Ich weiß, was Sie meinen«, sagte Mickey Ballater.

»Ma. Halt uns nicht mit Tee auf. Wir müssen gleich weiter. Wir waren zufällig in der Gegend und sind reingekommen, um einen kleinen Streit beizulegen. Ich hab ihm erzählt, dass mein Bruder ein Genie ist. Der weiß so was.«

Gus merkte, dass sein Bruder verzweifelt improvisierte, nicht wusste, was er als Nächstes sagen sollte. Hook Hawkins sah, dass die Balkontür offen stand, und redete weiter.

»Pass auf, wir wollen Da nicht beim Fernsehen stören. Wir gehen raus auf den Balkon. Okay, Gus?«

Er trat, gefolgt von Mickey Ballater, auf den Balkon.

»Super Aussicht, oder?«, fragte er.

»Nicht schlecht, gar nicht schlecht.«

Gus legte langsam sein Buch zur Seite. Er sah seine Mutter an und wusste nicht, ob ihr Gesichtsausdruck ihre wahren Gefühle verriet oder ob sie diese entschlossen für sich behielt. Anscheinend war ihr ältester Sohn ein entsetzlicher Witzbold. Gus trat ebenfalls auf den Balkon. Dort war's jetzt ganz schön voll.

Sie befanden sich im dreizehnten Stockwerk und Mickey Ballater wirkte beeindruckt.

»Hab die Gorbals nie von so hoch oben gesehen. Von da unten schon, na klar. Wundert mich, wie klein alles aussieht. Wenn man da mittendrin steht, denkt man, die sind endlos. So was nennt man wohl Fortschritt, oder?«

Gus sagte nichts. Mit den Gedanken war er noch halb bei Aimé Césaires *Zurück ins Land der Geburt*. Er hatte noch gar nicht kapiert, wie es kam, dass er bei seinen Eltern zu Hause mit seinem Bruder und einem anderen Gangster auf dem Balkon stand. Er wartete darauf, die Ereignisse einzuholen.

»Gus«, sagte Hook. »Mickey will mit dir über Tony sprechen.«

»Welchen Tony?«

»Komm schon, Gus. Tony Veitch.«

»Tony Veitch? Worum geht's?«

»Um Tony Veitch«, sagte Mickey.

»Was willst du von ihm?«

»Geld«, sagte Mickey. »Darum geht's. Einen Haufen Geld.«

»Wieso?«

»Er schuldet mir Geld.«

»Tony schuldet dir Geld?«

»Ist eine lange Geschichte«, sagte Mickey. »Und sie wird immer länger. Er schuldet mir Geld.«

Gus sah, dass sein Vater immer noch glotzte und seine Mutter immer noch abräumte. Es lief ein alter Film auf BBC2, ein grauer Schauspieler redete Blödsinn auf irgendeine graue Schauspielerin ein, die sich den Mist anhören musste. Die Sorte Film, die in den klugen Zeitungen am Sonntag als »feinfühliges Sittengemälde« oder »zeitloses Kino« beschrieben wurde. Das war einfach nur Mist, viele Leute wollten viel Geld auf die Art verdienen, wie sie's am besten konnten.

Gus war wütend. Wieso sah sich sein Vater so was an? Sein eigenes Leben war aufregender gewesen als jedes dieser Melodramen. Und was ihm passiert war, hatte er noch nicht ein einziges Mal im Fernsehen gesehen. Gus sah seine Eltern in einer klitzekleinen Gastrolle, sie waren für diesen Augenblick nebensächlich, nebensächlich für ihre eigenen Söhne, erstarrt zur Dekoration. Er hasste das. Seine Wut drohte überzukochen.

»Was soll das?«, fragte er seinen Bruder.

»Mickey stellt dir nur eine Frage«, sagte Hook. »Wo ist Tony Veitch?«

»Nein.« Gus starrte seinen Bruder an. »Ich will wissen, was das soll?«

»Wo ist Tony Veitch?«, fragte Mickey.

Gus wandte den Blick.

»Ich spreche mit meinem Bruder«, sagte er. »Was soll das?«

»Gus«, sagte Hook Hawkins. »Tony wird gesucht.«

Gus sah kurz zu seinen Eltern.

»Wieso organisierst du nicht gleich Bandenkriege bei Ma und Da in der Küche?«, fragte er. »Was fällt dir ein, meiner Ma einen Gangster ins Haus zu bringen?«

»Hör zu«, sagte Mickey.

»Nein, du hörst zu.« Gus Hawkins war eine Bombe kurz vor der Detonation. Er starrte Ballater an. »Hier wohnen anständige Leute. Wir brauchen dich nicht.«

In Mickey Ballaters Kopf schrillte eine Sirene. Er erinnerte sich an einen Imbiss in Calton. Er war besoffen gewesen und hatte einen kleinen, nicht mehr ganz jungen Mann beleidigt. Zur Belustigung der Umstehenden hatte er gesagt: »Hier hat jemand einen gelassen. Du warst das!« Und er hatte auf den Kleinen gezeigt. Der sagte nichts, bezahlte seine Pommes und ging.

Als Mickey Ballater den Laden verließ, dachte er schon nicht mehr dran, an die nächsten Minuten konnte er sich nicht mehr erinnern. Später kam er drauf, dass ihm der Kleine beim Herauskommen eine verpasst haben musste, vermutlich mit einem Auslegekran. Da begriff Ballater, dass immer der Mann der gefährlichste ist, dessen persönliche Werte mit Füßen getreten werden. Greift man eine Maus in ihrem Loch an, wird sie versuchen, einen totzuknabbern. Und das hier war keine Maus. Er sah den Vertreter einer eigenen, niemals aussterbenden Spezies vor sich, einen Jugendlichen, der seine Grenzen nicht kennt. Gus Hawkins hatte sich vor lauter Aggression aufgeblasen wie ein Gockel, hatte mit den Stänkereien schon angefangen, bevor Mickey überhaupt auf Ideen kam.

Mickey wusste, wenn es hart auf hart kam, hatte der Junge keine Chance. An sechs Tagen der Woche hätte er ihn einfach kaltgemacht. Aber heute war der siebte – die falsche Zeit, der falsche Ort. Deshalb war er nicht hergekommen. Also begnügte er sich mit einer kraftlosen Geste.

»Warte mal!«, sagte er.

Gus Hawkins wartete. Mickey fand hilfreich, dass Hook Hawkins sich endlich einmischte.

»Hör zu«, sagte Hook.

»Jim!«, fiel ihm Gus sofort ins Wort. »Komm mir nicht mit so einer Scheiße. Ich bin dein Bruder. In meinen Augen nimmst du dir was raus. Wir sind hier, wo du herkommst. Versuch uns bloß nicht einzuschüchtern. Ich nehm's mit dir auf. Aber so einen Quatsch kann ich echt nicht gebrauchen. Wenn du dich nicht benehmen kannst, zeig ich dir eine Abkürzung nach unten.«

Er nickte Richtung Gehweg dreizehn Stockwerke tiefer. Mickey Ballater konnte kaum fassen, wie albern der Junge war. Unglaublich, was hier passierte. Er staunte darüber, wie ernst Hook ihn nahm.

»Verfluchte Scheiße«, sagte Hook. »Reiß dich zusammen. Der Mann hat dir nur eine Frage gestellt. Tony schuldet ihm Geld.«

»Das glaube ich nicht.«

»Aber es ist so.«

»Tony Veitch hat selbst Geld. Seine Mutter hat ihm was vererbt. Der muss niemandem was schuldig bleiben.«

»Hab nicht behauptet, dass er sich's geborgt hat«, sagte Mickey. »Hab gesagt, er schuldet mir was.«

»Wofür?«

»Das ist meine Sache.«

»Schön. Dann vergiss nicht, sie mitzunehmen, wenn du rausgehst. Und zwar schnell.«

Hook hob die Hand, um Mickey zuvorzukommen. Unten sah er zwei Jungs Ball spielen.

»Gus. Das ist hier kein Buch. Das ist Ernst. Ich wollte nicht herkommen. Hab's bei dir in der Wohnung versucht. Dann ist mir eingefallen, dass du hier zum Essen bist. Ein paar Leute haben es sehr eilig, wollen Tony Veitch finden. Mickey ist nur einer davon.«

»Wie meinst du das?«

»Big John Rhodes sucht ihn. Und Cam Colvin.«

Gus blickte ungläubig von einem zum anderen.

»Komm schon. Tony hat seine Abschlussprüfung geschwänzt.« Er lachte. »Sitzt Cam jetzt im Uni-Senat?«

»Was auch immer das ist, aber ich glaube, dein Tony hat was ausgefressen«, sagte Mickey.

»Die glauben, er hat Paddy Collins auf dem Gewissen«, erklärte Hook.

Gus guckte über die Balkonbrüstung, als hätte er den Ausblick nie zuvor gesehen. Dann lachte er und sah hoch in den Himmel. Als er sie wieder anschaute, war seine Gewissheit bereits am Bröckeln.

»Tony?«

»Tony«, sagte Hook.

»Aber warum sollte er so was machen?«

»Er war auch Paddy noch was schuldig«, sagte Mickey. »Wir wollten es uns zusammen holen. Als ich ankam, war Paddy schon tot. Und Veitch verschwunden. Sieht ganz danach aus, oder?«

»Meinst du?« Gus sah Hook an.

Hook nickte.

»Und was hab ich damit zu tun?«

»Du hast mit ihm zusammengewohnt, Gus«, sagte Hook.

»Und was hast du damit zu tun?«

Gus vollendete seinen Gedanken, ging noch einmal Hooks Behauptungen durch. Hook hatte was zu verbergen.

»Cam weiß nicht so richtig, was er von mir halten soll. Und ich hatte vor einer Weile mal schwer Stress mit Paddy.«

Hook hätte sich am liebsten mit einem Schutzschild gegen Gus' Starren gewehrt.

»Außerdem weiß ich, dass du ihn gemocht hast, Gus. Besser, Mickey findet ihn. Dann hat er nämlich eine Chance, rauszufinden, ob er's wirklich gewesen ist, bevor Cam ihn in die Finger kriegt.«

»Ich weiß nicht, wo er ist«, sagte Gus.

»Du weißt aber doch bestimmt irgendwas anderes«, sagte Mickey. »Ich halte ihm Cam Colvin vom Leib. Von dir weiß der nichts.«

»Also sag's ihm.«

»Du kriegst kein Napalm ab. Sondern dein Bruder. Würde deiner Mutter auch nicht gerade guttun.«

Gus sah ins Wohnzimer. Sein Vater saß da wie in Pompeji ausgegraben. Seine Mutter las Zeitung. Von außen betrachtet wirkte der Raum klein, zwei Sessel und ein bisschen Deko, die erbärmliche Summe zweier entbehrungsreicher Leben. Und hier auf dem Balkon stand, was sie in diesem Leben hervorgebracht hatten, ein Schläger, dessen Existenz ihrer Vorstellung von Anstand Hohn sprach, und ein Student, der nicht einmal angefangen hatte, ihnen zurückzugeben, was er ihnen verdankte. Die Wut darüber verließ ihn nie. Er blickte hinunter auf das, was einst die Gorbals waren. Sollte das eine Verbesserung sein? Seine Eltern lebten im dreizehnten Stock eines Gebäudes, in dem der Fahrstuhl ausfiel, wenn man ihn einmal schief ansah. Sein Vater hatte sein Leben im Wettbüro und im Pub verbracht. Seine Mutter begegnete der Welt mit einer unverminderten Anständigkeit, die diese nicht verdiente. Etwas musste geschehen. Und bis es so weit war, konnte er es nicht ertragen, ihnen weitere Sorgen aufzubürden.

»Gus«, sagte Hook.

Gus sah Hook an, dann Mickey Ballater.

»Komm bloß nicht noch mal her«, sagte er.

Aber er wusste selbst, dass seine aggressive Bemerkung einer stilsicheren Kapitulation gleichkam. Warum sollte er Tony Veitch schützen? Tony musste sich um sich selbst kümmern. Gus' Eltern waren wichtiger. Trotzdem hasste er es, dass ihn sein Bruder lehrte, sich selbst zu hassen. Familien sollten nicht so wichtig sein, aber hier waren sie es. Er dachte daran, dass sein Vater größere Bewunderung für Hook übrighatte, weil dieser von seinem Körper lebte, wohingegen Gus Bücher las. In den Augen seines Vaters war es besser, einen Aggressor zu Boden zu schlagen, als den Nicht-Aggressiven zu helfen, sich selbst zu mögen. Das war eine seltsame Philosophie, aber nicht ungewöhnlich dort, wo Gus lebte. Was wollten die Menschen hier?

»Okay«, sagte Gus. »Ich sag euch was, das vielleicht helfen kann. Es gibt ein Mädchen, Lynsey Farren heißt sie. Lady Lynsey Farren. Lord Farrens Tochter. Sie war erst mit Tony zusammen, dann mit Paddy Collins, und jetzt ist sie die Freundin von Dave McMaster.«

Ballater wusste, dass sie der Sache näherkamen.

»Wo finde ich sie?«, fragte er.

»Sie hat einen Laden in East Kilbride. ›Overdrive‹ heißt der.«

»Danke, Gus«, sagte Hook.

»Dafür, dass ich ein Arschloch bin? Gern geschehen.«

Geistesabwesend sah Gus die beiden zurück ins Wohnzimmer treten. Plötzlich kam Leben in seinen Vater, nur weil Jim ihn ins Pub einlud. Als sie weg waren, sah er, wie zufrieden seine Mutter aussah, als könnte es nicht schöner sein auf der Welt. Er begriff, dass Hook ihnen wahrscheinlich näherstand als er, obwohl er sie auf eine Weise liebte, von der er manchmal glaubte, dass sie ihm zum Verhängnis werden konnte. Langsam kam auch er wieder ins Zimmer. Er nahm sein Buch.

»Unser Jimmy sieht gut aus«, sagte seine Mutter.

Gus blickte nicht auf. Er dachte, dass er schon bald bei Marie sein würde, und war froh darüber.

»Alles in Ordnung, Sohn?«

»Alles gut, Mama. Alles gut.«

Er versuchte sich auf sein Buch zu konzentrieren, aber er hatte jetzt das seltsame Gefühl, nicht mehr auf der Seite zu stehen, mit der er sich identifiziert hatte, bevor Jim und sein Freund gekommen waren, sondern auf der entgegengesetzten.

Er hatte das Gefühl, zu den Leuten zu gehören, die Aimé Césaire gemeint hatte, und nicht zu denen, zu denen er sprach.

»In dieser trägen Stadt diese seltsame Menge, die sich nicht zusammenrottet, die nicht verschmilzt: die so geschickt den Bruch im Gefüge entdeckt, die Stelle der Flucht, des Entschlüpfens …«

14

»EINE EINDEUTIGE TENDENZ, flüchtige Launen in Stein zu meißeln«, sagte der große Mann. Gedankenversunken betrachtete er nichts.

»Der Lyrik von Joyce nicht unähnlich.« Der Kleine war dick und hatte schwarze Haare wie ein Busch. Die Vehemenz, mit der er sprach, ließ vermuten, dass es sich um einen Brennenden handelte. Er trug eine starke Brille, die seine Pupillen verzerrte. »Aber wenigstens hat er vor allem Prosa geschrieben. Ist es nicht seltsam, dass sich bei Joyce die Originalität seiner Prosa in der Lyrik kaum fortsetzt. Als Dichter blieb er hinter den Georgianern zurück. ›Lehn dich aus dem Fenster, Goldhaar.‹ Du liebe Güte.«

»Oder sogar Emily Dickinson, sämtliche Erfahrung wird auf Spitzendeckchen reduziert.«

»Zumindest mal was anderes als die manierierte Leidenschaft eines D.H. Lawrence. Bei der Lektüre seiner Lyrik hat man das Gefühl, im Sabber zu ertrinken.«

»Gott«, sagte Harkness leise.

»Wenn wir uns jetzt auch gegenseitig Namen an die Köpfe werfen wollen, ist das schon mal nicht der schlechteste«, sagte Laidlaw.

Sie saßen in der Bar des Glasgow University Club und warteten, weil Mr Jamieson sie darum gebeten hatte. Er war Englischdozent und kannte Tony Veitch, war aber einen jüngeren

Kollegen holen gegangen, der im vergangenen Studienjahr Tonys Tutor gewesen war. Laidlaw starrte seinen Soda and Lime an. Harkness trank sein Lager wie ein Anästhetikum. Die massigen Gebäude und rechteckigen Innenhöfe ringsum schienen die Stadt auszusperren, was ihnen das Gefühl vermittelte, am Eingang eines tief in die Vergangenheit gegrabenen Schachtes zu stehen. Gewiss, die anderen beiden im Raum führten weniger ein Gespräch, als dass sie eine Séance abhielten, Tote anriefen, um sie erneut zu töten.

»Gab es denn gar keine guten Autoren?«, fragte Harkness.

Das Gespräch der beiden Gelehrten erinnerte Laidlaw an die Gründe, weshalb er nach bestandener Prüfung am Ende seines zweiten Semesters die Uni verlassen hatte. Er stellte fest, dass er als Vierzigjähriger den damals Neunzehnjährigen immer noch verstand. Viele Akademiker lebten so sehr in ihren eigenen Köpfen, dass sie diese allmählich für den Berg Sinai hielten. Ihm missfiel die Art, wie sie allem Anschein nach Literatur als Möglichkeit betrachteten, sich gegen das Leben abzuschotten, anstatt dieses damit zu intensivieren.

Er mochte Bücher, aber für ihn waren sie eine Art Seelennahrung, die sich in Lebensenergie umwandeln musste. Die akademische Disziplin schien dies allerdings grundsätzlich auszuschließen. Sie so ernst zu nehmen hätte die Grenzen der Ästhetik gesprengt.

Der Gedankenaustausch, der schon etwas von einer Geheimsprache hatte, veranlasste ihn nicht, den jugendlichen Impuls zu bereuen, der ihn auf die Straße getrieben und jetzt, über einen umständlichen und schmerzhaften Umweg, als fremden Besucher, wieder hierher zurückgeführt hatte. Dieser Clique sich gegenseitig bestätigender Meinungen, die so oft als Kultur durchgeht, wollte er nicht angehören.

Er erinnerte sich, was den Ausschlag gegeben und ihn endgültig bewogen hatte, der Uni den Rücken zu kehren: die Aussicht, den schwammigen Blödsinn lesen zu müssen, den Akademiker über den schwammigen Blödsinn verzapften, den D. H. Lawrence verzapft hatte. Da er selbst ähnlich aufgewachsen war wie Lawrence, glaubte er ziemlich genau nachvollziehen zu können, weshalb Lawrence den Blick eher auf Visionen gelenkt hatte, anstatt sich mit der Realität dessen auseinanderzusetzen, was ihm direkt ins Gesicht starrte. Man muss ihm keinen Vorwurf dafür machen, dass er sich versteckt hat, andererseits aber auch keine unzähligen Bände mit Rechtfertigungen verfassen; es sei denn natürlich, das eigene Versteckspiel wurde dadurch leichter.

»Vieles von dem, was allgemein für Intellektualität gehalten wird, sind nur vielsilbige Vorurteile«, dachte Laidlaw laut.

Jetzt fiel Harkness wieder ein, dass Laidlaw ihm erzählt hatte, er sei nach dem zweiten Semester von der Uni abgegangen.

»Warst du froh, hier rauszukommen?«

Bevor Laidlaw antworten konnte, sahen sie Mr Jamieson alleine zurückkommen. Laidlaw stand auf, um ihm etwas zu trinken zu holen. Mr Jamieson bestellte einen Whisky und setzte sich.

»Tut mir leid«, sagte er. »Tonys Tutor ist heute nicht da. Sehr schade. Er kennt ihn viel besser. Das akademische Jahr ist ja eigentlich schon vorbei.«

Er war ein klappriger Mann mit schütterem grauen Haar und hellen Augen. Seine Stimme war sanft.

»Aber Sie haben Tony Veitch auch gut gekannt«, sagte Laidlaw.

»Als Student, ja. Er besaß das, was ich unter echter Intelligenz verstehe. Ideen sollten dem Leben dienen, nicht nur dem Denken, dieser Ansicht war er. Hm?«

Er nickte kaum merklich in Richtung der anderen beiden, die sich immer noch unterhielten. Dann biss er sich kurz auf die Lippe, als wäre er über die eigene Indiskretion bestürzt.

»Akademikertum kann sich freilich auch wie mentales Formaldehyd auswirken. Eine Möglichkeit, das eigene Gehirn auszuschalten, ohne tatsächlich etwas damit anzustellen. Tony wollte mehr. Jede Idee, die er übernahm, brachte auch die Verantwortung mit, das eigene Leben daran zu messen. Er war ein interessanter Denker. Er *ist* ein interessanter Denker, zweifellos. Hab ihn jetzt eine ganze Weile nicht gesehen.«

Laidlaw wollte etwas fragen, Harkness sah es ihm an, aber Mr Jamieson jagte seinen eigenen Gedanken so vertieft hinterher wie ein Naturforscher einem besonderen Schmetterling.

»So etwas ist freilich sehr selten. Wenn auch weniger selten als andernorts. Deshalb war ich sehr froh, nach Glasgow zurückkehren zu dürfen. Grenzen überschreitet man hier freilich müheloser.«

Laidlaw fiel das Trickreiche an der Verwendung des Wortes »freilich« auf, damit ließ sich etwas, das einem selbst eben erst klar geworden war, so konstatieren, dass man den Eindruck bekam, nur Vollidioten könne dieser Umstand bislang verborgen geblieben sein. Jeder Versuch des Hinterfragens war damit von vornherein entschärft.

»Wie meinen Sie das?«, fragte er.

»Hier sind viele Akademiker der ersten Generation. Und einige von ihnen, nicht alle, sind geneigt, sich nach den akademischen Gepflogenheiten zu richten. In Schottland gibt es eine starke autodidaktische Tradition, wissen Sie? Ich glaube sogar, hier im Westen ganz besonders. Die Menschen unterwerfen sich nicht gerne irgendwelchen Kategorien. Sie können eine sehr erfrischende geistige Freiheit an den Tag legen. Wobei sie später häufig Karriere machen, sich vom Erfolg verführen lassen und anpassen. Jedes Jahr treffen einige neue Westgoten ein. Und jedes Jahr verspüre ich erneut Hoffnung. Vielleicht befindet sich unter ihnen ein Attila des Geistes – wenn Sie mir die stammesgeschichtlich wüste Metapher nachsehen wollen. Jemand, der Rituale wiederbelebt, indem er sie angreift. Tony besaß großes Potenzial in dieser Hinsicht.«

Laidlaw fand Tony Veitch immer interessanter.

»In Hinsicht auf Grenzüberschreitungen ... Hatte er mit Menschen zu tun, die dem Anschein nach nicht ins universitäre Leben passten?«

»Hm? Nun, ich war sein Tutor, kein Sozialarbeiter.«

Als er zu sprechen aufhörte, waren die Stimmen der anderen beiden Männer noch nicht verklungen. Sie lasen nicht, tranken nicht und sahen einander nicht einmal an. Sie saßen einfach nur da und suhlten sich im eigenen Tiefsinn.

»Eine Verzweiflung so real wie Lepra.«

»Stellen Sie sich die Schlacht an der Somme vor«, sagte Mr Jamieson, »nur dass alle unsterblich sind. Freilich kann nichts passieren. Aber oh Gott, was für ein Radau!«

»Mr Jamieson«, sagte Laidlaw. »Es geht um Tony Veitch.«

»Ja. Tony hat das gehasst.«

»Hat er deshalb seine Prüfungen geschmissen?«

»Ich denke, ja. Bei Klausuren schnitt er gut ab. Er hat das ganze System abgelehnt. Vielleicht nicht ohne guten Grund.« Zum ersten Mal schienen seine Augen sich auf etwas Bestimmtes zu fokussieren, traten aus dem Abstrakten heraus. »Glauben Sie, dass Sie ihn finden werden?«

»Wir hatten gehofft, Sie könnten uns dabei helfen«, sagte Laidlaw, nicht ohne Vorwurf in der Stimme.

»Ich hole Ihnen eine Adresse. Wir haben es schon selbst versucht, wissen Sie? Am Anfang. Wir hatten gehofft, eine Möglichkeit zu finden, sodass er die Prüfungen nachholen kann. Aber offensichtlich wollte er nicht gefunden werden.«

»Hat er zu irgendeinem Zeitpunkt einen gewalttätigen Eindruck auf Sie gemacht?«

Jamieson guckte verschmitzt.

»Sind wir das nicht alle?« Die Bemerkung kam unerwartet aus seinem sanften Mund. »Intellektuell auf jeden Fall. Ein Bilderstürmer. Aber so sind viele junge Menschen.«

Eine Frau mit Brille kam herein, ihr Lächeln wirkte wie ein geöffnetes Fenster in einem stickigen Raum. Sie reichte Mr Jamieson einen Zettel und ging.

»Danke, Sybil«, sagte er und gab den Zettel an Laidlaw weiter.

»Wer ist Guthrie Hawkins?«, fragte Laidlaw.

»Tony Veitchs Mitbewohner. Das ist die Adresse von Tony und Guthrie. Möglicherweise ist die gemeinsame Wohnung schon geräumt.«

Laidlaw trank seinen Soda and Lime auf einen Zug aus. Als er das Glas abstellte, blieb ein kleines Stück Eis, abgelutscht wie ein Bonbon, zurück.

»Danke, Mr Jamieson«, sagte er. »Ich weiß es sehr zu schätzen, dass Sie uns Ihre Hilfe und Zeit zur Verfügung gestellt haben.«

»Ich hoffe, es geht ihm gut. Ich denke, dass ich ihn ein bisschen verstehen kann. Zumindest seine Entscheidung. Alle Akademiker fürchten, dass ihre Kritik zur bloßen Methode verkommt. Zum unendlichen Labyrinth. Jede Lösung, die aus einem Dilemma herausführt, führt in ein anderes hinein.«

Er wirkte ähnlich unheimlich wie ein Mann, der seine eigene Grabinschrift in Stein meißelt, alt, sanft, charmant und hoffnungslos. Als habe er sich geschlagen gegeben. Dennoch sprach er emotionslos, schien lediglich zu kommentieren. Als wollte er sich damit begnügen, die Lackschicht auf seinem eigenen Leben zu bilden.

»Doch da ist noch was. Guthrie Hawkins ist vermutlich ein Beispiel für die Grenzüberschreitungen, von denen ich sprach. Tony Veitch hat einmal im Tutorium erwähnt, Guthrie habe einen kriminellen Bruder.«

»Wissen Sie, wie er mit Vornamen heißt?«

»Ich fürchte nicht.«

»Observatory Road«, sagte Laidlaw, als sie auf die University Avenue hinaustraten. »Das ist gerade mal um die Ecke, geht ab von der Byres Road. Wir können es gleich mal versuchen. Die andere Adresse ist in Hutchesontown.«

Sie stiegen in den Wagen. Laidlaw zündete sich eine Zigarette an. Wie üblich fuhr Harkness.

»Glauben Sie, Eck wusste etwas über Paddys Tod und wurde zum Schweigen gebracht?«, fragte Harkness.

»Kann sein.«

»Netter alter Mann.«

»Und so tapfer, wenn man bedenkt, wie nah am Herzen er den Schierling trägt.«

15

IM FENSTER HINGEN zwei knallbunte Blusen und ein Sweatshirt mit Schmetterling aus Lurex. In roter Schreibschrift war der Name »Overdrive« auf die Scheibe gemalt. Darunter in schwarzen Blockbuchstaben: »Stehst du auf geile Klamotten, schau rein bei Overdrive.« Er schaute rein.

Er kam sich vor wie ein frisch gelandeter Außerirdischer. Die Musikbeschallung verstärkte das Gefühl der Fremdheit, wie so häufig bei Rock. Sein Geschmack hatte bei Country & Western haltgemacht. Der Geruch von etwas, das Weihrauch sein konnte, nervte ihn so sehr, dass er sich fragte, was zum Teufel Teenager heutzutage eigentlich im Kopf hatten. Die Klamotten machten es nicht besser, an den Kleiderstangen hingen Farben, die besser in die Garderobe eines Zirkus gepasst hätten.

Neben den langen Ständern an der Wand und den drehbaren runden in der Mitte fielen ihm grellbunte indische Tücher auf, die an einen Balken geknotet waren. Außerdem eine Reihe mit Riemensandalen und Perlen, die er nicht einmal hätte haben wollen, wenn er sie auf dem Jahrmarkt gewonnen hätte. Er hörte eine Stimme.

»Probier's an. Dann weißt du, was ich meine.«

Er ging an den Kleiderständern vorbei, dem Mädchen am anderen Ende entgegen. Sie trug eine schockierend pinkfarbene Bluse, an der eine Schulter und ein Ärmel fehlten, dazu eine

Hose mit Leopardenmuster, die einer Mücke gepasst hätte. Sie tat alles, außer ein Megafon halten. Ihr Lächeln war seiner Zeit zwanzig Jahre voraus und er begriff herablassend, dass er mit seiner schwerfälligen Erscheinung peinlicherweise in ihre trendige Welt eingebrochen war.

»Ja, Sir. Kann ich Ihnen helfen?«

»Nein, danke«, sagte er. »Hab nicht vor, mich dieses Jahr an Halloween zu verkleiden.«

Er blickte beiläufig an ihr vorbei zu den hölzernen Saloon-Türen, die jeweils in die kleinen Umkleidekabinen führten. Hinter einer entdeckte er zwei hübsche Beine, die einen Jeansrock anprobierten.

»Brauchst mich gar nicht beachten. Ich kann warten.«

Er freute sich zu sehen, wie die Beherrschtheit ihren Gesichtsausdruck verließ und sie nervös überlegte, wie sie reagieren sollte. Jetzt wirkte sie wieder richtig jung und ihr Akzent hatte sich inzwischen auch verflüchtigt.

»Hören Sie mal, Mister. Was wollen Sie eigentlich?«

»Das sind hier alles nicht meine Farben. Kann ich die Geschäftsführerin sprechen? Ist Lynsey Farren da?«

»Warum?«

»Mäuschen, ich hab's plötzlich ganz eilig. Sag ihr das.«

»Warum?«

Er sah sich um und entdeckte einen Perlenvorhang. Er ging darauf zu. Das Mädchen folgte ihm und rief: »Miss Farren!« Der Vorhang wurde beiseitegezogen und das Gesicht, das dahinter zum Vorschein kam, erneuerte sein Interesse. Miss Farren sah aus, als hätte sie die Zukunft bestellt und bekäme sie nun auf einem silbernen Tablett serviert. Ihr Gesicht zog ihn an wie vorüberfließender Verkehr. Zu dem Mädchen sagte sie:

»Janice?«

Janice sog den Akzent in sich auf wie einen Auffrischungskurs.

»Es geht um diesen Herrn hier, Miss Farren. Er sagt, er möchte Sie sehen.«

»Schön, Janice.«

Janice kehrte zu ihrer Kundin zurück. Miss Farren trat durch den Vorhang. Angetan musterte er ihre Erscheinung.

»Ja, bitte?«

»Ja?«

»Sie wollten mich sehen?«

»Ja und mir gefällt, was ich sehe. Aber sprechen wollte ich dich auch.«

»Was soll das?«

Dann erkannte sie ihn.

»Ich bin Mickey Ballater. Ein Freund von Paddy Collins. Ich hätte gerne ein paar Worte unter vier Augen mit dir gewechselt.«

Sie hatte sich gut ihm Griff, verwandelte aufflackernde Panik in Gelangweiltheit. Sie musterte die Wand neben ihm, als wären dort Anweisungen aufgedruckt.

»Sie kommen zu einem ungünstigen Zeitpunkt. Ich fürchte, ich bin sehr beschäftigt.

»Wenn du nicht sofort mit mir sprichst, wird es noch viel ungünstiger.«

»Ich kann mir nicht denken, worum es geht.«

»Verschwende keine Zeit. Ich sag's dir. Paddy Collins. Tony Veitch. Dave McMaster. Cam Colvin.«

»Sollten mir diese Namen etwas sagen?«

»Nein. Ich hab sie aus dem Telefonbuch. Komm, wir gehen rein.«

Eine Frau war aus der Umkleidekabine getreten und unterhielt sich mit Janice. Lynsey Farren zögerte, überlegte anscheinend, wie viel komplizierter es wäre, vor zwei verschiedenen Sorten von Zuschauern auftreten zu müssen. Sie wandte sich um und ging durch den Vorhang.

Er folgte ihr.

Das Hinterzimmer war nichts Besonderes, ein Tisch mit einem Wasserkocher, zwei Stühle, ein kleiner Heizofen, zwei aufeinandergestapelte Kisten, aus der oberen hingen bunte, in Zellophan verpackte Blusen – aber sie hatte den Raum ausgefüllt, als wäre er vollständig mit Antiquitäten möbliert. Sie gab sich neugierig amüsiert, zeigte ihm damit demonstrativ, dass mit ihrer beider Begegnung Welten aufeinandertrafen.

Als sie eine Mentholzigarette aus ihrem Päckchen zog, nahm er das schlanke metallic-graue Feuerzeug vom Tisch und gab ihr Feuer. Er behielt es in der Hand, setzte sich und ließ die Flamme noch zwei- oder dreimal auflodern. Sie setzte sich lässig auf den Tisch, überschlug die Beine. Er fingerte einen Moment lang an dem großen, leeren Mülleimer herum, dann blickte er auf. Sie fragte sich immer noch, was das Ganze sollte.

»Paddy Collins ist tot. Wusstest du das?«

»Machen Sie Witze?«

»Vierzehn Messerstiche? Wenn das ein Witz ist, dann hat Paddy nicht gelacht.«

Sie erwiderte nichts.

»Wo ist Tony Veitch?«

»Wer ist Tony Veitch?«

»Bares Geld für mich.«

»Ich fürchte, ich kann Ihnen nicht helfen.«

»Ach na ja, ich glaub kaum, dass ich meine Zeit verschwendet habe.«

»Sieht aber ganz danach aus.«

»Richtig.«

Er stand auf, wirkte verlegen, nahm eine der Blusen aus der Zellophanverpackung und betrachtete sie. Auf dem Kragenetikett stand »Baumwolle Cotton«.

»Hübsch.«

»Würde Ihnen nicht stehen.«

Mit einer einzigen geschmeidigen Bewegung ließ er das Feuerzeug aufschnappen, zündete die Bluse an und ließ sie in den Mülleimer fallen. In dem kleinen engen Raum loderte sie auf wie ein Explosion, eine Flamme, deren Hitze sie spürte. Sie sprang vom Tisch und wollte sich beschweren, doch ihre Empörung erlosch so schnell wie das Feuer.

»Was zum Teufel? Haben Sie … ich rufe die Polizei.«

Beide wussten, weshalb sie so schnell verstummt war. Er blickte auf das Feuerzeug in seiner Hand. Dann schüttelte er den Kopf.

»An deiner Stelle würde ich nicht die Polizei rufen«, sagte er. »Der Laden hier könnte sehr leicht abbrennen. Nicht heute. Aber vielleicht später.« Er sah sie an. »Willst du der Kleinen sagen, dass sie mal weggehen soll? Vielleicht kannst du dann freier sprechen.«

Sie zögerte nur kurz, legte ihre Zigarette weg, nahm eine Bluse vom Stapel und ging in den Laden. Als sie wiederkam, setzte er sich wieder. An den Tisch gelehnt, griff sie nach ihrer Zigarette, die jetzt aber kein Requisit mehr war. Nervös zog sie daran.

»Janice ist noch im Laden«, sagte sie eindringlich. »Aber sie kümmert sich jetzt um die Schaufensterdeko.«

Er nickte.

»Lady Lynsey Farren. Glaube nicht, dass ich mich schon mal mit einer Adligen unterhalten hab. In der Crown Street gab's davon nicht viele. Schon schön. Aber andererseits seid ihr auch nichts Besseres, oder, meine Liebe? Paddy hat mir von dir erzählt, weißt du? Von euch beiden und dass du dir ein paar sehr undamenhafte Eskapaden erlaubt hast. Das war, bevor Dave McMaster auf der Bildfläche erschienen ist, oder? Hast du Cam Colvin schon vor gestern Abend gekannt?«

Sie schüttelte den Kopf. Er konnte schlecht einschätzen, ob sie die Wahrheit sagte. Wahrscheinlich lächelte sie aufgrund eines Kommissionsbeschlusses.

»Na schön«, sagte er. »Wir machen das so: Du in deiner kleinen Ecke und ich in meiner. Du musst nur gut zuhören. Tony Veitch schuldet mir Geld. Paddy Collins wollte mir helfen, es einzutreiben. Jetzt ist Tony verschwunden und Paddy Collins ist mausetot. So sieht's aus und ich sag dir, wie's weitergeht. Cam Colvin ist Paddys Schwager. Wenn du ihn nicht kennst, sag ich dir, wer das ist. Die Pest im Nadelstreifen. Ich nehm Geld, er nimmt Leben. Er ist sauer wegen Paddy und sucht alle, die in letzter Zeit mit ihm zu tun hatten. Ich weiß vieles, was Cam nicht weiß. Du warst dabei, als Paddy sich mit Tony Veitch getroffen hat. Und du hattest was mit Paddy. Dann bist du auf Dave McMaster umgestiegen.«

»Was hat Tony angeblich verbrochen?«

»Du hast es nicht kapiert. Ich meine, wir wissen beide, was er gemacht hat. Aber du hast es nicht kapiert. Ich bin nicht hier, um Fragen zu beantworten. Ich bin hier, um dir eine zu stellen. Nur eine. Wo ist Tony Veitch?«

»Ich weiß es nicht. Ich weiß es ehrlich nicht. Woher soll ich das wissen?«

»Entweder du lügst oder du lügst nicht. Ich hab keine Zeit, mir darüber Gedanken zu machen, aber eins weiß ich. Du kannst es rauskriegen. Ihr wart euch doch nahe, du und er. Und genau das wirst du tun. Hast du einen Stift?«

Er riss ein Stück Papier vom Kalender hinter sich. Unwillkürlich nahm sie den Kuli vom Tisch und reichte ihn ihm. Er schrieb etwas auf, gab ihr Stift und Papier zurück. Auf dem Zettel stand eine Telefonnummer, die Spitze des Kulis hatte sich ein paar Mal durchs Papier gebohrt.

»Was soll ich damit?«

»Du hast noch den ganzen Tag Zeit. Ruf mich unter der Nummer an. Und sag mir, wo Tony Veitch ist. Wenn ich nicht da bin, ruf so lange an, bis du mich am Telefon hast.«

»Das ist nicht Ihr Ernst.«

»Doch.«

»Wie soll ich das rauskriegen? Er ist verschwunden.«

»Du hast zwei Möglichkeiten. Entweder du findest ihn, oder ich sage Cam Colvin, was ich weiß. Dave McMaster kannst du das auch ausrichten. Und glaub bloß nicht, dass es ihm gefallen würde. Das kann üblen Ärger geben. Du bist hier als Touristin unterwegs, Mäuschen. Du weißt nicht, wie's wirklich läuft. Wenn du willst, kann ich's dir zeigen. Gibst dich gerne mit Gaunern ab? Ich kann dir welche zeigen, von denen kommst du nie wieder los.«

Er zeigte mit dem Finger auf sie. »Du steckst in ernsthaften Schwierigkeiten, Mylady. Und ich biete dir einen Ausweg an. Lass dir von mir helfen. Sag mir, was ich nicht schon weiß, dann sag ich keinem, was ich weiß.«

Er stand auf.

»Ich geh jetzt. Ruf Dave an.«

Er ging raus. Als sie die Nummer auf dem Zettel betrachtete, hörte sie Janice mit einer Kundin über Jeans plaudern. Sie wünschte, auch sie müsste sich über nichts anderes Gedanken machen. Dann nahm sie den Hörer in die Hand.

16

»YESTERDAY, HEUTE TUT mein Arsch beschissen weh. Muss jetzt sitzen hier im kalten Schnee, oh ich wünscht' mir, 's wär yesterday.«

Der Gesang führte sie zum Haus ganz oben an der Straße, noch an der Hillhead Parish Church vorbei. Die große doppelte Tür stand offen, am Pfosten lehnte ein Stück Pappe mit der Aufschrift »frisch gestrichen«. Zwei Männer in fleckigen weißen Overalls strichen die Fenster im Erdgeschoss auf beiden Seiten der Tür. Links arbeitete ein rotgesichtiger Mann in seinen Fünzigern auf dem Boden. Der andere, ungefähr dreißig und unrasiert, stand auf einer Leiter, sein Fenster befand sich über einer Kellerwohnung. Er war der Sänger. Seine Improvisationen waren jetzt in Glasgower *Puirt a beul* übergegangen: »Ta-ta Reetin-deetin-beetin-but-ta-reeting–du-da-reeting-du.«

Es war ein großes, schönes Haus, drei Stockwerke, mit tiefen, modernen Mansardenfenstern. Die viktorianische Pracht, mit der es sich im Licht sonnte, wurde gewissermaßen unterlaufen durch die neun Klingelknöpfe, die im Eingang neben der Tür prangten. Die angeführten Namen zeugten von der aktuellen Identitätskrise des Gebäudes, das einst mit Respekt einflössendem Selbstbewusstsein errichtet worden war. Zweifellos gab es eine gewisse Affinität zu »James R.P.S. MacKenzie« und »Miss L.S. Booth-Williams«. Im Keller aber lebten »Maggie,

Jeanne, Sara und Mad Liz«, und die »Freunde von Che« hatten Wohnung neun bezogen.

»Wollt ihr zu Mad Liz, Jungs?«, fragte der Sänger. Er zeigte nach unten. »Die haust in den niederen Regionen. Ein echter Knaller und dumm wie Brot. Eine perfekte Kombi.«

Laidlaw lachte und Harkness winkte auf dem Weg vorbei an den Anstreichern und dem Münzfernsprecher. Sie stiegen die Treppe hinauf und hörten die beiden durch die offene Tür weiterreden.

»Zum Glück ist sie nicht irre genug, um auf dich abzufahren«, sagte der ältere Mann.

»Harry! Die fahren alle auf mich ab. Ich hab immer ein paar Steine dabei, die ich nach ihnen schmeißen kann. Irgendwie muss ich mich ja schützen. Wieso, glaubst du, gehe ich jeden Abend auf einem anderen Weg nach Hause? Nur um den Weibern auszuweichen, die mir auflauern.«

»Die würden dich nicht mal bei einer Orgie ranlassen.«

»Egal, ich glaub jedenfalls nicht, dass das da drüben Mad Liz war.«

»Die große Blonde?«

»War eh nicht mein Geschmack. Sah aus wie ein Rugby-Prop-Forward mit Titten. Pa-ra-dee-pa-ra-rutin-dutin-beedlebe ...«

Wohnung neun lag am Ende einer kleinen Treppe, die ursprünglich zum Dachboden führte. Laidlaw klopfte an die mit einem Yale-Schloss gesicherte Tür.

»Wer ist da?«

Laidlaw verzog das Gesicht, was bedeuten sollte, dass er sich nicht mit Türen unterhielt. Dann klopfte er erneut. Jemand sagte etwas, das klang wie »zum Teufel«, anschließend folgte eine Pause und die Tür ging auf.

»Guthrie Hawkins?«

Jetzt verzog auch er das Gesicht. »Gus Hawkins.«

Er trug eine Jeans, war Anfang zwanzig, blaue Augen und ein Blick so direkt, als ließe er sich nicht einmal von einem ganzen Regiment einschüchtern. Sein Haar war schwarz und zerzaust, obwohl er ziemlich klein war, steckte sein nackter Oberkörper so offensichtlich voller Kraft, dass zusätzliche Körpergröße übertrieben gewirkt hätte. Als er den Blick von Laidlaws Dienstausweis hob, hatte er sich eine zweite Haut aus Distanziertheit zugelegt.

»Worum geht's?«

»Tony Veitch.«

»Schon wieder?«, erwiderte er und grinste. »Würden Sie einen Augenblick warten, bitte?« Er machte ihnen die Tür vor der Nase zu.

Als sie wieder aufging, hatte er einen Pullover mit V-Ausschnitt in der Hand. Er zog ihn sich über den Kopf und ließ sie herein.

Sie standen direkt in einer Einzimmerwohnung. Links ein Vorhang aus blau-weißen Plastikstreifen, er trennte Herd, Spüle und ein paar Küchenschränke vom Rest des Zimmers. Dann waren da drei Betten, zwei davon aufgeräumt und mit Kissen. Das dritte Bett wirkte wie hastig gemacht, unter der Tagesdecke lugten verräterische Falten hervor. Das Wesentliche des Raumes lag nicht in der Sparsamkeit der Einrichtung, sondern dem, was in den Zwischenräumen wucherte. An den Wänden hing eine Collage, die sich jeglicher Interpretation entzog. Che Guevara umgeben von James-Thurber-Zeichnungen, das Romantische daran ebenso aus dem Zusammenhang gerissen wie ein Tragödiendichter in der U-Bahn. Da waren verschiedene Fotos und aus Büchern ausgeschnittene Bilder: Marx, Camus, T. S. Eliot,

Sokrates, John MacLean, der mahnend mit dem Finger auf die Welt zeigt. Marlon Brando gibt Eva Marie Saint in *Die Faust im Nacken* ihren Handschuh nicht zurück, Hemingway als Hemingway, Drucke von »Eine alte Frau brät Eier«, »Bäuerin bei der Gartenarbeit« von Pissarro, sowie Brueghels »Ikarus«, daneben Audens Gedicht »Musée des Beaux Arts«, mit Schreibmaschine abgetippt. Eine Postkarte aus dem Pollok House, »Adam Naming the Beasts« und »Eve Naming the Birds«. Noch unübersehbarer allerdings waren die Bücher, die eigentlichen Möbel. Sie überzogen den Raum wie Pilzbefall, waren aus dem Regal mit seinen drei Fächern herausgewachsen und türmten sich jetzt in Stapeln auf dem Boden.

Die Bilder ringsum waren wie in triste Wände gebohrte Löcher und boten seltsame Ausblicke. Gemeinsam mit den Büchern verleugneten sie nicht nur den Raum, sondern auch die Stadt dahinter, verweigerten sich der Beschränkung des Blicks durch die Umstände.

Laidlaw hatte sofort zweierlei Eindrücke: nur indem er hier stand, war er Tony Veitch schon nähergekommen, hätte seiner greifbaren Andersartigkeit den Puls fühlen können, er wusste jetzt ein bisschen besser, woher er kam; und hatte einen verlorenen Teil seiner selbst vor sich. Umgeben vom komplexen und widersprüchlichen Idealismus der Jugend, erinnerte er sich, selbst einmal so gewesen zu sein. Immerhin besaß er die Würde zu wissen, dass er hier nichts zu suchen hatte. Sein mittleres Lebensalter war Ausland. Dies war ein Altar der Jugend, auf dem jeder Kompromiss einer Entweihung gleichkam.

Das Mädchen verstärkte dieses Gefühl in ihm. Sie hatte sich Jeans und T-Shirt übergezogen. An den nackten Füßen trug sie offene Schuhe. Ihre Verlegenheit machte sie verletzlich. Ihre Brüste schienen zu unübersehbar, als wüsste sie, dass sich die drei anwesenden Männer ihrer nur zu bewusst waren. Die intensive Privatheit des gerade Geschehenen war öffentlich geworden, bevor sie darauf vorbereitet war. Ihre Schüchternheit war ein Vorwurf. Laidlaw fühlte sich schuldig.

»Hören Sie«, sagte er. »Tut mir leid, dass wir Sie gestört haben. Ich bin Jack Laidlaw. Das ist Brian Harkness. Es wird nicht lange dauern.«

»Schon gut«, sagte Gus Hawkins. »Das ist Marie.«

Laidlaw mochte ihn auf Anhieb. In Anbetracht der vielen unterschiedlichen Formen von Verlegenheit, Aggression und Heuchelei, die das Auftreten der Polizei hervorrief, gefiel Laidlaw die coole Direktheit des Jungen. Gus stützte sich auf den Ellbogen, lag auf dem Bett, auf dem sie sich gerade geliebt hatten, und trug seine ungeheuerliche Gesundheit wie einen Heiligenschein. Er wusste, egal was geschah, er würde damit zurechtkommen.

Marie stellte ihnen zwei Stühle hin und setzte sich selbst auf den verbliebenen dritten. Gus gab ihnen Zeichen, sich bitte zu setzen. Laidlaw bewunderte seinen Stil und konnte der Versuchung nicht widerstehen, ihn aus dem Konzept zu bringen.

»Sie sagten ›schon wieder‹«, bemerkte er.

»Wie bitte?«

»Als ich Tony Veitch erwähnte, sagten Sie, ›schon wieder‹. Wer hat denn sonst noch nach ihm gefragt?«

»Leute.«

»Das hab ich mir gedacht. Welche Leute? Sehen Sie, es könnte wichtig sein. Sie könnten uns wichtige Informationen vorenthalten.«

Gus Hawkins streckte beide Hände aus, die Handflächen nach oben geöffnet, die Handgelenke zusammengepresst. Laidlaw und Harkness verkniffen sich ein Grinsen.

»Nein«, sagte Gus Hawkins. »Verhaften Sie mich nicht. Ein

paar Freunde an der Uni haben gefragt. Es gab wohl eine Menge Wirbel um Tony. Was hat er denn gemacht?«

»Er ist verschwunden. Wir wollen ihn finden.«

»Ich weiß nicht, wo er ist.«

»Gar keine Idee, wo er sein könnte?«

»Hab schon alles versucht. Meinen Sie, ich hätte ihn nicht selbst gesucht?«

»Dann können Sie uns vielleicht etwas sagen, das uns hilft, ihn zu finden?«

Gus setzte sich im Bett auf, faltete die Hände, die Ellbogen ruhten auf seinen Knien. Er starrte eine Weile zu Boden, dann sah er auf, anscheinend war er zu einer Entscheidung gelangt.

»Möchten Sie einen Kaffee?«

»Wäre toll«, sagte Harkness.

»Ich geh schon«, sagte Marie.

»Würdest du welchen machen, Baby? Vielen Dank. Okay, ich sag Ihnen, was ich weiß.«

Laidlaw fragte sich, warum.

»Wussten Sie, dass er sich aus dem Staub machen wollte? Ich meine, gab es vorher irgendwelche Hinweise?«

»Eigentlich nicht. Nicht mehr als zu jeder anderen Zeit. Er hätte auch jederzeit im vergangenen Jahr hinschmeißen können. Tony war gegen die Uni allergisch geworden.«

»Und wie ist das passiert?«

»Na ja, ich hatte ihm für die Prüfungswoche die Wohnung überlassen. Bin ja gerade mit den Junior Honours fertig und nur ein paar Mal hier vorbeigekommen, um zu sehen, ob ich ihm helfen kann. Altenglische Vokabeln lernen oder so, Quellen nachschlagen. Zum letzten Mal hab ich ihn Donnerstagabend gesehen. Es schien ihm gut zu gehen. Bisschen zombiemäßig sah er aus, wie alle während der Abschlussprüfung. Man macht aus seinem Kopf einen

Aktenschrank. Aber ihm ging's gut. Hat sogar gemeint, er hätte bis dahin ganz gut abgeschnitten. Dann kam der Samstag.«

Er schüttelte den Kopf. In seinen Augen lag erneut die Verwunderung, die er an jenem Tag gespürt hatte.

»Samstagmorgen komme ich her. Die Tür war nicht mal zu. Sie stand offen. Hab sie ganz weit aufgestoßen. Wie an Bord der *Mary Celeste,* ich *wusste,* dass irgendwas nicht stimmt. Ich meine, es gab keinen Grund, weshalb er zu Hause hätte sein müssen. Das war's nicht. Aber sein Zimmer war nicht leer, es war verlassen. Auf dem Boden stand ein voller Becher Kaffee. Zwei Schubladen waren aufgezogen und ausgeräumt. Ungefähr ein halbes Dutzend Bücher lag verteilt auf dem Boden, alle aufgeschlagen. Ich hab im Schrank nachgesehen und seine Reisetasche war weg. Und das war's. Seitdem hab ich ihn nicht mehr gesehen.«

»Was haben Sie gemacht?«

»An der Uni nachgefragt. Da war er gar nicht aufgetaucht. Ich bin überallhin, wo ich dachte, dass er sein könnte. Kneipen und so. Kein Glück. Ich weiß nicht, warum er gegangen ist, aber er hat's ernst gemeint. Sogar seine Anlage hat er mitgenommen.«

»Ist Ihnen bekannt, ob er in Schwierigkeiten steckte? Wir haben mit Mr Jamieson an der Uni gesprochen...«

Gus Hawkins schob die Beantwortung der Frage auf, bis die Kaffeebecher verteilt waren. Laidlaw hatte Snoopy. Harkness trank aus einem Rheumamittel des 19. Jahrhunderts. Marie reichte Milch und Zucker. Harkness fand sie attraktiv.

»Nicht, dass ich wüsste.«

»Kannte Tony einen Mann namens Paddy Collins?«

Gus probierte, wie heiß der Kaffee war.

»Kommt mir bekannt vor. Ich glaube, er hat ihn mal erwähnt.«

»Kannte er ihn gut?«

»Tony kannte niemanden gut.«

»Wie meinen Sie das? War er ein Einzelgänger?«

»Nicht freiwillig. Er hat versucht, Anschluss zu finden, aber er war Öl und alle anderen waren Wasser. Er schwamm an der Oberfläche. Dabei hat er *gedacht,* er würde die Leute kennen. Wahrscheinlich hat er jedes beiläufige Gequatsche für tiefsinnige Gespräche unter Seelenverwandten gehalten. Er war naiv.«

»Inwiefern?«

»Hören Sie. Man könnte Tonys Entwicklung geografisch darstellen und müsste dafür nicht mal die Byres Road verlassen. Das ist erbärmlich. Wissen Sie, was er gemacht hat? Als er herkam? Er war vor mir hier. Wir haben oft darüber gesprochen. Das erste Jahr hat er im *Salon*, dem Kino in der Vinicombe Street, verbracht. Die Straße runter. Manche Filme hat er drei Mal gesehen. Egal, was gezeigt wurde, er hat es sich reingezogen. Auch wenn es Tom und Jerry war, er ist hin. Damit hat er sich von dem Schock erholt, den ihm das reale Leben verpasst hat. Im zweiten Uni-Jahr hat er auf Captain Scott gemacht. Ist ins ›Rubaiyat‹ gegangen, dann ins ›Curlers‹, zum Schluss ins ›Tennents‹. Wissen Sie, was ich meine?«

Laidlaw glaubte es zu wissen. Alle drei Pubs befanden sich in der Byres Road. Er nahm an, Gus Hawkins meinte, dass Tony sich immer weiter auf das zubewegt hatte, was er für eine Arbeiterklassekneipe hielt.

»Dann ging er sogar über Partick Cross hinaus. Er war Vasco da Gama. ›The Kelfin‹, ›The Old Masonic Arms‹. Nächster Halt, das Weltall.«

»Da scheint er ja jetzt zu sein. Es muss doch Anzeichen dafür gegeben haben, dass er unter Druck stand.«

»Wer steht während der Abschlussprüfungen nicht unter Druck? Um das festzustellen, braucht man keinen Arztkoffer.«

»Glauben Sie, dass das alles war?«

Gus schien der Kaffee zu schmecken.

»Soweit ich weiß, schon.«

»Dann glauben Sie also, dass er wiederauftauchen wird?«

»Ich habe keine Ahnung.«

»Sind Sie Tonys Vater je begegnet?«

»Nein. Er hat ihn ein oder zwei Mal erwähnt.«

»Öfter nicht?«

»Na ja, er schien ähnlich viel von ihm zu halten wie von Leukämie. Ich glaube nicht, dass man über so jemanden gerne Geschichten erzählt.«

»Und Lynsey Farren?«

»Hab sie mal gesehen.«

»Und?«

»Setzt man eine Sonnenbrille auf, kann man sich ganz gut mit ihr unterhalten. Die zieht sich an wie ein Kinderkarussell.«

»Was wissen Sie über sie?«

»Sie stammt aus irgendeinem handgestrickten schottischen Adelsgeschlecht, oder? Ich fand nur, jemand hätte ihr die Nachgeburt von den Augen kratzen sollen. Sie ist entsetzlich naiv. Andererseits sind das die meisten.«

»Tony auch?«

»Ja, ganz besonders sich selbst gegenüber.«

»Sagt ihnen der Name Eck Adamson etwas?«

»Der alte Säufer?«

»Genau.«

»Der war ein paar Mal hier. Hat Tony angeschnorrt.«

»Sie nicht?«

»Ich investiere nicht in hoffnungslose Fälle.«

»Und Sie wissen, wann ein Fall hoffnungslos ist?«

»Hab eine ungefähre Vorstellung.«

»Sie Glücklicher. Und glauben Sie, dass Tony auch einer ist? Ein hoffnungsloser Fall, meine ich.«

»Ich weiß es nicht. Ich denke, seine Naivität ist gefährlich. Wie Seelensprengstoff, Psycho-TNT. Und er hatte die Taschen vollgestopft damit. Als hätte er zu lange in steriler Umgebung gelebt. Wahrscheinlich kommt das vom Geld. Er fuhr auf jede unausgegorene Idee ab, von der er etwas mitbekam. Er hatte keinerlei Widerstand dagegen. Weil er nicht in der Realität lebte. Da wollte er erst noch hin. Ich meine, er ist sehr klug. Aber seine Klugheit hat keinerlei Antikörper.«

»Ich verstehe Sie nicht«, sagte Harkness.

Gus sah das Mädchen an, dann Harkness.

»Er hat sich präsentiert wie ein Blankoscheck. Verstehen Sie?« Er genoss es, Hof zu halten. »Ihn faszinierte alles, was sich von dem unterschied, was er hatte. Anekdoten aus dem Leben der Arbeiterklasse zog er sich rein wie Heroin. Ich hab ihm blödes Zeug erzählt. Dass wir Porridge aus der Küchenschubladen gegessen hätten. Sachen, von denen ich selbst nur gehört hatte, ich hab so getan, als hätte ich sie selbst erlebt. Ich war gemein. Jedenfalls ein kleines bisschen.« Er lächelte nachdenklich. »Hauptsächlich hab ich ihn verarscht, weil ich ihm eine Lektion erteilen wollte. Damit er auf Entzug kommt. Hat aber nicht funktioniert. Gemocht hab ich ihn trotzdem. Damals war Tony echt in Ordnung.«

»Wieso sprechen Sie in der Vergangenheit?«, sagte Laidlaw. »Was ist passiert?«

»Ach, ich mag ihn immer noch. Wenn er den Rest des Weges auch noch zurückgelegt hat, hole ich ihn hoffentlich wieder ein.«

»Aber Sie wissen nicht, wo?«

»Nein. Ich meine nur, wenn die Revolution kommt, hoffe

ich, dass Tony nicht zu denen gehört, die erschossen werden. Er ist einer von den wenigen Reichen, die zu retten sich lohnt.«

»Eck Adamson ist tot. Wussten Sie das?«

Sein Gesicht verriet keine Reaktion.

»Nein, wusste ich nicht. Aber ich wusste, dass es so kommen musste.«

»Wieso?«

»Er hat ja hart dran gearbeitet, oder nicht?«

»Na ja, genau genommen wurde ein bisschen nachgeholfen. Er starb an einer Vergiftung.«

»Wie hat man das denn bei dem ganzen Gift feststellen können, das er freiwillig zu sich genommen hat?«

»Es war Paraquat.«

»Verstehe, damit funktioniert das natürlich.«

»Allerdings. Haben Sie ihn in letzter Zeit gesehen?«

»Als ich Tony das letzte Mal gesehen habe, hat er erwähnt, dass Eck kurz vorher hier war.«

»Hat er was Bestimmtes über das Treffen erzählt?«

Gus schüttelte den Kopf.

»Fällt Ihnen sonst noch was ein?«

Wieder schüttelte Gus den Kopf. Laidlaw betrachtete das Mädchen. Sie hatte Gus Hawkins fast die ganze Zeit über angesehen, als hätte sie ihn mit Blicken zum Gott wählen wollen. Gus machte den Eindruck, als hätte er dies befürwortet.

»Was macht ihr Bruder beruflich?«, fragte Laidlaw.

Gus sah ganz langsam zu ihm auf.

»Wie bitte?«

»Ich habe gehört, dass Sie einen Bruder haben. Was macht er beruflich?«

Gus schenkte ihm ein träges, einschüchterndes Grinsen, wie der Strahl eines Suchscheinwerfers: Halt, wir haben dich.

»Das möchte ich auch gern wissen«, sagte er. »Ich muss ihn mal fragen.«

Laidlaw gab es auf.

»Na dann, danke für die Hilfe.«

»Und den Kaffee«, sagte Harkness zu Marie.

Laidlaw stutzte kurz, ihm waren zwei Rahmen auf dem Regal ins Auge gefallen. Darin waren keine Bilder, sondern jeweils ein handgeschriebenes Gedicht. Laidlaw erkannte Tony Veitchs Handschrift. Er ging näher heran.

Ich bin der
Der sich kratzt bevor es juckt
Das Wetter in die Wohnung bringt
Das Schwein am Speck erkennt
Ein Ei isst und Federn schmeckt
Der Schüler aller anderen ist.

»Wort-Foto hat Tony das genannt«, sagte Gus.

»Hat er Ihnen seit seinem Verschwinden geschrieben?«, fragte Laidlaw.

»Das hat er tatsächlich. Einen langen Brief über den Marxismus. Wollte mich von meinen Irrwegen abbringen. Hab ihn verloren.«

Wir sind groß, verlassen, von der Sonne gebleicht.
Wir sind die Abwesenheit aller.
Werden von Leere gehalten, halten sie,
Endliche Dimensionen des Unendlichen.
Wir sind die Knochen vieler
Beherbergen die Knochen weniger.

»Aber Fotos wovon?«, fragte Laidlaw.

»Na ja, es sind Rätsel.« Gus lachte. »Man muss sie schon selbst entschlüsseln.«

»Wie so manche Gespräche«, sagte Laidlaw beim Hinausgehen.

»Dumm ist der nicht«, sagte Harkness im Wagen.

»Nein. Schlauer als wir im Moment. Setzt du mich im Burleigh ab? Muss an dem Fall liegen, aber ich glaube, ich brauche meine Migränepillen. Nimm dir frei und besuch eine Dame deiner Wahl. Später holst du mich ab, dann fahren wir nach East Kilbride. Wie viele Damen sind denn derzeit noch im Rennen?«

Harkness fand die Frage gar nicht komisch.

17

»HAB IN DEN GESCHÄFTEN am Queen Margaret Drive gefragt«, sagte Laidlaw. »Niemand hat ihn gekannt. So wie's aussieht, lebt er irgendwo in einer Höhle.«

»Wir müssen mit der Lady sprechen«, sagte Harkness, der viel Spaß beim Fahren auf der zweispurigen Schnellstraße hatte. »Vielleicht kann Miss Farren helfen.«

Das Moderne an East Kilbride, unweit von Glasgow, manifestierte sich unter anderem am guten Zustand der Straßen, die in unzähligen Verkehrskreiseln aufeinandertrafen. Zwischen diesen lag die Stadt wie ein Archipel.

Auf einer der Inseln befand sich eine Polizeistation. Laidlaw und Harkness stießen dort auf etwas Interessantes. In den Einsatzprotokollen fand sich ein Eintrag von vor mehr als einer Woche, demzufolge die Polizei wegen eines Vorfalls zu einer gewissen Lynsey Farren gerufen worden war.

Ein Nachbar, Mr Watters, hatte einen heftigen Streit mit Handgreiflichkeiten mitangehört und an ihre Tür geklopft. Diese wurde einen Spalt breit geöffnet, und bevor ein Mann, der Watters anschrie, er solle verschwinden, sie wieder zuknallte, hörte er Miss Farren sagen, sie sei eine Gefangene. Sie bat ihn inständig, die Polizei zu rufen. Das tat er. Als diese eintraf, war kein Mann mehr in der Wohnung, aber Miss Farren war anzusehen, dass sie Gewalteinflüssen ausgesetzt gewesen sein musste, insbesondere ihre Arme waren mit blauen Flecken übersät.

Miss Farren beharrte nun jedoch darauf, sie habe dem Mann lediglich mit der Polizei drohen wollen, und weigerte sich, seinen Namen zu nennen. »Miss Farren wollte keine weiteren rechtlichen Schritte unternehmen.«

Sie wohnte im Old Vic Court, in einer Wohnung im neunten Stock. Das Haus war sehr gepflegt. Als Laidlaw aus dem Fahrstuhl trat, suchte er die Liste der Namen ab und klingelte schließlich bei »Michael E Watters«. Harkness sah ihn an.

»Anscheinend will sie sich verstecken«, sagte Laidlaw. »Radaraufzeichnungen wären für die Suche gar nicht schlecht. Mal sehen, ob die beiden hier helfen können.«

Ein großer dünner Mann, dessen Vorsicht vermuten ließ, dass er normalerweise nur von Schlägern Besuch bekam, öffnete die Tür. Er wirkte erschöpft.

»Ja?«

»Mr Watters?«

»Ja?«

»Detective Inspector Laidlaw. Scottish Crime Squad. Das hier ist Detective Constable Harkness. Wir würden gerne mit Ihnen reden.«

Laidlaw hielt ihm seine Brieftasche mit dem Dienstausweis hin. Mr Watters starrte ihn an, als wäre er ein Messer.

»Polizei?«

»Genau. Wir gehen gerade einer Sache nach, die in Zusammenhang mit dem Vorfall in Miss Farrens Wohnung stehen könnte. Vielleicht können Sie uns helfen?«

»Entschuldigen Sie mich. Würden Sie bitte eine Minute warten?«

Er verschwand im Haus.

»Wahrscheinlich muss er erst mal die Maschinenpistolen vom Tisch räumen«, sagte Harkness und deutete einen Tritt gegen die Tür an. »Okay, Baby, das ist eine Hausdurchsuchung.«

Der Mann kam zurück.

»Kommen Sie bitte herein. Ich hab's nur gerade Molly erklärt. Meiner Frau. Sie verträgt keine Aufregung.«

Harkness fühlte sich geschmeichelt wie bei einer Konfettiparade. Sie traten in einen Raum von niederdrückender Gemütlichkeit. Nippes im Überfluss. Wie auf einer Zuchtfarm für Schnickschnack. Kleine Pferde neben großen Pferden, Hunde neben Katzen, Porzellanesel, Porzellanenten. Wandfläche war heiß umkämpft. Allem Anschein nach würden sie das Zeug demnächst auch aus den Fenstern hängen. »Wie in Dickens' ›Raritätenladen‹«, dachte Harkness.

»Mrs Watters«, sagte Laidlaw. »Ich bin Detective Inspector Laidlaw. Das ist Detective Constable Harkness. Sehr nett von Ihnen, uns reinzulassen.«

Sie nickte zustimmend. Mr Watters gab ihnen ein Zeichen, sich zu setzen.

»Oje«, sagte sie. »Was wir über uns ergehen lassen müssen. Das ganze Leben bleibt man anständig. Und wenn man endlich die Wohnung hat, die man sich wünscht, muss man sich so was bieten lassen.«

Sie hatte die intensive Gesichtsfarbe und die zart verästelten Venen einer möglicherweise Herzkranken. Ihr sehr schwarzer, von grauen Strähnen freier Haarschopf, wirkte neben der eher ausgewaschenen Erscheinung ihres Ehemanns wie eine Treibhausblüte.

»Ich weiß es nicht. Wie manche Menschen leben. *Wir* kümmern uns nur um uns. Wir gehen nie raus.« Sie tippte sich vorsichtig an die Brust. »Ich hab's am Herzen, wissen Sie? Aber die da oben ist eine Plage.«

»Sie meinen Miss Farren?«, fragte Laidlaw.

Sie nickte.

»Inwiefern?«

»Oh!« Sie starrte den Elektroofen an, beugte sich vornüber und schob die Schale mit Wasser ein Stückchen weiter, als wüsste sie ganz genau, wo die Atmosphäre befeuchtet werden musste.

»Sie meinen, es gab weitere Vorfälle?«

»Glauben Sie mir, einer hat gereicht.«

»Tut mir leid, dann verstehe ich Sie nicht.«

Sie hielt inne und sah ihren Mann an.

»Männer«, sagte sie. »Ein einziges Kommen und Gehen.«

Sie sah Laidlaw an und nickte. Harkness hatte Spaß, zu beobachten, wie Laidlaws Gesichtsausdruck auf die Aufforderung reagierte, sich ihrem Entsetzen anzuschließen. Er kaute an seiner Backe und nickte sehr langsam. Harkness fragte sich, wem oder was seine Zustimmung galt.

»Mr Watters, vielleicht können Sie uns sagen, was genau vor drei Wochen passiert ist.«

»Ein entsetzlicher Krach war das«, sagte Mrs Watters. »Wir haben es so lange ausgehalten, wie wir konnten. Dann ist Michael zu ihr an die Tür. Hat eine Weile gedauert, bis aufgemacht wurde.«

»Wer hat aufgemacht?«

»Ein Mann.«

Laidlaw nahm ein Foto von Tony Veitch aus der Tasche und wollte es Mr Watters reichen.

»Dieser Mann?«

Mrs Watters nahm es ihm aus der Hand, betrachtete es und gab es an ihren Mann weiter. Er deckte die linke Gesichtshälfte mit der Hand ab.

»Ich hab nur sein Auge gesehen, um die Tür herum. Möglich, dass er's war.«

Laidlaw sah Harkness an.

»Dann hat er gesagt, ich soll verschwinden, und die Tür zugemacht.«

»Was hat er genau gesagt?«

Mr Watters sah seine Frau an und zögerte. Er räusperte sich.

»Verpiss dich«, nuschelte er.

Schweigend warteten sie, bis sich das Wort wieder verzogen hatte, wie ein widerlicher Geruch. Harkness gewann einen Einblick, der ihm nicht gefiel. Mr Watters verbrachte seine Tage an seine Frau gekettet, wie eine lebendige Herz-Lungen-Maschine, ein menschlicher Schrittmacher. Seit sie hereingekommen waren, hatte sich alles nur um Mrs Watters gedreht. Das Zimmer war ihr steriler Raum. Krankheit hat ihre Vorzüge, dachte er. Das Leben darf sich ihr nur noch mit medizinischem Mundschutz nähern. Er stellte sich vor, wie sich die beiden hier versteckten, sich für nichts anderes als ihren Herzschlag interessierten.

»Aber sie hat dich angeschrien, dass du die Polizei rufen sollst«, sagte Mrs Watters. »Und dann wollte sie doch keine Anzeige erstatten. Sie muss gewusst haben, dass sie im Unrecht war.«

»Haben Sie den Mann gehen sehen?«

»Wir bleiben für uns. Was genau ermitteln Sie eigentlich?« Mrs Watters war sehr ernst.

»Wir wissen es nicht genau«, sagte Laidlaw. »Was macht Miss Farren beruflich?«

»Wegen Geld muss die sich keine Sorgen machen. Führt irgendeinen neumodischen Laden. Wie nennt man so was noch?«

»Eine Boutique, hier in der Stadt«, sagte Mr Watters. »›Overdrive‹.«

Laidlaw bedankte sich und sie gingen. Mr Watters brachte sie an die Tür. Mrs Watters winkte geistesabwesend, wie eine Königin in ihrer Kutsche.

»Was glauben Sie, wer von beiden stärker gefährdet ist«, fragte Harkness.

»Ja«, sagte Laidlaw. »Ich weiß, was du meinst.«

Lynsey Farren wirkte wie von einer anderen Spezies. Sie öffnete die Tür sofort, sagte: »Hast du den Schlüssel ver …?« Anscheinend hatte sie sich nicht die Mühe gemacht, vorher durch den Spion zu schauen, der augenscheinlich erst kürzlich von einem Amateurschreiner eingebaut worden war. Die Aufregung in ihren grünen Augen verhärtete sich zu Misstrauen. Sie starrte sie an. Sie hatten nichts dagegen, zurückzustarren.

Sie war eine große Blondine, Ende zwanzig, und so dezent wie eine Trompetenfanfare. Das Gesicht war hübsch, große Augen, starke Nase, etwas Bösartiges um den Mund und der Körper üppig gebaut. Neben ihr hätte Nell Gwyn kränklich gewirkt. So wie sie angezogen war, wollte sie ausgehen, wenn nicht gar auswandern, sie trug ein langes grünes Kleid und darüber etwas, das wie ein verwilderter Mantel aussah, große Ohrringe, eine Kette und so viele Armreifen, dass sie beinahe als Gepäck hätten durchgehen können. Sie machte den Eindruck, ihre Boutique am Körper zu tragen.

»Guten Abend«, sagte Laidlaw, womit er in Harkness' Augen enorme Geistesgegenwart bewies.

»Wer sind Sie?«, fragte sie. Sie sprach mit einer jener fast männlichen Upperclass-Stimmen.

Laidlaw zeigte seinen Dienstausweis und erklärte, wer sie waren.

»Was wollen Sie?«

»Miss Farren?«

»Ja?«

»Möglicherweise hat es mit der Angelegenheit von letzter Woche zu tun.«

»Das ist erledigt. Ich habe nichts hinzuzufügen. Das habe ich auch Ihren Kollegen bereits gesagt.«

Die Tür ging zu.

»Es hat sich noch etwas anderes ergeben.«

Die Tür ging wieder auf, und wie eine Verwandlungskünstlerin kam sie dahinter hervor. Erst war es Freude, dann Misstrauen. Jetzt war sie gelangweilt. Ihre Wimpern mussten eine Tonne wiegen.

Harkness glaubte, sie habe sich auf sie vorbereitet. Und es ein bisschen übertrieben.

»Ach was. Und worum geht's?«

»Mord«, sagte Laidlaw.

»Ich wollte gerade weg.«

»Genau, zwei Menschen sind bereits weg. Und zwar für immer.«

»*Zwei?* Ach kommen Sie rein, wenn Sie wollen. Aber lange habe ich nicht Zeit.«

Sie ging weg, ließ die Tür offen. Harkness schloss sie beim Hereinkommen. Fast musste man über den Parfümduft hinwegsteigen, um ins Zimmer zu gelangen. Der Raum wirkte sehr durchdacht, fand Harkness – kitschige Wandteppiche, ein großer runder Glastisch, ein halber Hektar Gemälde über dem falschen Kamin mit Pferden in einer Uferlandschaft. Dazu lief eine dieser zusammengezimmerten Studio-LPs, auf der ein Kasper mit Begleitband die jüngsten Charthits nachspielt, authentisch wie ein Penny aus Holz. Hierher passte die Musik. Harkness fragte sich, ob das der Grund war, weshalb sie die Haare lang trug: weil ihre Ohren aus Blech waren.

Sie bat sie nicht, sich zu setzen, sondern nahm eine Zigarette und zündete sie an. Laidlaw und Harkness standen da wie Publikum, das sich auf die Bühne verirrt hatte.

»Und?«

»Was genau ist hier vor drei Wochen passiert, Miss Farren?«

»Ein Missverständnis. Ein persönliches.«

»Das ist Mord auch. Persönlich.«

»*Ich* wurde aber nicht ermordet.«

»Miss Farren, wir wollen herausfinden, ob derjenige, der vor drei Wochen hier war, etwas später in eine Messerstecherei verwickelt war. Deshalb ist es für uns wichtig zu klären, wer bei Ihnen war.«

Sie sah auf die Uhr. Und setzte sich. Laidlaw und Harkness taten es ihr gleich.

»Ich hab ihn kaum gekannt«, sagte sie.

»Wissen Sie, wie er heißt?«

Sie überprüfte den Markennamen auf ihrer Zigarette, als würde sie seltsam schmecken, und sah Laidlaw plötzlich sehr herausfordernd an.

»Nein, hören Sie, es ist mir peinlich. Ich hab zu viel getrunken. Ich hab ihn kennengelernt, mit hierhergenommen und die Geschichte ist unschön ausgegangen. Sehr unschön. Nie wieder. Es ist mir peinlich, aber ganz ehrlich, ich weiß nicht, wie er heißt.«

»Vielleicht nur den Vornamen?«

»Nicht mal den.«

Das Schweigen war der Klang des Misstrauens. Laidlaw nahm Ecks Zettel und gab ihn ihr. Als sie ihn las, hörte sie auf, wie ein Buchmacher beim Pferderennen zu übertreiben. Ihr Gesicht erstarrte in Unbeweglichkeit.

»Erkennen Sie die Handschrift, Miss Farren?«

»Das ist Tonys Schrift.«

»Hat er Ihnen geschrieben?«

Sie nickte.

»Wann?«

»Vor ungefähr einer Woche.«

Harkness hatte das Gefühl, sie wolle ihnen die Wahrheit sagen. Er glaubte, der von Laidlaw prophezeite Anruf von Milton Veitch habe stattgefunden und sie habe sich genau überlegt, was sie erzählen und was sie verschweigen wollte. Er war überzeugt, dass sie von vornherein beschlossen hatte, in dieser Frage ehrlich zu sein, vielleicht weil sie sowieso schon von ihrer Verbindung zu Veitch wussten, oder weil er ihr noch etwas bedeutete, oder einfach weil gute Lügen Treibmittel aus Wahrheit brauchen, um genießbar zu werden.

»Einen Brief. Wir hatten uns getrennt. Tony und ich kennen uns seit Jahren. Irgendwann haben wir's mal für Liebe gehalten, aber das war es nicht. Jedenfalls nicht für mich.«

»Dann haben Sie also Schluss gemacht?«

»Das ist richtig. Der Brief war sehr lang.«

»Haben Sie ihn noch?«

»Ich habe ihn vernichtet.«

Harkness dachte, dass Tony Veitch nicht viel Glück mit seinen Schreiben hatte. Vielleicht hätte er einen frankierten Rückumschlag beilegen sollen.

»Das Beziehungsende muss ihm nahegegangen sein«, sagte Laidlaw. »Glauben Sie, sein Verschwinden hat etwas damit zu tun? Sie wissen doch, dass er verschwunden ist, oder?«

»Das weiß ich. Aber ich glaube nicht. Der Brief war sehr

gefasst. Er hat wohl nur versucht, unsere Beziehung zu analysieren.«

»Der Zettel da wurde bei einem Stadtstreicher gefunden. Eck Adamson. Sagt Ihnen der Name was?«

»Nein.«

»Adamson wurde mit Paraquat vergiftet. Wie ist es mit den anderen Namen?«

Sie sah Laidlaw herablassend an, kehrte zu dem abschätzigen Verhalten zurück, dass sie an den Tag gelegt hatte, als sie an die Tür gekommen war. Der Augenblick der Wahrheit war offensichtlich schon vorbei.

»Mein eigener sagt mir etwas«, sagte sie.

»Und Paddy Collins?«

Sie schüttelte den Kopf.

»›The Crib‹?«

»Das ist ein Pub, das Tony und ich manchmal besucht haben.«

»Bisschen gewöhnlich, oder?«

»Tony hat es gefallen.«

»Und Ihnen?«

»Mal was anderes. Hören Sie, ich hab mich noch nicht fertig gemacht.«

Harkness konnte sich nicht vorstellen, was sie noch vorhaben könnte – eine Lackschicht auftragen? Aber sie hatte sich entschieden. Sie machte dicht und schob ihrer Undurchdringlichkeit gleich einen doppelten Riegel vor, als plötzlich die Wohnungstür aufging und ein junger Mann, pfeifend wie ein Busch voller Amseln, an der Spitze einer unsichtbaren Parade hereinmarschiert kam. Er machte demonstrativ halt, betrachtete die Anwesenden. Laidlaw und Harkness erkannten Dave McMaster.

Aber es half ihnen nicht. Er und Lynsey Farren hätten genauso gut übers Wochenende vom Mars heruntergekommen sein können. Was sie über Glasgow wussten, ließ sich schnell zusammenfassen. Dave hatte Tony Veitch im »Crib« gesehen, aber das war schon alles. War Paddy Collins tot? Wer war Eck Adamson? Als Dave mit Lynsey zusammenkam, war Tony längst aus dem Rennen. Keiner von beiden konnte sich vorstellen, wie Lynsey Farrens Name auf Ecks Zettel gelandet war. Sie fragten sich, was Tony Veitch so trieb. Sie waren nur ein glückliches junges Paar, das essen gehen wollte. Und sie mussten sich beeilen, damit ihre Tischreservierung nicht verfiel.

An der Tür sagte Laidlaw: »Übrigens, Miss Farren, als ich erwähnte, dass zwei Menschen ermordet wurden, haben Sie das wiederholt. Sie klangen erstaunt. Wussten Sie denn bereits von einem der beiden Morde?«

Aber sie verschanzte sich erneut wie ein Burgfräulein. Und lächelte.

»Ich vermute, der Eindruck entstand, weil zwei Morde auf einmal so ungewöhnlich scheinen.«

Aber als sie die Tür hinter den beiden Polizisten schloss, verlor sie die Fassung.

»Dave! Er hat mich nach Paddy Collins gefragt.«

»Du hast ihm doch nichts gesagt, oder?«

»Ich hab gesagt, dass ich ihn nicht kenne.«

»Das ist gut. Alle sind sie hinter Tony her.«

»Dave, Eck Adamson ist tot.«

»Der alte Eck? Ehrlich? Na ja, für ihn war's vielleicht sogar eine Erlösung.«

»Er wurde ermordet.«

Dave starrte sie ungläubig an.

»Eck? Ach, komm. Das ist, als würde man ein Grab bombardieren. Wer will denn Eck ermorden?«

Noch bevor er die Frage ausgesprochen hatte, erstarrten sie, schienen in den Augen des jeweils anderen dieselbe Möglichkeit entdeckt zu haben. Dave sah weg und schüttelte ein bisschen zu entschlossen den Kopf.

»Reiß dich zusammen, Lynsey. Tony kann das nicht gewesen sein.«

»Er hat's schon mal getan.«

»Das wissen wir nicht.«

»Wirklich nicht?«

»Und wenn schon, damals hatte er ein Motiv. Aus welchem Grund soll er Eck umbringen?«

»Vielleicht weil er was gewusst hat.«

»Der wusste nicht mal, ob's morgens, mittags oder abends war.«

»Ach, Dave.« Sie schmiegte sich an ihn. »Ich glaube nicht, dass ich das verkrafte. Der arme Tony. Hast du Mickey Ballater schon angerufen?«

»Ja, hab ihn hingehalten. Der kann uns noch richtig Ärger machen. Ich muss ihn heute Abend noch mal anrufen.«

»Was sollen wir machen?«

»Wir gehen aus und haben Spaß.« Er umarmte sie. »Sieh nach, ob die beiden weg sind.«

Sie ging zum Fenster und schob den Vorhang beiseite. Der Wagen hatte sich nicht bewegt. Laidlaw bat Harkness, ihn in der Pitt Street abzusetzen. Laidlaw wollte Eddie Devlin im Presseklub treffen, und Harkness würde vielleicht später dazustoßen. Harkness drehte den Zündschlüssel und legte den ersten Gang ein.

»Dave McMaster«, sagte Laidlaw. »Mit dem überschreitet sie wirklich Grenzen, oder? Vielleicht sollte Mr Veitch seine Vorstellung von Lady Lynsey Farren auf den aktuellen Stand bringen. Mit Puppen spielt das kleine Mädchen jedenfalls nicht mehr. Was für eine Schwindlerin! Sie sieht aus, als würde sie sich ihre Mimik im Leihversand bestellen. Bei Hochmut und Co.«

»Das sehe ich genauso. Einen Oscar hat Miss Schönfärberei nicht verdient«, sagte Harkness. »Sie lügt wie ein Gebrauchtwagenhändler. Aber warum?«

18

MILLIGAN STIEG BERGAUF zum Albany Hotel, von dem aus man einen wunderbaren Blick auf das ehemalige Anderston hatte, das inzwischen zu frisch sanierter Anonymität verkommen war. Geparkt hatte er in der Waterloo Street. Das Albany war eine riesige Festung aus Glas und Beton. Mit einer Zugbrücke aus reinem Geld. Hier stiegen die Berühmten ab, wenn sie nach Glasgow kamen. Das Hotel hatte etwas von den Gesandtschaften der Privilegierten, mit denen die Reichen die Welt auf einen einzigen Ort reduzieren, auch wenn hier niemand den Mumm hatte, gewisse Kunden abzuweisen. Man gab ihnen diskret finanzielle Hinweise.

Milligan war in der Lounge verabredet und ging daher an der Kellerbar, The Cabin, vorbei. Dort trank das gewöhnliche Volk umgeben von Leuten wie Charles Aznavour und Georgie Best, deren Fotos die Wände wie Überreste großer Ereignisse zierten.

Höflich öffnete sich die Glastür vor ihm. Die Lounge war eine verlängerte Rezeption mit einer Bar im hinteren Teil. Milligan schob sich in das höfliche Gedränge dort und kam mit einem Glas Lager aus der Flasche wieder. Gezapftes Bier galt hier als vulgär.

Er nahm in einem der beiden freien schwarzen Sessel Platz und teilte sich einen Tisch mit zwei Geschäftsleuten. »Im Vergleich zu den Vorjahresprofiten«, »eine neue Fabrik in Sheffield«, »die Betriebskosten«. Sie sprachen Dialekt.

Milligan war froh, als sie zum Essen ins »Carvery« gingen. Ständig verabschiedeten sich kleine Grüppchen. In regelmäßig unregelmäßigen Abständen erklang eine Glasgower Stimme mit aufgesetzt englischem Akzent über Lautsprecher, wie ein der falschen Person gelieferter Anzug von Moss Bros. »Mr Sowieso ins ›Carvery‹, bitte«, hieß es. Dann erhob sich eine Gruppe an einem der Glastische und begab sich ins Restaurant, dabei immer noch locker im Gespräch miteinander.

Milligan hielt sich lieber an die Frauen. Zwei von ihnen hätte er gerne zur Liste seiner Probleme hinzugefügt. Die eine war eine große Blondine in einem roten Satinkleid. Die andere war nicht ganz so auffällig, hatte weniger von der Allgegenwart eines Leuchtturms. Aber sie war diejenige, auf die Milligan am meisten stand, braune Haare, sie machte ihn an, schon weil sie ihn nicht einmal zur Kenntnis nahm. Gerne hätte er sie ein bisschen aus dem Konzept gebracht. Er warf ihrem männlichen Begleiter ein paar Blicke voller Curare zu, die dieser leider überlebte.

»Gott sei Dank, Macey«, dachte Milligan.

Macey kam heran, ging auf seinen Plateauschuhen nicht ganz aufrecht. Er trug seinen grau gestreiften Anzug mit dem extra breiten Revers, ein rotes Hemd und eine Krawatte, die auch als Tischdecke funktioniert hätte. Macey wollte seinen Scheffel unters Licht stellen. Das jugendliche Gesicht, wohlgenährt, allerdings mit einer Nase, mit der man sich hätte rasieren können, wirkte an allem interessiert. Geboren und aufgewachsen war er in Govan, lebte in Drumchapel, und sobald er woanders war, schien er sich zu sagen: »Stell dir vor, jetzt bin ich hier.«

Was geschah, als er Milligan entdeckte, hätte bei einem anderen ein Stutzen hervorgerufen. Maceys Vorsicht ließ dieses auf einen winzig kleinen Moment des Zögerns schrumpfen. Er nickte freundlich und tat, als wolle er weitergehen, noch immer suchend.

»Macey«, rief Milligan leise, »hier drüben.«

Macey zögerte, wie eine Katze, die mit ihren Schnurrbarthaaren eine Öffnung prüft. Er kam rüber.

»Hi, Ernie.«

»Kann ich dir was zu trinken holen?«

In der Zeit, die er brauchte, um zu einer Entscheidung zu gelangen, hätte er auch einen schriftlichen Antrag stellen können. Sein Wohlergehen, wenn nicht gar sein Leben, hing von Vorsicht und Vorausschau ab. Dieser Ort war ihm so angenehm wie Schmerzen in der Brust einem Herzkranken.

Er schien kurz zu horchen, was seine Instinkte nuschelten, dann nickte er und setzte sich.

»Ich nehm ein Pint Heavy.«

»Hier gibt's nichts Gezapftes, Macey«, sagte Milligan.

»Dann ein Export.«

Während Milligan der Kellnerin Bescheid gab, sah sich Macey weiter augenzwinkernd um, unschuldig wie die Kamera eines Touristen.

»Und was soll das da?«

Er meinte die Stiche und Gemälde von Norman Ackroyd an den Wänden der Lounge, die schwarzen Löchern ähnelten, in denen sich Licht und Form miteinander verschworen hatten, um zu überleben.

»Macey«, sagte Milligan. »Das ist Kunst. Mir gefällt's.«

»Mh-hm. Wie macht er das? Alle anderen, die ich kenne, wandern in den Knast, wenn sie Leuten das Geld aus der Tasche ziehen.«

Milligan lachte, und Macey schenkte ihm einen naiven Blick mit der Bitte, in den Witz eingeweiht zu werden. Milligan fiel nicht darauf rein, aber er hatte Respekt vor dem traditionsreichen Beruf, den Macey ausübte. Er war Vertreter der altehrwürdigen Glasgower Zunft des Polizeispitzels und als solcher ein Meister der erhobenen Hände und einer Art von Unschuld, mit der man jedermann Verdachtsmomente aus der Hosentasche klaut. Viele, mit denen er zu tun hatte, dachte Milligan, lagen vermutlich längst zu Hause im Bett, bevor ihre Selbstgefälligkeit gerann und sie merkten, dass Macey sie verarscht hatte, obwohl sie doch geglaubt hatten, ihn zu verarschen. Er war so schlicht, er hätte Lebensversicherungen im Himmel verkaufen können.

»Dein Export, Macey«, sagte Milligan und bezahlte.

Macey benetzte seine Lippen mit Bier. Anders als viele andere Informanten, benutzte er Alkohol nie, um sich von seinen Ängsten zu entfernen. Lud man ihn zu zwei Getränken ein, musste das zweite eins zum Mitnehmen sein.

»Was sagst du zu Danny Lipton, Ernie?«

»Wird wohl aus dem Blechnapf fressen«, sagte er. »Es sei denn, er kann beweisen, dass jemand bei ihm eingebrochen ist und das Zeug da versteckt hat. Wir haben genug Beute gefunden, um den Barras zwei Wochen in Gang zu halten.«

»Verdammt schade, oder?«

»Er war leichtsinnig, Macey. Du musst dir immer erst ein Depot suchen. Das Zeug schleppt man nicht nach Hause wie Weihnachtseinkäufe.«

»Ich weiß. Und Danny auch. So oft wie der die Polizei im Haus hat, könnte man meinen, er wohnt auf der Wache. Aber wenn's eine Chance auf einen kleinen Job gibt, bist du dabei, oder? Profi-Instinkt.«

»Nein, Profi-Instinkt ist, wenn man drei Schritte weiter denkt, und den Weg noch mal rückwärts abgeht. Danny hat das nicht gemacht. Er ist abgesprungen, als sich die Räder noch gedreht haben. Direkt rein in den Knast in Barlinnie.«

»Die Bar ›Linnie‹«, schauderte Macey. »Scheiße.« Er war nur einmal im Gefängnis gewesen. Und hatte nicht vor »zurückzukehren«. »Schlimme Sache ist das, so ein netter großer Kerl.«

Macey hatte recht. Danny Lipton war nur ein einziges Mal gewalttätig geworden, und zwar gegen ein Fenster.

»Hab neulich mit seiner Frau gesprochen«, sagte Macey.

»Big Sarah?«

»Sie wird ihn so vermissen. Tolle Beziehung, weißt du? Wenn er nicht in anderer Leute Häuser eingebrochen ist, hat er sein eigenes schöner gemacht. Echt wahr. Sarah hat gesagt, wenn Danny nicht da ist, weiß sie genau, wo er steckt. Nicht wie bei anderen Männern. Sie hat immer gewusst, der ist los und irgendwo eingestiegen.«

Und nicht drübergerutscht, meinte Macey.

»Bist du wieder mit deiner Frau zusammen?«, fragte Macey.

»Nein. Aber bald.«

Milligan merkte, dass sein Spitzel stolz darauf war, einen so vertrauten Umgang mit der Polizei zu pflegen. Er glaubte, die Weitergabe von Informationen sei so was wie eine Hintertür zum Establishment – er fühlte sich wie der Diener in einem großen Haus, der glaubt, all jenen etwas vorauszuhaben, die nicht mal reindürfen. Das Geld schien dabei oft zweitranging. Aber jetzt hatte er lange genug so getan, als würden sie sich auf Augenhöhe begegnen.

»Macey.«

Zögerlich stellte sich Macey dem veränderten Tonfall. Milligan griff in seine Innentasche und reichte Macey etwas zur Ansicht.

»Was ist das?«

»Eine Beförderung«, sagte Milligan. »Vor dir sitzt D.C.I. Milligan.«

Verdutzt betrachtete Macey das Foto eines jungen Mannes, dessen unverbrauchtes Gesicht so frisch wirkte, dass sich Macey nicht gewundert hätte, Reste von Eierschalen auf seinem Kopf zu entdecken. Er blickte gerade auf und sein Gesichtsausdruck ließ vermuten, dass er noch nie in ein Blitzlicht geblickt hatte. Macey sah Milligan hinter seiner eigenen Unschuldsmaske an.

»Das muss wohl vor ein paar Jahren gemacht worden sein. Siehst ganz schön jung aus, Ernie.«

»Hmmh. Tony Veitch, Macey. Tony Veitch.«

Beinahe hätte der Name Macey aus dem Konzept gebracht, aber da er nicht ganz an einen Weltkrieg herankam, doch nicht. Milligan beobachtete ihn und vermutete, dass er irgendwie eine Reaktion gezeigt haben könnte.

»Kennst du ihn?«

Macey schüttelte den Kopf.

»Ich suche ihn. Ich hab das Gefühl, wenn er gemacht hat, was ich glaube, dann bin ich nicht der Einzige, Macey.« Macey hob den Blick vom Foto. Milligan zeigte mit dem Daumen auf sich selbst. »Ich bin der Erste. Ich stell mich nicht hinten an. Kannst du mir folgen?«

»Was hat das mit mir zu tun, Ernie?«

»Macey. Ich musste eine Hypothek aufnehmen, um dich hier auf ein Getränk einzuladen. Und ich hab keine Lust, mein Geld zum Fenster rauszuwerfen. Ich weiß, dass du die richtigen Leute kennst. Du musst nur was rauskriegen wollen. Besser, du willst es. Wenn du's schleifen lässt, dann sorge ich dafür, dass du jede Menge Zeit bekommst, alles andere auch schleifen zu lassen. Du findest Barlinnie schlimm, Macey? Barlinnie ist ein Ferienlager. Willst du's mal mit Peterhead versuchen? Da gibt's eine Abteilung, die heißt Hochzeitssuite. Und du bist ein hübscher Junge, Macey.«

»Ich tu mein Bestes, Ernie. Wie sieht's mit Geld aus?«

»Hinterher, Macey. Hinterher.«

»Wurde viel über ihn geredet. Ich kenn ihn nicht. Aber anscheinend ist er verschwunden.«

»Ich weiß. Ich verlange nur, dass ich der Erste bin, der's erfährt, wenn er gefunden wird.«

Macey gab ihm das Foto zurück, eine Transaktion, die von etwas weiter hinten in der Lounge, nicht weit von der Rezeption entfernt, beobachtet wurde. Dort wunderte sich Lynsey Farren, warum ihr Dave McMaster den würdevollen Auftritt versaute. Er packte sie am Ellbogen und drehte sie wieder zurück in die Richtung, aus der sie gekommen waren.

»Wir gehen da an der Seite entlang«, sagte er. »Trinken was am Tisch.«

»Warum?«, fragte sie, während er sie über einen Durchgang an der Lounge vorbeilotste.

»Hab gerade was sehr Interessantes gesehen«, sagte er.

19

WENN MAN IM GLASGOW PRESS CLUB in der West George Street die Tür zur Straße öffnete, hatte man eine alte Steintreppe vor sich, die steil genug war, um jeglicher Blasiertheit den Wind aus den Segeln zu nehmen. Passierte man die verschlossene Tür oben (was Harkness bewerkstelligte, indem er sich von Eddie Devlin anmelden ließ), gelangte man in einen kleinen Raum, den die Glasgower Eigenart, jegliche Anmaßung mit einer beiläufigen Bemerkung im Keim zu ersticken, greifbar wie dichter Nebel erfüllte. Hier fanden die Nachbesprechungen mit den zahlreichen Spionen statt, die die Presse auf Prominente angesetzt hatte.

Im Prinzip waren es zwei Räume: das Billardzimmer und die Bar, an der eine kleine, aber kompakte Auswahl an Spirituosen angeboten wurde, davor einige Tische. In beiden Räumen konnte man sich unproblematisch auf den Boden der Tatsachen bringen lassen. Eddie Devlin war einer von vielen, die dabei jederzeit gerne behilflich waren.

»Aha«, sagte er. »Dann bringen wir eine Gesellschaftskolumne für Penner. Wer mit wem bei der Mission der Heilsarmee. Könnte eine ganze Serie werden. Wer hat letzte Woche am Custom House Quay über den Durst getrunken. Hey. Ich könnte der William Hickey der Caledonia Road werden. Super Idee, Jack.«

Harkness war heilfroh, dass er ein Pint flüssiges Schmerzmittel vor sich hatte. Er wusste, dass es ein Fehler gewesen war herzukommen und er verstand, weshalb sich Eddie aufregte. Solche Momente kannte er nur zu gut, besonders von Fällen wie diesem, wo es nichts zu tun gab und er in Wartestellung verharrte, während Laidlaw immer wieder wie besessen dieselben Fakten durchging. Er trank immer noch Soda and Lime, was es auch nicht unbedingt besser machte.

»Komm schon«, sagte Laidlaw und ignorierte Eddies Schmährede mit leerem Blick. »Musst ihn nur erwähnen.«

»Wo? Unter Tote-Penner-News? Die haben wir eingestellt, Jack. Haben die Auflage nicht gesteigert.«

»Ein Absatz. Ein winzig kleiner Absatz.«

»Warum?«

»Weil er's verdient hat. Ihr erfindet Ruhm. Ihr handelt mit dem Ansehen anderer wie mit Aktien. Also investiert gefälligst einen Absatz in Eck. Dieser Glamourmist geht mir auf den Geist. In unserem Job ist es dasselbe, Brian. Du musst nur einer Institution genug Geld klauen, dann ist dir der gesamte Crime Squad auf den Fersen. Klaust du einer Witwe die letzten fünfzig Pfund, wen interessiert das? Sind doch nur normale Menschen. Eck hat es verdient, dass sein Tod zur Kenntnis genommen wird.«

»Wieso?«

»Weil er gelebt hat. Aber selbst wenn wir nach euren Regeln spielen, hat er's verdient. Ich denke, dass er ermordet wurde. Das zählt bei euch doch immer noch als Nachricht, oder nicht? Was hier in der Stadt passiert? Früher hatte man Respekt vor dem Leben da draußen. Es wurde beachtet. Was ist mit Hirstling Kate? Oder Rab Ha' dem Vielfraß von Glasgow? Das sind Menschen wie Eck.«

Hirstling Kates Beine waren verkrüppelt und sie zog sich

mithilfe kleiner Nagelbretter über den Boden. Rab Ha' hatte angeblich mal ein ganzes Kalb auf einmal verschlungen und war als Stadtstreicher auf einem Heuboden in der Thistle Street gestorben. Laidlaw berief sich damit auf eines von Eddies Hobbys.

In den folgenden Minuten bekam Harkness allerhand über alle möglichen berühmten Glasgower des neunzehnten Jahrhunderts zu hören, zum Beispiel über Old Malabar, den irischen Straßenjongleur und Danganoon, den barfüßigen Träger auf dem Markt von Candleriggs. Er hörte einen Vierzeiler des »Reverend« John Aitken. Und erfuhr, dass Penny-A Yard Messingketten für Wanduhren hergestellt hatte. Am besten aber fand er Lang Tam, einen schwachsinnigen Bettler, der an die Nächstenliebe der Menschen appellierte, indem er der Paisley-Kutsche an der Jamaica Bridge hinterherwinkte und diese bei ihrer Ankunft in Paisley ebenfalls winkend begrüßte.

Die Erinnerung an diese Menschen, die in einem jeweils sehr schweren Leben eine Nische für sich gefunden hatten – wie Möwen, die in winzigen Vertiefungen an der Steilküste nisten –, ging Eddie nahe, gleichzeitig reihte Laidlaw Eck in deren Tradition ein.

»Und noch was, Eddie. Wer auch immer diesen Mord begangen hat, er glaubt, die Tat würde so viel Staub aufwirbeln wie ein überfahrener Straßenkater. Ich will, dass sich das ändert. Es mag nicht viel bedeuten, aber ich hätte gerne, dass sich der Täter Sorgen macht. Wer weiß, vielleicht hilft es ja was. Du könntest auch einen Aufruf an die Leser einbauen und um Hinweise bitten.«

»Was soll das? Wenn es kein Unfall war, dann hat der eine Säufer den anderen ausradiert. Wie viele Alkoholiker, glaubst du, lesen den *Glasgow Herald*?«

»Ich weiß es nicht, aber an kalten Tagen eignet er sich ausgezeichnet als Decke. Und weißt du, was auch noch helfen würde? Wenn du's an die *Evening Times* weitergibst.«

»Super, Jack. Hör auf. Ich hab keinen Einfluss bei der *Times*. Pass auf, ich schau mal, was ich machen kann. Okay?«

»Danke, Eddie. Da ist noch was.«

Eddie blickte um den Whisky in seiner erhobenen Hand herum wie schwarze Dienstboten in alten Hollywoodfilmen durch den Türspalt.

»Ich weiß«, sagte er. »Du willst, dass ich einen Artikel über einen überfahrenen Straßenkater schreibe.«

»Diese Woche nicht. Kannst du dich an die Artikel erinnern, die vor einer Weile erschienen sind? Über Stadtstreicher. Die Idee mit der ›Skid Row‹.«

Eddie nickte.

»Meinst du, du kannst sie mir besorgen, damit ich sie mir mal ansehen kann? Nur für alle Fälle. Wahrscheinlich hoffnungslos. Aber nur für alle Fälle.«

»Du wirst milde. Deine Bitten werden allmählich vernünftig.« Ein Mann kam von der Bar herüber an ihren Tisch. Er war groß und sehr dick.

»Fünf Minuten«, sagte er zu Eddie. »Ich hoffe, du bist fit.«

»Bestimmt nicht weniger fit als du, Stan«, sagte Eddie. »Sieh ihn dir an. Wenn mal jemand aufräumen würde, wäre er eine gute Garage. Pollokshaws Fats, der Ein-Mann-Menschenauflauf.«

»Galgenhumor«, sagte Stan. »Kann ich euch zu einem Drink einladen? Ich denke, das macht man so bei einer Totenfeier.«

Die Stimme passte zu der Bemerkung, langsam, tief und trauernd, jeder Satz ein letztes Geleit. Laidlaw hatte seinen Soda and Lime kaum angerührt. Eddie und Harkness wollten im Moment nichts mehr.

»Fünf Minuten«, sagte Stan.

Eddie sah auf die Uhr. Harkness kam das wie eine typische Geste vor. Das breite Gesicht mit den freundlich neugierigen Augen, die immer ein kleines bisschen zerstreut wirkten, immer schon weiterdachten. Als hätte der Druck, dem er beruflich ausgesetzt war, Einzug in sein Privatleben gehalten, sodass er nun sogar in seiner Freizeit den Adrenalinschub eines Abgabetermins brauchte. Ein Terminjunkie.

»Was ist mit den Laborergebnissen?«, fragte Harkness Laidlaw.

»Ach ja. Rate mal. Paraquat. Die Flasche, die wir gefunden haben, war tatsächlich von Eck.«

»Hey, vielleicht bist du gar nicht so blöd. Wer auch immer das Zeug in den Wein gekippt hat, hat vorsätzlich gehandelt.«

»Und nicht nur das. Auf Ecks Flasche finden sich Fingerabdrücke von einer zweiten Person. Es sind nicht nur die von Eck drauf.«

»Und wenn es stimmt, dass er nie was mit anderen geteilt hat …«

»Finde die Finger, dann hast du deinen Mann.«

Eddie stand auf, um es mit Stan aufzunehmen. Er grinste.

»Jungs, ich hab's«, sagte er. »Ihr zieht einfach durch die Schnapsläden, nehmt von allen Fingerabdrücke und schon habt ihr ihn. Von meiner Siegerprämie lade ich euch auf ein Bier ein.«

Harkness starrte ihm hinterher, wandte sich wieder an Laidlaw.

»Er hat nicht ganz unrecht. Wenn zwei verschiedene Sorten von Fingerabdrücken auf der Flasche sind, müssen die anderen vom Täter stammen, oder?«

Laidlaw blieb unbeirrt.

»Nimm Eddie nicht ernst. Journalismus macht zynisch. Anders als Polizeiarbeit.«

»Aber er hat recht.«

Laidlaw kippte seinen Soda and Lime herunter wie einen Zaubertrank, der weise macht, und zwinkerte.

»Ich wette, er hat nicht recht. Zynismus ist ein Mangel an Fantasie. Die Fingerabdrücke sind Gold wert. Sie werden uns ans Ziel führen. Wo hast du heute deinen Charme spielen lassen?«

Harkness nahm einen Schluck.

»Gar nicht«, sagte er. »Ich hab Mary angerufen, und gemeinsam haben wir beschlossen, uns nicht mehr zu sehen. Ich werde heiraten.«

»So wie du das sagst, klingt es eher nach einem Todesurteil.«

»Nein. Weißt du was? Mary klang erleichtert. Ich dachte, sie steht auf mich. Hab mir wahnsinnige Sorgen gemacht, weil ich nicht wusste, wie ich's ihr beibringen soll. Dann hat sie's angenommen wie ein Geschenk. Als wäre Weihnachten dieses Jahr schon ein bisschen früher.«

Laidlaw lachte.

»Weißt du, wovor ich jetzt Angst habe?«, fragte Harkness. »Ich bitte Morag, mich zu heiraten, und sie lässt mich abblitzen. Ich könnt's nicht ertragen. Mir schrumpft alles zusammen und fällt ab. Als Mary fröhlich aufgelegt hat, bin ich los und hab mich betrunken. Ich muss nachher auch früher weg, damit ich den letzten Bus noch erwische. Den Wagen lass ich stehen.«

»Ich kann dich nach Fenwick fahren«, sagte Laidlaw.

»Übernachtest du heute nicht im Burleigh? Fährst du nach Hause?«

»Na ja.« Laidlaw schnitt eine Clownsgrimasse wie Pagliacci. »Mehr oder weniger. Wenn man's ein Zuhause nennen will.«

Harkness überkam ein Gefühl gegenüber Laidlaw, das er schon einmal verspürt hatte, eine beinahe unwiderstehliche Sympathie. Laidlaw wirkte oft hart, konnte ein Arschloch sein. Manchmal hatte man den Eindruck, er wolle Gott, sollte er ihm begegnen, erst mal einem Lügendetektortest unterziehen. Aber er machte sich so unübersehbar etwas aus den Menschen, war so unverkennbar verletzt durch das, was ihnen widerfuhr, manchmal sogar durch sein eigenes Tun, dass es zum Steinerweichen war. Aus Sorge um ihn, lenkte Harkness auf ein anderes Thema.

»Ich will ja nicht zynisch klingen«, sagte er. »Aber inwiefern können uns diese Fingerabdrücke nutzen?«

»Brian. Stell dir das mal vor. Du kippst Paraquat in eine Weinflasche. Ein bisschen was geht daneben. Du wischst die Flasche ab, weil du nicht willst, dass sie verdächtig aussieht. Stimmt's? Dann gibst du sie einem Säufer. Wen interessiert schon, ob du sie angefasst hast. Wo soll sie schon landen? Im Clyde? Du wirst unvorsichtig. Du schenkst sie ihm mit großer Geste. Oh ja, das machst du. Wenn Tonys Fingerabdrücke drauf sind, Brian, dann ist er's auch gewesen. Wenn sie von jemand anders sind, dann war's auch jemand anders. Wir haben die Kombination für den Safe geknackt. Ich sag's dir. Hey, ich bin gerne gescheit. Du nicht auch? Macht Spaß, oder?«

Er lachte. Harkness freute sich, ihn wieder so arrogant zu erleben. Harkness glaubte, Laidlaw habe gewisse kleine Vorrechte auf diesem Gebiet.

20

DAS MÄDCHEN TRUG seine weiße Hose so eng am Hintern, dass man die Poren zählen konnte. Sie machte den Eindruck, als wollte sie ihre eigene Atomisierung üben. Jeder Teil ihres Körpers schien sich anzustrengen, sich von allen anderen Teilen zu lösen. Ihre Augen waren geschlossen. Irgendwo hatte sie einen Partner. Die Musik hatte es aufgegeben, ihr zu folgen.

Sie war nicht besonders auffällig, nur einer der beiden älteren Männer an der Bar betrachtete sie. Wahrscheinlich war sie nicht älter als Ende dreißig, aber in dieser Umgebung fühlte sie sich wie zwei missglückte Face-Lifts. Das Poppies war nicht ihre Lieblingskneipe.

»Siehst du die mit der weißen Hose, Pat?«, fragte einer der beiden.

»Hab was im Auge«, sagte Pat.

»Wahrscheinlich ihre Titten. Lässt sie ganz schön wackeln.«

Pat führte eine komplizierte Operation an seinem linken Auge durch. Vorsichtig zog er das Oberlid Richtung Augenbraue und rollte das untere rauf und runter. Dann zwinkerte er und schien zufrieden.

»Ich komm mir hier vor wie der Vater von Methusalem, Tam«, sagte er. »War deine Idee, du Penner.«

»Immerhin kriegen wir hier noch was zu trinken, oder?«

»Schon wahr. Aber die sind alle so jung.«

»Wer bluten kann, der kann auch schlachten.«

»Benimm dich. Wo hast du das denn her? Aus der *Gestapo Gazette*? Wär mir peinlich, was mit einer von denen anzufangen. Vielleicht bekomme ich die Windel nicht runter. Wann kommt die Go-go-Tänzerin?«

»Dachte, du hast kein Interesse«, sagte Tam.

»Das ist was anderes, oder? Die macht ihren Job. Da kann man sich was vormachen lassen, und danach heimgehen. Alle Beteiligten schlafen gut. Kein Problem.«

Tam sah sich um. Ihm gefiel die Einrichtung. Die Sitze ringsum an den Wänden sahen aus wie Würfel, die Wandleuchten wie Pokerblätter. Die kleine Bühne, auf der später die Go-go-Tänzerin auftreten sollte, war einem Rouletterad nachempfunden. Kam seinem Hang zum Risiko entgegen.

»Der Typ, dem der Laden gehört hat«, sagte er. »Hat sich die Kehle aufgeschlitzt.«

»Muss ihm gegangen sein wie mir. Weißt du was, Tam? Nichts macht älter als ständig Weiber anglotzen, an die du sowieso nicht mehr rankommst.«

»Nee, der war schwul«, sagte Tam, als würde das die Unausweichlichkeit seines Freitods erklären. »Willst du tanzen?«

»Hab schon gedacht, du fragst mich nie.«

»Nein. Du?«

»Beim ersten Canadian Barn Dance, den die auflegen, bin ich sofort dabei.«

»Weißt du, was mit dir los ist?«, fragte Tam. »Du fühlst dich hier fehl am Platz. Siehst du, ich nicht. Ich sehe hier ein paar Leute, die ich kenne. Du auch?«

»Tam, ich weiß nicht mal, ob ich mich selbst kenne.«

»Guck mal, da drüben.«

Tam drehte Pat an den Schultern um, sodass er in eine bestimmte Ecke blickte. Pat erkannte das Pärchen. Eine Frau, an der ein Mann lose hing. Keiner von beiden sagte etwas. Sie war eine große Blondine, die anzugraben er nicht den Mumm besessen hätte. Wahrscheinlich wäre ihm am Morgen danach nicht eingefallen, was er sagen sollte. Sie war irgendwo, wo er gerne Urlaub gemacht hätte, aber er wusste, dass sie niemals sein Wohnort werden würde. Dann fiel ihm der Mann auf, der aussah wie bei Dixon's Blazes geschmiedet, ein schweres technisches Meisterstück, dachte Pat. Er sah aus, als könnte er einen Kran im Armdrücken besiegen.

»Aha«, sagte Pat. »Willst du mir noch was zeigen?«

»Das ist Dave McMaster«, sagte Tam. »Hast du schon mal was von Dave McMaster gehört?«

»Ja«, sagte Pat. »Ich wünschte nur, er hätte nicht die große Alte dabei. Guck sie dir an!«

Lynsey Farren starrte ins Leere. Ihr gefiel nicht, dass Dave ihr den Spaß an dem Laden hier verdarb. Ihr widerstrebte seine Bereitschaft, Frischluft zuzulassen. Kalt zog es von der Straße herein.

»Wir müssen das in Ordnung bringen«, sagte er. »So oder so. Wir müssen was tun.«

Sie sah sich um. Die Energie raubte ihr den Atem. Sie sah die jungen Menschen tanzen, ihre Körper herumwerfen, so unbeschwert wie eine beiläufige Unterhaltung. Sie sendeten eine Botschaft, die sie faszinierte, weil sie wusste, dass sie diese nie richtig verstehen oder in sich aufnehmen konnte, diese unbefangene Proklamation des Selbst vor seiner Verabschiedung in die Dunkelheit. Sie stellte sich vor, welche langweiligen Jobs auf die Tanzenden warteten, vorausgesetzt, sie hatten überhaupt welche. Das Mädchen mit dem im Stroboskoplicht weißen Gesicht und der Junge, der aussah wie ein verwahrloster Engel, und der die Nase über sich selbst rümpfte.

Sie erklärten ihr ihre eigene Wohnung. Sie hatte sich ihrem Geschmack verweigert und ausschließlich Kitsch gekauft, weil sie das Gefühl hatte, dass es keine große Rolle mehr spielte, wie sie wohnte, anonym wie ein Bahnhof sollte es sein. Das hatte Tony ihr beigebracht. Er hatte gesagt: »Häuser sind immer Verstecke, sie schützen vor einer komplizierten Realität. Ihre Wände sollten porös sein. Je weniger sie dir entsprechen, desto besser eignen sie sich als Kommune. Wie die besten Häuser der Arbeiterklasse.« Die Tänzer erinnerten sie daran, ihre Türen waren geöffnet.

Sie betrachtete Dave. Er trommelte auf den Tisch, in eigene Sorgen versunken. Sie begriff, weshalb sie bei ihm gelandet war. Tony war die Idee gewesen, Paddy Collins die Nachbildung und Dave die unumstößliche Tatsache. Er konnte keinen Raum betreten, ohne dass sein Blick fragte, was dort gespielt wurde, und sein Körper ihm befahl, mitzuspielen. Seine Lebenskraft war ein Zug, auf den man besser sprang, wenn man woandershin wollte. Sie hatte ihn erwischt. Obwohl sie nicht so genau wusste, wo er eigentlich hinfuhr, glaubte sie, dass es dort besser war als wo sie herkam.

»Also, was machen wir?«, fragte sie.

»Wir helfen Tony. Aber nachher muss ich noch mal diesen Mickey Ballater anrufen. Ihm irgendeinen Mist erzählen. Ich glaube, ich sage ihm, wo er den alten Danny McLeod findet, das hält ihn eine Weile auf Trab. Aber er wird wieder anrufen. Und nicht amüsiert sein. Dann müssen wir das Spiel spielen. Und mit echten Tricks arbeiten. Ich brauche deine Hilfe. Du musst rauskriegen, wo Tony Veitch ist. So einfach ist das.«

»Ich bin sicher, Alma weiß es.«

»Dann fährst du zu Alma. Morgen früh. Okay?«

»Kann ich wohl machen. Milton ist beim Golf. Der spielt

sonntagmorgens immer Golf. Manchmal isst er im Klub und spielt nachmittags weiter. Ich bin sicher, ich erwische sie alleine. Wirst du Mickey Ballater meine Nummer geben?«

»Geht nicht anders. Er muss mich zurückrufen. Er vertraut mir, wenigstens das. Ich klau ihm ein paar Stunden. Die werden wir brauchen. Wenn du Tony helfen willst, müssen wir auf Zeit spielen. Ich kann dafür sorgen, dass ihn die richtigen Leute finden. Und Ballater an der Nase rumführen. Verstehst du?«

Sie war nicht ganz sicher, ob sie's verstand, aber was anderes, als Dave die Sache regeln zu lassen, fiel ihr nicht ein.

»Rufst du ihn an?«, fragte sie.

»Ich ruf ihn jetzt gleich an. Hab gesagt, bevor der Tag vorbei ist. Noch ist er nicht vorbei.«

Er stand auf und ging über den roten Teppich, den sonst niemand sah. Und niemand hinderte ihn daran.

Er griff nach dem Hörer und wählte die Nummer, die er an jenem Tag bereits mehrmals gewählt hatte. Dieselbe Frauenstimme meldete sich, sagte erneut: »Gina?« Wusste sie nicht, wer sie war? Er machte sich nicht die Mühe, zu antworten. Er fragte nach Mickey Ballater. Die Stimme, die an den Apparat kam, klang grob wie ein Zementmischer. »Ja?« Er musste mit ihr im Bett gewesen sein, dachte Dave. Er sagte, was er zu sagen hatte.

»Wer ist das?«

»Ein Freund von Eck Adamson. Er muss was über Tony wissen. Hab dir doch von Eck erzählt, oder? Ich tu, was ich kann. Du unterhältst dich mal mit ihm. Wenn's nichts bringt, rufst du hier an.« Er gab ihm Lynseys Nummer. »Alles in Ordnung?!«

»Will's hoffen. Ich sag dir morgen früh Bescheid.«

Ballater legte auf. Dave zeigte dem toten Hörer einen Stinkefinger. Geh doch und verbreite Angst und Schrecken in Birmingham, dachte er. Er ging zurück in den Raum, in dem getanzt wurde, hoffte, ihm würde jemand in die Quere kommen. Aber bis zu Lynsey war die Bahn frei. Sie blickte auf. Er nickte und setzte sich.

»Da steht ein Mann an der Bar«, sagte sie, »der sich prügeln will.«

Er sah rüber. Der Mann war nicht so betrunken, wie er's gerne gehabt hätte. Er gestikulierte auf die vieldeutige Weise, die gleichzeitig eine Drohung und eine Bitte enthielt. »Ich warne dich, aber nimm mich nicht zu ernst.« Dave nahm ihn nicht ernst. Er trank seinen Wodka-O.

Tam hörte auf, dem Mann hinter dem Tresen Zeichen zu machen, und versank in seinem Whisky. Von eingebildeten Feinden umgeben, nuschelte er etwas vor sich hin. »Ich könnte in dem Laden hier aufräumen.« Er blickte über seine Schulter und sah Pat weltmännisch am Tisch sitzen. Das Mädchen bei ihm machte riesengroße Augen. Er fragte sich, worüber sie redeten, was so interessant war.

»Danach«, sagte Pat, »hab ich halb links gespielt.«

21

»DECKEN? ZIEH DIR DIE ÜBER den Kopf, das ist ein Atombunker. Handgestrickt aus Eisbärenwolle. Ich sag's dir. Wenn du morgen früh aufwachst, siehst du den Frost mit erhobenen Händen am Fenster kleben. Weil er sich ergeben hat. Fünf Pfund das Stück, muss sie schnell verkaufen. Wenn mich die Polizei erwischt, sperren die mich in die Klapse.«

Mickey Ballater ging weiter. Er war nicht auf dem Markt, um Decken zu kaufen. Paddy's Market in der Shipbank Lane war ein nostalgisches Erlebnis für ihn, ein Spaziergang in die Vergangenheit, der sein aktuelles Vorhaben unwichtig erscheinen ließ. In jeder Stadt musste es solche Straßen geben, dachte er, aber diese hier war anders. Von hier kam er, so hatte er früher gelebt. Er hatte das Gefühl, dass hier seine eigene Vergangenheit verscherbelt wurde.

Die Masche des Deckenverkäufers war nicht das, was ihm zusetzte. Sie war in dieser Straße eher untypisch, eher ein Anklang an den Barras, den eigentlichen Markt hier in der Stadt, wo einen die Dreistigkeit des kommerziellen Erfolges einholte wie ein Lasso. Hier war es ruhiger, stumpf vor Resignation. Eine Straße der toten Augen und gleichgültigen Blicke.

Auf einer Seite befanden sich Öffnungen in der Wand, aus denen schmuddelige Waren zum Verkauf gezogen wurden. Der Schnäppchencharakter ließ sich auch daran ablesen, dass nur wenige Verkäufer sich auf etwas Bestimmtes spezialisiert hatten, sondern alles verkauften, was sie in die Finger bekamen. Auf der anderen Seite befanden sich diejenigen, deren Ladenfläche sich auf ein Fleckchen Erde beschränkte, auf dem sie ausgebreitet hatten, was sie an privaten Habseligkeiten noch besaßen. Der Markt wurde seinem Namen gerecht, der vermuten ließ, dass sich hier selbst bettelarme irische Einwanderer einen Einkauf leisten konnten.

Mickey wurde wütend bei dem Gedanken an jene, die im Luxus schwammen und behaupteten, es gäbe keine Armut mehr. Wenn sich der Kram hier verkaufen ließ, wer kaufte ihn, wenn nicht die Armen?

Er erinnerte sich an das Haus in der Crown Street und seine alte Verbitterung kehrte zurück. Früher waren das seine Leute gewesen. Er dachte an seinen Vater, der Alkohol wie Scheuklappen benutzte, an seine Mutter, die keinen einzigen Tag erlebte, an dem es nicht auf jeden einzelnen Penny ankam. Und er dachte an seine Schwester, die von dem Schreiner, mit dem sie zusammen war, abserviert wurde und deshalb todunglücklich war, selbst seine Mutter hatte Klagelieder angestimmt, als Prince Charming davonritt.

Er war anders. Seine Frau hatte ein eigenes Dach über dem Kopf. Obwohl er als Kind zwei Jahre auf ein gebrauchtes Fahrrad für dreißig Schilling hatte warten müssen, nahmen seine drei Töchter heute eine eigene Stereoanlage als selbstverständlich hin. Und so sollte es bleiben.

»Tschuldigung, altes Haus«, sagte er.

Sie hob den Blick, als wäre er ein schwerer Felsbrocken, den sie nur mit Mühe hochbekam. Ihr Gesicht war eine verlassene Sackgasse. Der Plunder hinter ihr eine Last, an die sie gekettet war und die verhinderte, dass sie sich fortbewegte.

»Ich suche Danny McLeod.«

Sie nickte die Straße entlang.

»Danny ist da oben. Ganz hinten, der blöde alte Trottel.«

Als er näher kam, sah er, was sie meinte. Danny McLeod hatte ein Stück Filz auf dem Kopfsteinpflaster ausgebreitet. Darauf lagen ein paar Streichholzpäckchen in Metalldosen, zwei gebrauchte Taschenbücher, eine Brille in einem offenen Etui und ein Aschenbecher aus Metall. Das Gesicht des Mannes war fleckig vom Saufen, eine Straßenkarte der schlimmen Orte, die er aufgesucht hatte.

Mickey beugte sich herab und nahm eine Dose. Sie war aus billigem Blech, oben offen und so gedacht, dass man die Streichholzschachtel mit der Anstreichfläche nach oben hineinsteckte. Auf einer Seite der Dose war etwas, das nach einer Schlange aussah. Mickey legte sie wieder hin und nahm eine andere. Eine Sonne war drauf.

»Die sind aus Peru«, sagte Danny McLeod. »Lima liegt in Peru. Das ist die Hauptstadt. So was gibt's in Lima.«

»In Peru?«

»Korrekt. Sehr selten. 50 p.«

»Wie kriegst du die aus Peru hierher? Hast du eine Filiale da?«

»Fußballweltmeisterschaft in Argentinien, oder? Schottland hat sich qualifiziert. Hab ich recht? Ich kenne ein paar Leute, die rüber sind, um die Jungs zu unterstützen. Die waren ewig unterwegs. Sind durch ganz Peru gefahren. Und aus Lima haben sie mir die da mitgebracht. Haben eine Menge dafür hingeblättert. Die wissen, dass ich auf wertvolle Edelmetalle stehe. Ich mach einen Riesenverlust. Aber ich muss mein Lager räumen. Sind nur noch ganz wenige davon da. Die Streichhölzer gibt's gratis dazu.«

Mickey legte die mit der Sonne wieder hin, nahm den Löwen.

»Wunderschön ist das. Das ist mein Lieblingsmotiv. Das da. Sieht so echt aus, als könnte er einen beißen. Der kaut dir Löcher in die Tasche, der Löwe da.«

»50p?«

»Sonderpreis, mein Lieber.«

Mickey steckte die Hand in die Tasche und holte ein Pfund raus.

»Weißt du was? Hab kein Wechselgeld.«

Mickey grinste wegen der voreiligen Freude im Blick des alten Mannes und steckte das Pfund wieder ein. Dann fing er an, Kleingeld zu zählen, hörte aber gleich wieder auf, ließ die Münzen verschwinden und gab dem Mann, aus einem Grund, den er selbst nicht verstand, den Pfund-Schein.

»Wenn du mal nach Argentinien willst, dann ist das die beste Route. Immer geradeaus durch Peru.«

Als Mickey ihm das Pfund gab, sagte er. »Wie geht's Eck denn so?«

Danny McLeod hielt mit dem Geld in der Hand inne, schien wie gebannt. Sorgfältig faltete er den Schein zusammen und steckte ihn ein.

»Eck Adamson. Wie geht's ihm denn?«

Der alte Mann beendete die Theaterprobe. Sein Kopf hob sich und seine Augen waren die eines sehr, sehr alten Babys.

»Jetzt bin ich aber sprachlos, Alter. Soll ich wissen, wovon du sprichst?«

Mickey hatte genug gesehen.

»Egal«, sagte er. »Danke für das Schmuckstück. Ich werd's in mein Testament aufnehmen.«

Er ging ein kleines Stück weiter, bis er den Markt verlassen hatte. Dann lehnte er sich an die Mauer, drehte seinen Kauf in den Fingern herum und steckte ihn in die Tasche. Dann guckte er einfach nur, ließ den alten Mann schmoren. Er wusste, dass es nicht lange dauern würde.

Danny McLeod schien auf seinem Weg durch Glasgow den Äquator überschritten zu haben. Er wischte sich ein paar Mal mit der Hand über die Stirn, fächelte sich mit dem Kragen seines schmutzigen Hemds Luft zu. Als er einen Regentropfen abbekam, wickelte er seine Waren sofort in den Filz und ging von Mickey aus gesehen in entgegengesetzter Richtung davon. Mickey folgte ihm.

Als er sah, dass der Alte links abbiegen wollte, rief er: »Hey, alter Mann.« Danny McLeod warf einen kurzen Blick zurück und verschwand um die Ecke. Mickey berechnete seine Chancen beim Seniorenmarathon, und da er nicht wollte, dass jemand auf ihn aufmerksam wurde, veränderte er sein Tempo nicht. Jetzt fing es richtig an zu regnen.

Nachdem er um die Ecke gebogen war, ging er zügiger. Kaum war die Sicht unverstellt, stutzte er. Von Danny McLeod keine Spur. Er ging ein kleines Stück weiter und blieb stehen. Als er sich gerade ärgern wollte, merkte er, dass er vor dem alten Fish Market stand. Zu seiner Linken ragte der Eingang auf. Woanders konnte er nicht hingegangen sein. Mickey grinste.

Er betrat die Halle mit dem hohen Glasdach und sah sich um. Ein Wohnwagen, parkende Autos und ein Transporter verrieten ihm, dass das Gebäude jetzt vom Parks Department genutzt wurde.

»Hallo«, rief er.

Niemand antwortete. Genau das hatte er hören wollen, Stille. Zu seiner Rechten türmten sich mannshoch Holzbretter auf. Der Boden war mit Kopfsteinen gepflastert. Das Gebäude ein Oval aus hölzernen Konstruktionen, vom Eingang unterbrochen. Etwas erhöht befand sich eine Galerie, an deren Geländer die Namen der Fischhändler vergilbten. Zwei morsche Treppen führten hinauf.

Er lauschte. Von oben hörte man Regen auf Holz prasseln. Er ging leise weiter. Niemand da. Als er eine der knarzenden Treppen hinaufstieg, hörte er verstohlene Schritte, wie von einer übergewichtigen Ratte. Er stieg weiter hinauf. Oben sah er sich auf der verlassenen Galerie um.

Er stieß eine Tür auf und befand sich in einem staubigen Gang mit Wasserpfützen auf den verzogenen Bodendielen. Er stieg vorsichtig darüber. Seltsam, wie fern einem die Stadt hier vorkam.

Im Vorübergehen stieß er Türen auf, blickte kurz in die moderigen Räume. An einer Biegung des Gangs hörte er ein leises Wimmern, ein Hauch von Angst, der beinahe unhörbar die Stille durchbrach. Er neigte den Kopf, folgte dem Ursprung des Geräuschs. Die Tür, von der die Farbe abblätterte, stand einen Spalt offen. Er trat sie vollständig auf.

»A-a-a-h!«

Das Bündel fiel Danny McLeod vor Schreck aus den Händen, der Filz breitete sich aus, als wollte er den Verkauf fortsetzen. Er hockte in einer Ecke, den Kopf halb abgewandt, und blickte über die Schulter.

Mickey grinste ihn an.

»Hallo, Danny McLeod. Ist das hier dein Büro? Ich hätte gerne einen Termin.«

Er trat ein, wickelte sehr sorgfältig das Bündel zusammen, gab es dem alten Mann, packte ihn unter den Achseln und hob ihn an. Dann klopfte er ihm sorgfältig den Staub vom Mantel und betrachtete ihn, als wollte er sein Werk bewundern.

»Wer bist du?«, fragte Danny.

»Einer von hier, der's zu was gebracht hat. Bin nur zu Besuch. Der Wellensittich meiner Mama ist gestorben, bin zur Beerdigung hier. Wollte ein paar alte Freunde besuchen. Eck Adamson.«

»Ich weiß nicht, wen du meinst.«

»Hast dich aber schnell aus dem Staub gemacht.«

»Hab gedacht, du bist von der Polizei.«

»Gibt's einen Grund, warum du vor denen abhaust.«

»Irgendeinen gibt's immer.«

»Eck Adamson.«

»Weiß nicht, von wem du sprichst.«

Mickey starrte den alten Mann an und begriff, weshalb er ihm ein Pfund gegeben hatte. Er erinnerte ihn an seinen Vater. Ein Reflex rettete ihn vor seinem eigenen Mitgefühl.

Mit der Handkante schlug er dem alten Mann auf die Nase, woraufhin diese blutete. Das Blut lief ihm über den Mund und in die seit mehreren Tagen wuchernden Bartstoppeln am Kinn. Das genügte. Er fing an zu weinen. Mickey blickte die schmutzig trüben Fenster an.

»Du hast zwei Möglichkeiten, Alter«, sagte er sachlich. »Du sagst mir, was du weißt, oder du suchst dir ein Fenster aus. Da fliegst du dann raus.«

Danny hustete einen Strudel aus Schleim, der drohte, seinen bebenden Kopf mitzureißen.

Die Nase blutete jetzt nicht nur, auch Rotz lief raus. Er fingerte etwas aus seiner Tasche, ein Taschentuch, verkrustet und schmutzig, wie eine Tetanusinfektion. Ungeschickt wischte er sich über die untere Gesichtshälfte, schmierte sich den Rotz über die Wange.

»Eck ist tot«, sagte er weinerlich.

»Eck Adamson ist tot? Wann ist das passiert?«

»Vor ein oder zwei Tagen. Ich will nichts damit zu tun haben, Mister. Ich war nicht dabei.«

»Erzähl.«

»Er ist tot. Hat was getrunken, du weißt schon.«

»Nein, weiß ich nicht.«

»Na, irgendwas. Paraquat heißt das Zeug.«

»Du meinst, er wollte wissen, ob man das saufen kann?«

»Nein, nein. Der hat schon gerne einen gehoben, der alte Eck. Aber ich glaub nicht, dass er's freiwillig getrunken hat.«

»Was hatte er mit Tony Veitch zu tun?«

Danny zögerte, sah zu ihm auf. Mickey wedelte mit dem Zeigefinger.

»Eck hat für ihn vermittelt. Der Junge hat Geld. Aber irgendwas stimmt mit dem nicht. Eck hat mir erzählt, dass er sich versteckt.«

»Wo?«

»Ehrlich, Mister. Ich schwör's bei Gott. Ich würd's dir sagen, wenn ich's wüsste. Eck hat's keinem verraten. Aus Angst, dass Paddy Collins was mitbekommt. Tony konnte Paddy Collins nicht ab, seit der ihm das Mädchen ausgespannt und verprügelt hat.«

»Welches Mädchen?«

»So ein Mädchen eben. Eine Adlige. Ich glaube, sie ist Lady irgendwas.«

»Was weißt du noch über sie?«

»Die hat einen Laden. Aber nicht in der Stadt.«

»Lynsey Farren. Lady Lynsey Farren?«

»Ich weiß es nicht, Mister.«

Aber Mickey sprach mit sich selbst. Er brauchte einen Augenblick, bis ihm wieder einfiel, dass Danny da war.

»Wo hat Eck Adamson gewohnt?«

»Mal hier, mal da. Überall. An der Flasche hat er gehangen.«

»Und wo hat Tony Veitch gewohnt?«

»Ehrlich, Mister.« Die Frage machte ihn fertig, weil er sie nicht beantworten konnte. »Hab's nie gewusst. Und zum Schluss hat's nur noch Eck gewusst. Niemand sonst.«

»Das glaube ich kaum«, sagte Mickey. »Bist du sicher, dass du nicht noch mehr weißt?«

»Gott ist mein Zeuge, Mister.«

Mickey drehte sich um und ging. Danny lauschte aus Angst, er würde noch mal zurückkommen. Aber die Schritte entfernten sich. Aus der Ferne hörte er Wasser platschen und den großen Mann fluchen. Als die Treppe knarzte, spähte er sehr vorsichtig durch die schmutzigen Scheiben an der Galerie, und als er ihn das Kopfsteinpflaster überqueren sah, hielt Danny sein Taschentuch unter einen tropfenden Hahn und wischte sich das Gesicht gründlich sauber. Er sah den Mann im Eingang innehalten und nach dem Regen schauen.

In Sicherheit überfiel Danny plötzlich Wut. Er konnte sich kaum noch an seine Vergangenheit erinnern, aber er wusste, dass er eine hatte. Der Stolz auf das, was er einst gewesen war, weckte in ihm das Verlangen nach Rache.

»Du Riesenarsch!«, hauchte Danny an die Scheibe. »Ich bin froh, dass in deiner Schachtel nur noch fünfzehn Streichhölzer sind.«

22

DAVE MCMASTER STARRTE das Ding an, als er Lynsey zurückkommen hörte. Bidet. So hatte Lynsey es genannt. Er betrachtete es, während das Schaumbad seinen Körper umfing, wie bei der Anprobe eines Samtumhangs. Zuerst hatte er es für ein Zwergenklo gehalten. Er grinste in sich hinein, erinnerte sich an den alten Witz über die Frau mit der Beule am Kopf, weil ihr die Klobrille draufgeknallt war, als sie *Eau de Toilette* auflegen wollte.

Lynsey kam rein. Er sah zu ihr auf, konnte kaum fassen, dass sie mit ihm zusammen war. Sie trug Cordhose und Stiefel, dazu ein gestreiftes Hemd, und ihr Haar sah aus, wie von Vidal Sassoon persönlich zerzaust. Ihm fiel wieder ein, dass er hier auf keinen Fall wegwollte. Wenn er bewies, dass er sich wegen Tony bemühte, würde er damit sein Bleiberecht verlängern. Er versuchte ihrer Miene zu entnehmen, ob sie etwas herausbekommen hatte, aber wenn sie in einer bestimmten Stimmung war, verriet ihr Gesichtsausdruck so viel wie eine Uhr ohne Zeiger.

Sie setzte sich auf den geschlossenen Toilettendeckel und sah ihn an.

Ihm gefiel, dass das Wasser seinen Oberkörper umspülte. Er grinste, aber sie reagierte nicht. Er testete sie.

»Holst du mir was zu trinken, Lynsey?«

»Um die Uhrzeit, Dave?«

»Klar, hab's im Kino gesehen. Im Bademantel rumstehen und trinken. Fand ich schon immer geil.«

Er wusste, dass sie auf harte Kerle stand, in denen verwahrloste kleine Kinder steckten. Und es funktionierte.

»Was Zivilisiertes vielleicht? Gin and Tonic?«

»Ja, mit Zitrone und Eis. Irgendwann muss man mal aufhören, in der Nase zu bohren und die Popel zu fressen.«

Sie ging raus. Halb abgetrocknet, versuchte er es mit dem Bidet. Kein Wunder, dass es in der Oberschicht so viele Schwuchteln gab. Er trocknete sich richtig ab und zog den Morgenmantel mit dem Paisleymuster über, den sie ihm gekauft hatte, und dachte nach. So war das vorgesehen. Überall gab es so was wie Bidets, damit man sich schlecht fühlte und merkte, dass man eigentlich nicht dazugehörte, weil man nämlich nicht wusste, wie die Dinger funktionierten. Na ja, jetzt wusste er es und er war nicht beeindruckt.

Als er rauskam, wartete sein Drink auf ihn. Er setzte sich und nahm einen Schluck. Er wünschte, er wüsste auch, wie *sie* funktionierte. Sie blätterte die Seiten einer Zeitschrift durch, als sei das, was andere umtrieb, höchst seltsam und in ihren Augen kaum von Interesse. Ihm wurde bewusst, dass, ganz egal, was sie im Bett miteinander anstellten, ein Teil von ihr immer hinter der Samtkordel blieb, wie die mit einem »Privat«-Schild versehenen Räume eines hochherrschaftlichen Anwesens, an denen die Besucher nur vorbeigeführt werden.

»Hast du die Frau gesehen?«, fragte er.

Sie nickte.

»Und?«

»Ich weiß, wo Tony ist.« Sie blickte von ihrer Zeitschrift auf. »Wäre am liebsten gleich hin.«

»Bist du aber nicht.«

»Nein, bin ich nicht.«

Sie sagte es ihm. Er staunte, weil Tony nicht weit gekommen war.

»Weißt du, was wir machen?«, sagte er.

»Ich hoffe, du weißt es.«

Er wollte es ihr gerade sagen, als das Telefon klingelte. Er fuchtelte mit der Hand, damit sie sitzen blieb, ging mit seinem Getränk zum Telefon und nahm ab. Er hatte richtig geraten. Mickey Ballater klang, als wollte er durch den Hörer ins Zimmer rauschen.

»Hör gut zu! Hab mir die Füße platt gelaufen. Und dabei nur rausbekommen, dass ihr beiden mehr wisst, als ihr sagt. Wird Zeit, dass ihr den Mund aufmacht.«

Während Ballater weiterbrüllte, hielt Dave den Hörer vom Ohr weg, damit Lynsey einen Eindruck davon bekam, womit sie es zu tun hatten. Die Stimme tobte gedämpft wie eine gefangene Wespe auf der Suche nach einem Opfer.

»Wir arbeiten dran«, sagte Dave und betrachtete Lynsey. »Wir glauben, dass wir was rausbekommen können. Du kriegst einen Anruf unter der Nummer, die du uns gegeben hast. Wirst du da sein?«

Das Schweigen am anderen Ende war Ballaters Wut, die mit sich selbst kommunizierte.

»Wie lange?«

»Höchstens ein paar Stunden.«

»Ich bin hier. Und wenn ich bis heute Abend nicht weiß, wo Veitch steckt, könnt ihr auswandern.«

Dave hatte andere Pläne. Er legte auf und trank seinen Gin Tonic.

»Könnte ich mich dran gewöhnen«, sagte er. »Als würde man im Sommer Schatten saufen.«

Er ging zu ihr und wuschelte ihr durchs Haar.

»Lynsey«, sagte er. »Der gute alte Tony hat zwei Möglichkeiten. Polizei oder Clyde. Ich glaube, mit der Polizei ist er besser bedient. Oder?«

Sie sah ihn an.

»Er kann auch abhauen.«

»Tony? Der kommt nicht mal unverletzt über einen Abenteuerspielplatz. Du kennst ihn doch, Lynsey. Was hat er für Chancen? Cam Colvin bringt ihn um. Einfach so und sehr schmerzhaft. Genau das wird passieren, wenn wir ihm nicht helfen.«

»Also, was machen wir?«

»Zwei Sachen: Wir helfen Tony und halten uns raus.«

»Wie?«

»Macey. Erst mal suchen wir Macey. Der steckt in viel schlimmeren Schwierigkeiten als wir. Oder ich steck ihn rein. Wenn du einen brauchst, der dir einen Gefallen tut, dann such dir einen, der selbst Hilfe braucht.«

»Dave? Funktioniert das?«

»Heute Abend sitzt Tony.« Er zwinkerte ihr zu. »Schutzhaft nennt man das.«

23

»ICH HABE DIESE AUSSERORDENTLICHE Vollversammlung des Vereins der Freunde von Eck Adamson einberufen«, erklärte Eddie Devlin.

»Der Ort ist auf jeden Fall schon mal außerordentlich«, sagte Laidlaw und stellte seinen Kragen auf.

Die ungewöhnliche Versammlung passte zu dem ungewöhnlichen Treffpunkt. Danny McLeod hatte Eddie Devlin angerufen, dessen Karte er so sorgfältig verwahrte, als wär's eine von American Express, seit Eddie eine Serie über Penner geschrieben hatte. Eddie wiederum hatte Laidlaw angerufen und ihm Bescheid gesagt, für den Fall, dass es ihn interessierte. Das tat es. Laidlaw hatte sich bei Harkness gemeldet, ihn aufgefordert, sich bereitzuhalten. Das hatte er gemacht. Dann hatte Eddie Laidlaw erneut angerufen und ihm den Ort durchgegeben. Und Laidlaw hatte die Information an Harkness weitergeleitet.

Alle zusammen hatten sie sich jetzt an einer Bank vor dem Kibble Palace im Botanischen Garten eingefunden. Danny, der möglicherweise schon mal für das Auswärtige Amt trainierte, hatte den Ort ausgesucht. Umgeben von exotischer Vegetation hockten sie nebeneinander. Laidlaw kam sich vor wie ein Statist in einem von Danny nachträglich rekonstruierten Drehbuch eines Dschungelfilms.

»Wann kommt der einheimische Gepäckschlepper?«, fragte Laidlaw.

Keuchend ergänzte er: »Die Trommeln sagen: ›Nicht weiter, B'wana.‹«

Eddie erwiderte: »Eins steht fest, Jack. Egal, was Dan zu erzählen hat, es muss heiß sein.«

Laidlaw zuckte zusammen.

»Weißt du was?«, fragte Harkness. »Wir sollten uns alle im Gebüsch verstecken. Und mit imitiertem Vogelgezwitscher verständigen. Dann sind wir auf der sicheren Seite.«

Er hielt die hohlen Hände vor den Mund und demonstrierte leise, was er meinte.

»Na schön«, sagte Laidlaw. »Aufwärmphase vorbei? Können wir uns jetzt aufs Wesentliche konzentrieren?«

»Jack, ich kann mich erinnern, dich einmal fast entspannt erlebt zu haben.« Eddie zwinkerte Harkness zu. »Egal. Danny hat mich angerufen. Er will dir was sagen. Der einzig wahre, der ehrenwerte, der unvergleichliche Danny McLeod.«

»Ich hab euch hergebeten, weil wir nicht auffallen dürfen. Ich geh damit ein Risiko ein. Kann sein, dass die hinter mir her sind. Schlimme Leute. Na und? Ich lass es drauf ankommen. War ja auch bei der Handelsmarine. Bin rumgekommen. Das ist einer der Gründe, weshalb ich gerne hier bin. Macht einem bewusst, wie groß die Welt ist. Nicht bloß Glasgow. Überhaupt nicht. Deshalb mach ich mir auch keine Sorgen. Bin oft genug ums Horn gesegelt. Hat man dem Herrn in seinem Zorn ins Gesicht geblickt, was soll dann noch das ganze Gerede? Wisst ihr, was ich meine?«

Harkness fand es großartig. Er saß an einem Ende der Bank, Eddie am anderen. Sie tauschten Reaktionen. Danny und Laidlaw lieferten eine interessante kostenlose Vorstellung. Danny war wild entschlossen, sein Bruchstück von einer Information auszuspielen, als wär's die Relativitätstheorie. Laidlaw begutachtete die Pflanzen um sich herum, wie der erste Mensch auf dem Planeten. Harkness fiel auf, dass Danny es für nötig gehalten hatte, eine für einen so furchtlosen Mann beachtliche Menge Flüssigrebe in sich hineinzuschütten.

»Also, Daniel«, sagte Laidlaw. »Deine Bernard-Shaw-Einleitung war nicht schlecht, aber ich hoffe, du kannst ein noch besseres Stück schreiben.«

»Wie bitte?«

»Danny. Wirst du's uns sagen? Wir sind ja still, wie du's verlangst. Du bist sicher hier. Es sei denn, die haben die Blattläuse verwanzt. Was willst du uns sagen, Danny?«

»Na ja, das ist der eigentliche Grund, weshalb ich euch hergebeten hab. Ich hatte heute Besuch. Hab doch einen Stand auf Paddy's Market. Kein großer Umsatz. Hält mich aber über Wasser. Also heute ist Folgendes passiert: ich hab da nämlich ein ganz besonderes Warenangebot. Aus Peru. Lima in Peru. Ist die Hauptstadt. Okay, kein reines Gold, logisch nicht. Aber schöne Streichholzschachteln aus Metall. Alle unterschiedlich. Die haben mir ein paar Jungs von der Weltmeisterschaft mitgebracht und ich verkauf sie hier. 50 p das Stück. Ein Schnäppchen.«

»Das hat die Weltmeisterschaft Schottland also gebracht«, sagte Eddie. »Blech für 50 p das Stück.«

»Ja«, sagte Harkness, »schöner Mist, eine Katastrophe wie das Darién-Projekt.«

»Danny«, sagte Laidlaw. »Nichts für ungut, aber erzählst du uns jetzt, was heute passiert ist, bevor ich schmelze?«

»Ja, klar, natürlich. Natürlich. Also, egal: Da kommt so ein großer Kerl vorbei und will was kaufen. So ne Dose. Gibt mir sogar ein Pfund dafür. Alles gut. Hat trotzdem ein Geschäft gemacht, wenn du mich fragst, aber dann, aha, dann fragt er mich nach Eck Adamson.«

»Was hat er gesagt?«, fragte Laidlaw.

»Wollte wissen, wie's Eck geht.«

»Nicht gut«, sagte Eddie.

»Und was noch?«, fragte Laidlaw.

»Na ja, hab so eine Ahnung, dass Ärger in der Luft liegt. Bin ja grad erst angekommen, oder? Hab keine Ahnung, wovon der spricht. Aber er geht mir nach. Haut mir eine rein.«

»Und was hast du ihm erzählt?«

»So wenig wie möglich. Von der Kleinen mit dem Laden. Und dass Eck tot ist. Kommt aber viel mehr drauf an, was ich ihm nicht gesagt hab. Und das sag ich euch.«

»Danny, verrat mir vorher noch, wer der Mann war«, bat Laidlaw.

»Keine Ahnung, hab ihn nicht gekannt. Einer aus Glasgow, der aber nicht mehr hier wohnt. Nur zu Besuch ist er, hat er gesagt.«

»Wie hat er ausgesehen?«

»Groß.«

»Das sind viele, Danny. Sonst noch was?«

»Ein Arsch war er.«

»Verdammt noch mal, du spannst das Netz immer weiter. Davon gibt's in Glasgow mindestens drei. Denk nach, Danny. Denk. Hat er eine Glatze gehabt? Lila Haare? Irgendwas!«

»Ein kleines Muttermal auf der linken Wange.«

Laidlaw scannte sein Gedächtnis. Irgendwo hörte er es beunruhigend laut piepen, aber er konnte es nicht genau ausmachen.

»Der war Freitagabend im Vicky«, sagte Eddie.

»Wer?«, fragte Laidlaw.

»Keine Ahnung, Jack. Ein großer Mann. Sieht aus wie Burt Lancaster mit Grippe. Ich kenn ihn nicht. Einer von Cams Leuten. Panda Paterson ist auch so einer.«

»Panda gehört nicht mehr zu Cam«, sagte Laidlaw. »Klingt, als hätten sich ein paar Verbrecher versammelt, um Paddy zu verabschieden. Wer auch sonst? Wäre Anstand was zum Essen, wäre Paddy schon vor Jahren verhungert.«

Ein ungefähr zweijähriger Junge kam mit steifen Beinen auf sie zugewankt – John Wayne, der einen Hügel runterrennt. Er war gekleidet, wie nur jemand gekleidet sein kann, der kein Mitspracherecht bei der Auswahl seiner Garderobe hat. Er sah sie mit seinem aufsässigen Kinderblick an, als hätte die Welt nur darauf gewartet, von ihm angesehen zu werden, und na schön, dann tat er ihr jetzt eben den Gefallen. Erst blieb er vor Laidlaw stehen und sagte etwas, das nach verschlüsseltem Sanskrit klang. Anscheinend wollte er auf eine Antwort warten. Laidlaw hielt dem Jungen seinen Zeigefinger vor die Nase.

»Zieh Leine«, sagte er. »Ich bin ein Killer. Ich mach dich ruckzuck kalt.«

Der Junge schlug wild auf Laidlaws Beine ein, quietschte schrill und lachte dabei.

»Verdammt«, nuschelte Laidlaw. »Eigentlich hätte das funktionieren müssen.«

Nachdem sie ihrem Sohn ausreichend Zeit zum Durchdrehen gelassen hatte, traf die Mutter ein. Sie war nicht hübsch, aber das war auch nicht nötig. Sie hatte es nicht auf Reaktionen abgesehen. Ihr Leben erfüllte sie. Den Männern zuliebe schüttelte sie den Kopf über das Benehmen ihres Sohnes.

»Ein schlimmer Racker, der da«, sagte sie.

»Sehen Sie?«, sagte Laidlaw grinsend. »Ein Wort von mir genügt, und schon machen die Kinder, was sie wollen.«

Alle außer Danny sahen zu, wie sie den Kleinen weglotste, fragten sich einen Augenblick lang, wie es wohl wäre, der Vater des Jungen zu sein.

»Mamas sind toll«, sagte Laidlaw. »Bis sie zu Hause ist, kann sie noch zehn Geschichten mehr erzählen, was er heute wieder angestellt hat. Danny, du wolltest was anderes sagen.«

»Hab Eck kurz vor seinem Tod noch gesehen«, erzählte Danny.

Mit einem einzigen Satz hatte er die Stimmung wieder umschlagen lassen. Jetzt war er keine Witzfigur mehr. Sie nahmen ihn in seiner eingebildeten Bedeutsamkeit ernst.

»Wie kurz vor seinem Tod?«, fragte Harkness.

»Na ja, das wissen wir nicht, oder? Aber ich schätze, lange danach ist er nicht mehr rumgelaufen. Unten am Markt. Hab ihm nämlich vorher eine Nachricht zukommen lassen. Für Paddy Collins.«

»Du hast Paddy Collins gekannt?«, fragte Laidlaw.

»Na ja, hab gewusst, wer's ist. Und viele Leute haben gewusst, dass Eck und ich befreundet waren. Deshalb hat Paddy Collins mich gebeten, Eck was auszurichten.«

Danny legte eine Pause ein. Aufmerksamkeit ist eine Droge. Aber man muss den Rausch genießen, solange er anhält, die Entzugserscheinungen lassen nicht lange auf sich warten.

»Was war das?«, fragte Laidlaw.

»Na ja, ich will's dir sagen. Ich bin doch immer auf dem Markt, oder? Okey-dokey. Paddy Collins kommt zu mir. Er weiß, dass ich Eck kenne. Also will er, dass ich ihm was ausrichte. Er will Eck treffen und was besprechen.«

»Hat er gesagt, was?« Jetzt mischte sich sogar Eddie ein.

»Hat er gesagt, was?« Danny sagte es, als würde er die Antwort selbst nicht kennen. Er hatte solchen Spaß an der Spannung, dass er sich damit vollständig identifizierte. »Na ja, nein. Hat er nicht gesagt. Aber er war echt schräg drauf. Hatte Schiss wie ne Henne auf ihrem Ei. Keine Ahnung, was der ausgebrütet hat. Aber er hat auf rohen Eiern gesessen. Das weiß ich. Ich kenn mich aus mit Menschen. Kennt ihr diesen Sigmund Freud? Der hätte noch was von mir lernen können. Egal. Ich richte Eck also aus, was Paddy gesagt hat. Und dann …«

»Danny«, sagte Laidlaw. »Wo wollte Paddy Collins Eck treffen?«

»Na ja, dabei sollte ich ihm helfen. Ich kenne Eck, oder? Wo kann man Eck am besten treffen. Das hat er mich gefragt. Na, liegt doch auf der Hand. Eck kam von der South Side. Seit Jahren schon. Manchmal ist er auch auf die andere Seite vom Fluss. Klar, manchmal schon. Seine Schwester wohnt ja auch im Norden. Und …«

»Seine Schwester?« Laidlaw guckte wie ein kleiner Junge, der etwas neues Wunderbares über die Welt erfahren hat, zum Beispiel, dass es Damen mit Giraffenhals gibt. »Eck hat eine Schwester? Und sie lebt noch? Das hat er nie erwähnt.«

»Warum auch? Eck war ein anständiger Mensch. Der hat gewusst, dass er eine Schande für seine Schwester war. Also hat er nie von ihr gesprochen. Aus Respekt. Aber sie hat ihm viel bedeutet. Mir hat er von ihr erzählt. Eck hat seine Schwester geliebt.«

»Weißt du, wo sie wohnt?«

»Anderston. In den neuen Häusern. Mehr weiß ich nicht.«

»Und wie heißt sie?«

»Jinty.«

»Mit Nachnamen.«

»Na, die hat nie geheiratet, muss Adamson heißen.«

Laidlaw sah Harkness an, schüttelte den Kopf und lachte.

»Das ist super. Wir finden sie. Danny. Du bist wie ein Albatros an Land. Schönheit verbirgt sich oft hinter der Maske des Gewöhnlichen. Ach, bitte fahr fort.«

»Na schön. Also jedenfalls, ihr wisst schon.« Danny wusste nicht so recht, wie weiter. »Also will er sich mit Eck im Park treffen, im Queen's Park. Ich sag's Eck. Am Abend. Er will hin und ihn treffen.«

»Das Vicky«, sagte Eddie. »Das ist von dort aus das Nächste.«

»Genau«, sagte Harkness. »Paddy Collins wurde draußen vor dem Park gefunden. Erzählt mir nicht, dass Eck ihn umgebracht hat.«

»Das war das vorletzte Mal, dass du Eck gesehen hast?«

Laidlaw formulierte es als Frage, wartete aber die Antwort nicht ab. »Danach hast du ihn noch mal gesehen. Warte mal. Was hat Eck über das Treffen gesagt? Bevor er hin ist, meine ich. Als du ihm von Paddys Angebot erzählt hast. Weißt du das noch?«

»Eck hat sich Sorgen gemacht. Wer hätte das nicht? Paddy Collins? Wer will sich schon mit einer Krankheit treffen? Und das hat Eck auch gesagt. Eine Versicherung will er abschließen, hat er gemeint. Das weiß ich noch. Er will eine Versicherung abschließen. Mehr nicht.«

»Aber bei welchem Unternehmen?«, fragte Laidlaw. »Das müssen wir rauskriegen. Wer Ecks Versicherungsgesellschaft war an dem Abend. Wann hast du Eck zum letzten Mal gesehen, Danny?«

»Super gut drauf war er. Als hätte er gerade ein Vermögen aufgetan. Hatte eine Menge Geld dabei, und demnächst kriegt er noch mehr, hat er gemeint. Mir hat er zwei Pfund geschenkt. Irgendwo hat er was gerissen.«

»Das war alles?«

»Na ja, ich glaub, ich weiß, was es war.«

Die anderen hätten nicht gespannter lauschen können, als

wäre ein Engel auf dem gläsernen Kuppeldach gelandet. Danny ließ ihnen Zeit, ihn in all seiner Herrlichkeit zu bewundern.

»Eck hat gesehen, wer Paddy Collins erstochen hat. War Mordzeuge. Und wisst ihr, was ich glaube, wer's war? Der junge Veitch.«

Laidlaw dachte darüber nach, ohne eine Miene zu verziehen, starrte vor sich hin. Harkness nickte. Eddie musterte die beiden.

»Das Geld dazu hat er«, sagte Harkness. »Das wissen wir. Wer könnte es sich besser leisten, Schweigen zu erkaufen?«

»Ist dieser Tony Veitch denn reich?«, fragte Eddie.

»Dank des Testaments seiner Mutter schwimmt er im Geld«, sagte Laidlaw. »Aber komm schon, Brian. Niemand kann es sich leisten, einen Zeugen, der einen bei einem Mord beobachtet hat, nicht zu kaufen. Wenn's sein muss, würde man das Geld selbst drucken. Das beweist nicht viel.«

»Aber er hatte einen Grund.«

Staunen wurde bei Danny allmählich zur Gewohnheit. Alle sahen ihn an.

»Er hat Paddy Collins gehasst, seit Collins seine Ex verkloppt hat.«

Harkness und Laidlaw sahen einander an. Harkness zwinkerte und machte Laidlaw Zeichen, still zu sein.

»Lynsey Farren?«, fragte Harkness.

»So hat der große Arsch sie genannt«, sagte Danny. »Der, der mir auf die Fresse gegeben hat. Paddy Collins hat sie verprügelt.«

»Und woher weißt du, dass Tony Veitch deshalb wütend war?«

»Weil Eck mir das erzählt hat, warum sonst? Meinte, Tony Veitch wär stinksauer. Und der ist ein komischer Junge, dieser Tony Veitch. Jedenfalls nach allem, was ich gehört hab.«

Harkness sah Laidlaw an. Das Plädoyer der Anklage war abgeschlossen.

»Danny«, sagte Laidlaw. »Ich weiß nicht, was das alles bedeutet. Aber ich weiß, dass es was bedeutet. Vielen Dank, Sir.«

»Vielleicht komme ich so ja doch noch drum herum«, meinte Eddie, »und muss keinen Nachruf auf den alten Eck in der *Times* veröffentlichen.«

»Nein, vergiss es, Eddie«, sagte Laidlaw.

Er griff in die Tasche und zog einen Fünf-Pfund-Schein raus. Seine Hand ruhte auf seinem Knie, er hielt den Schein fest.

»Sag mir eins«, sagte er zu Danny. »Ich bin immer neugierig. Was ist in dich gefahren, dass du uns zusammengerufen und uns das alles erzählt hast?«

»Der große Arsch«, sagte Danny. »Der Mann, der mir eine reingehauen hat. Das lass ich mir von keinem gefallen. Auf die Art kriegt er's zurück. Anders kann ich heutzutage nicht mehr. Aber tot bin ich auch noch nicht. Wenn der mitbekommt, dass ich's erzählt hab, schon. Aber noch nicht.«

Laidlaw steckte ihm den Fünf-Pfund-Schein zu und alle drei standen auf, ließen ihn auf seinem Platz stolz wie auf einem Thron sitzen. Alle sagten Tschüs.

»Hey!«, rief Danny und sie drehten sich noch mal um. Er sah Laidlaw an. »Hab's aber nicht wegen dem Geld gemacht!«

Laidlaw kam noch mal ein kleines Stück zurück.

»Hey!«, sagte er. »Das weiß ich.«

Sie gingen am Kibble Palace vorbei zum Ausgang. Danny blieb grinsend sitzen. Die Umstände hatten den Frosch geküsst. Er saß da wie ein Prinz und erinnerte sich daran, wie viel er bestimmten Leuten einmal bedeutet hatte.

24

FÜR MACEY LÖSTE SICH die Vertrautheit des Tages in Luft auf, als Lynsey Farren die Lounge des Lorne Hotel betrat wie ein ganzer Mannequin-Aufmarsch und seine beiden Freunde am Tisch sie begafften. Sie wirkten wie Kunden eines Army-Shops, die sich aus Versehen in einen vornehmen Salon verirrt hatten. Alles Weitere betrachtete er wie durch ein von fremder Hand geschütteltes Kaleidoskop.

Neben ihr herlaufend, kam er sich so unauffällig vor wie eine Anstecknadel am Revers und auch ungefähr so selbstbestimmt. Auch das Central Hotel fand er komisch. Die breite verwitterte Fassade, erbaut in einer Zeit, als die Dampflok mit ihrer ungeheuren Macht Alternativen ihrer selbst unmöglich erscheinen ließ, war ein ihm seit seiner Kindheit vertrautes Wahrzeichen der Stadt, für sein Leben aber ähnlich relevant wie eine Nekropole.

Er betrat es zum ersten Mal, und zwei der Kofferträger sahen ihn an, als wüssten sie es. Steckt einen Affen in eine Spielzeuguniform, dachte Macey und er lässt seine Autorität raushängen. Lynsey Farren stieg die breite Treppe hinauf, als würde sie ihr gehören. Macey betrachtete ihren Hintern in der beigefarbenen Hose, er bewegte sich, als kauten ihre Pobacken ein sehr süßes Karamellbonbon. Er folgte ihr durch die erste Flügeltür rechts und den Gang entlang, vorbei an der leeren Lounge-Bar, an einen Ort, wo der seltsamste Augenblick eines sehr seltsamen Tages auf ihn wartete.

Im Café saß Dave McMaster wie Graf Koks in Erwartung seiner Gäste. Auf dem Tisch ein silbernes Kaffeeservice, drei Tassen und ein Teller mit feinem Gebäck vor sich. Eine der Sonntagszeitungen, die aussehen wie eine ganze Taschenbuchbibliothek, lag aufgeschlagen auf seinen Knien. Was machte er damit, fragte sich Macey. Die Bilder angucken?

Dave McMaster gab ihm Zeichen, sich zu setzen. Macey war erleichtert. Er hatte schon befürchtet, strammstehen zu müssen.

»Kaffee?«, fragte Dave und schenkte zwei Tassen ein. »Hatte meinen schon.«

Macey trank seinen mit Milch, und als er sah, dass Lynsey Farren keinen wollte, überfiel ihn erneut die Fremdheit des Ortes, an dem er sich befand, und schärfte seine Sinne. Er hatte nie verstanden, warum Leute ihren Kaffee schwarz tranken. Genauso gut konnte man sich eine Tasse Abführmittel hinter die Binde gießen. Er ließ drei Würfel Zucker in seinen plumpsen und sah sich im Raum um.

In einem Sarg wär's lustiger gewesen, dachte er. Ihnen gegenüber saß ein Mann mit benutztem Kaffeegeschirr vor sich. Er las maschinengetippte Seiten und machte sich Notizen. Wahrscheinlich war er Anfang dreißig, wirkte aber bereits sehr gesetzt. Macey vermutete, dass er schon im Nadelstreifenanzug geboren wurde. Die einzigen anderen Leute waren ein Pärchen mittleren Alters. Der Mann gewann gerade ein Wettstarren gegen den Teppich.

»Lynsey wird's dir sagen«, sagte Dave.

Macey war damit beschäftigt, einen Keks zu kauen, und konnte nicht sofort antworten.

»Ich weiß Bescheid über deine Verbindung zu Big Ernie Milligan.«

Macey hatte sich auf seinen Text vorbereitet, also warum sollte er's nicht damit versuchen.

»Er wollte mich drankriegen. Hab's aber gerade so noch mal abgebogen.«

Dave sah Lynsey Farren an und grinste. Als er sich immer noch grinsend Macey zuwandte, waren seine Augen tot.

»Schön für dich. Freut mich. Sehr anständig von der Polizei, dass sie keine Anzeige erstattet haben.«

»Nein, eine Anzeige war's nicht, Dave. Eher so ein …«

»Eher so ein was?«, fragte Dave leise. »Verfluchte Scheiße, willst du Big John das so erklären? Es ›abbiegen‹? Eine Dampfwalze lässt sich leichter ›abbiegen‹ als der.«

Dave bot ihm einen weiteren Keks an, aber Macey hatte keinen Hunger mehr.

»Du bist Polizeispitzel, Macey.«

Macey blieb still sitzen. Möglicherweise hatte er gerade seine eigene Grabinschrift gehört. Dave hielt die Realität seiner Situation ins Gegenlicht, eine Röntgenaufnahme, die nur er zu deuten wusste.

»Du hast Cam Colvin angepisst. Und John Rhodes. Von dir hätte ich was Schlaueres erwartet, Macey. Sagen wir mal Fangenspielen mit King Kong. Macey, Macey. Du bist jetzt sehr angreifbar. Ein Telefonanruf genügt und du bist tot.«

»Ich hab nie was Wichtiges verraten, Dave. Nie. Nur Mist, den sowieso jeder weiß. Ehrlich. Damit mir Big Ernie vom Hals bleibt.«

Dave grinste beflissen wie ein Bestatter.

»Vielleicht ist das sogar die Wahrheit, Macey.«

»Das ist sie, Dave. Das ist die Wahrheit.«

Dave überlegte.

»Ich sag dir was. Du tust mir einen Gefallen, dann bin ich seit Samstagabend blind gewesen. Okay?«

Macey hatte die Erfahrung gemacht, dass nichts verdächtiger ist als unerklärliche Großzügigkeit.

»Was …«

»Macey. Was willst du? Mich runterhandeln oder was? Das Erschießungskommando wartet schon. Willst du den Preis für die Augenbinde drücken?«

Macey musste sich eingestehen, dass er tatsächlich an der Wand stand.

»Ich mach's«, sagte er.

»Korrekt. Ich sag dir, wie's läuft. Ich hab Lynsey mehr als nur ein bisschen gern. Und Tony Veitch ist ein Freund der Familie. Von irgendeinem kriegt er's ab. Uns wär lieber, wenn's die Polizei ist. Bei allen anderen, wird's nicht gut für ihn ausgehen. Also, ich sag dir jetzt, wo du ihn findest.«

Er sagte es ihm. Maceys Tag war in so viele Einzelteile zersprungen, dass er ganz und gar die Form verloren hatte. Warum weihte Dave ihn ein?

»Weil ich will, dass du die Information weitergibst. Mickey Ballater ist Tony auf den Fersen. Du sagst ihm, wo er ihn findet. Hier ist eine Telefonnummer.«

Macey wünschte, er hätte seinen Namen ins Innenfutter seines Jacketts eingenäht.

»Aber ich dachte, du willst, dass die Polizei ihn zuerst findet.«

»Denk nicht, hör zu. Bevor du Ballater den Tipp gibst, rufst du Ernie Milligan an. Wenn du sicher bist, dass die Polizei unterwegs ist, meldest du dich bei Ballater. Wird nicht deine Schuld sein, dass ihm die Polizei zuvorkommt. Und alle sind glücklich. Du. Ich. Lynsey. Ballater. Alle. Und Tony sitzt. Ein Happy End. Darfst Walt Disney zu mir sagen.«

Er grinste Lynsey an und sie berührte zärtlich seinen Arm.

Während des Treffens war sie bereit gewesen, Dave das Reden zu überlassen. Macey war nicht sicher, ob er diese Bereitschaft teilte – auch wenn er sich davor hütete, dies zu sagen.

»Einverstanden, Macey?«

»Einverstanden, Dave. Ich mach es, so wie du's sagst.«

Dave stand auf und Lynsey tat es ihm gleich.

»Morgen. Ich bin hier noch nie gewesen. Macey. Du?«

»Nie.«

Sie gingen raus, ließen Macey wie benommen stehen. Dave kam kurz noch mal alleine zurück.

»Ach, Macey«, sagte er. »Probier doch die kleinen Kekse mit Ingwer. Die sind super. Übrigens. Wenn du die Reihenfolge vertauschst und es dem Falschen zuerst sagst, dann hab ich nichts dagegen. Hauptsache, du erzählst Lynsey nichts davon. Okay?«

Macey blieb sitzen und versuchte zu kapieren, was eigentlich los war, als die Kellnerin kam und ihm einen Zettel reichte. Die Rechnung über Kaffee und Gebäck für drei Personen. Er starrte sie an und überlegte, welchen Aufpreis er zahlen musste, wenn er nicht vorsichtig war.

25

MANCHMAL FÜHRT DAS PRAGMATISCHE zu wahren Wundern, wie damals, als Kolumbus zu einer Handelsreise aufbrach und eine neue Welt entdeckte. Sie fuhren zu Eck Adamsons Schwester, weil sie mehr Informationen wollten, und dabei entdeckte Laidlaw einen verlorenen Teil seiner selbst. Sie lebte dort, wo er herkam.

Anderston war kein Ort, an dem er damit gerechnet hätte. Glasgow hat hier die eigene Verkrachtheit mit sich selbst im Gedächtnis behalten, die Gegend war ein herzlicher und lebendiger Slum, der unter Aufwendung ungeheurer Summen in einen kalten und nichtssagenden verwandelt worden war. Jinty Adamson wohnte hoch oben in einem grauen Wohnblock, ebenso leicht erreichbar wie eine kahle Rapunzel.

Sie war um die siebzig und ging auf die siebzehn zu, ihre Augen lebendig und interessiert. Nachdem sie sich anhand ihrer Dienstausweise vergewissert hatte, dass sie vertrauenswürdig waren, wurden sie weniger hereingelassen als in einen Hinterhalt gelockt.

»Hab seit letzten Donnerstag mit niemandem mehr gesprochen. Da bin ich raus, einkaufen. Wundert mich, dass Sie's hier hoch geschafft haben, wo der Lift kaputt ist. Ganz ohne Steigeisen.«

Die Anspielung aufs Bergsteigen verwunderte Laidlaw. So akkurat, wie sie den Begriff ausgesprochen hatte, vermutete

Laidlaw, dass sie ihn irgendwo gehört hatte. In Anderston gab es gewiss nicht viele Sherpas. Aber sie erklärte es.

»Sehen Sie den«, sagte sie und zeigte auf den Fernseher. »Mein bester Freund. Ich gucke alles. Ich kann euch alles über Silberrücken erzählen, das Leben in Bogotá oder was Annie Walker zu Abend gegessen hat. Hier oben komm ich mir vor wie ein Adler. Für Leute mit Flügeln wären das tolle Häuser.«

Fast schien es schade, ihr den Spaß zu verderben, mit dem sie sich über Wörter hermachte wie ein Matrose beim Landgang über den Schnaps. Aber Laidlaw hatte das Gefühl, wenn sie ihren Besuch schon als unerwartetes Geschenk betrachtete, dass sie es lieber schnell für sie auspacken sollten.

»Es geht um Eck«, sagte er.

»Alec?« Sie setzte sich, versenkte sich kurz in sich selbst, bis sie das Eingeständnis fand, schon lange damit gerechnet zu haben. Der Gesichtsausdruck, mit dem sie Harkness und Laidlaw bedachte, schien anzudeuten, dass die Überraschung missglückt war. »Setzen Sie sich. Was ist passiert?«

»Haben Sie was gehört?«, fragte Harkness.

»Ist der Krieg schon vorbei, junger Mann? Hier oben kriegt man nichts mit. Was ist passiert?«

Harkness wartete, dass Laidlaw es ihr erzählte.

»Alec wurde Freitagnacht ins Royal Infirmary eingeliefert. Er hat nach mir gefragt, und ich habe ihn kurz vorher noch gesehen. Kurz vor seinem Tod. Er ist friedlich eingeschlafen.«

»Natürlich. Sie sind Jack Laidlaw. Er hat von Ihnen erzählt. Was war's? Die Sauferei?«

»Ja, in gewisser Weise, ja.«

»Na klar. Ach, Alec. Das musste ja so kommen.«

»Aber es war noch mehr. Wir glauben, dass ihm jemand was in den Wein gemischt hat. Unkrautvernichter.«

Das Wort infiltrierte ihre Gefasstheit, unterlief sie. Jetzt wurde deutlich, dass die Ruhe, mit der sie trotz der Nachricht von seinem Tod weitergesprochen hatte, nur eine verzögerte Reaktion war, wie ein Körper, der weiterrennen will, bevor er begreift, dass er schon über den Rand der Klippe hinaus ist. Jetzt begriff sie's. Sie schlang die Arme um sich, als wäre ihr kalt, dann schloss sie die Augen. Sie wiegte sich sanft und fing an zu weinen. Ihre stille Trauer war so rein, dass Trost keinen Halt daran fand.

Laidlaw und Harkness konnten es im Moment nur geschehen lassen. Laidlaw wurde sich des Zimmers, in dem sie sich befanden, deutlicher bewusst. Es war angenehm eingerichtet, mit mehreren alten Fotos, verblichene Sepiatöne, die Gestalten darauf schienen in die Dunkelheit zurückzuweichen. Auf einem war, wie er glaubte, die Familie zu sehen, Mutter und Vater, Tochter und Sohn in den steifen Klamotten, die man früher beim Fotografen trug, wie Pappaufsteller, die stehen blieben, auch wenn die Leute schon gegangen waren. Jinty Adamson hatte Augen, als könne sie damit hinter den Horizont blicken. War Eck jemals so jung gewesen? Ihre Eltern waren Standbilder an Selbstbewusstsein. Ach, dachte Laidlaw, egal wie viel Selbstbewusstsein man hatte, es nutzte nichts. Jinty hatte geackert und geschuftet und aus ihrer Wohnung eine kleine freundliche Festung gemacht, aber auch sie wurde eingeholt. Und es gab nichts, was man für sie tun konnte.

Er stand auf und ging zu ihr. Er legte ihr den Arm um die Schultern, beugte sich zu ihr herunter.

»Ich mache uns einen Tee«, sagte er leise.

»Ach, ich geh schon«, sagte sie durch Tränen hindurch. Ihre Vorstellung von Anstand im Umgang mit Gästen war ein Reflex, der erst mit ihr sterben würde.

»Nein, ich gehe. Hey.« Er senkte seinen Kopf, bis sein Gesicht seitlich an ihrem Kopf ruhte. »Er war kein schlechter Mann. Den größten Schaden, den er je angerichtet hat, hat er sich selbst angetan. Vergessen Sie das nicht.«

»Oje«, sagte sie. »Oje, Alec.«

Er richtete sich auf, strich ihr kurz übers Haar und ging in die Küche. Zum ersten Mal konnte Harkness Laidlaws Reaktion nachvollziehen. Er hatte recht gehabt. Niemandes Tod ist irrelevant. Er ist ein Teil von uns, ein Teil unseres Schmerzes, auch wenn wir es nicht merken. Als er beide beobachtete, wusste Harkness, wie viel Jinty Adamsons Tränen ihm bedeuteten. Eine Welt oder keine Welt, etwas anderes gab es nicht. Jinty trauerte nicht nur um Eck, sie verlieh dem Leben mit ihrer Trauer Würde, egal welche Form es annahm.

Harkness schämte sich für etwas, das er kürzlich getan hatte. Zuerst gelang es ihm noch, sich nicht mehr daran zu erinnern. Dann fiel es ihm wieder ein. Er hatte Ernie Milligan das Foto von Tony Veitch gegeben. An sich war das nicht schlimm. Es war völlig in Ordnung, dass er Ernie half, wo er konnte. Aber er hatte es Laidlaw verschwiegen, und deshalb schämte er sich. Er hätte es ihm sagen müssen. Warum hatte er es nicht getan? Er würde es jetzt nachholen.

Aber als Laidlaw mit drei Bechern Tee, einer Tüte Zucker und einer Flasche Milch auf einem Tablett aus der Küche kam, wäre Harkness sich unverfroren vorgekommen, hätte er darauf bestanden, ausgerechnet hier und jetzt seine kleine Beichte abzulegen – wie einer, der bei einer Trauerfeier bekannt gibt, dass er sich in den Finger geschnitten hat. Er würde es ihm später sagen. Jetzt war erst mal Jinty an der Reihe. Beim Tee sprach sie über Eck, eine bessere Totenrede würde er nicht bekommen. Sie setzte sich aus Bruchstücken zusammen, weniger ein Denkmal als ein aus welken Blumen geflochtener Kranz.

»Er war kein schlechter Mensch. Sie haben es ja selbst gesagt, junger Mann. Er war nicht schlecht.« Und: »Als ich ihn das letzte Mal gesehen hab, hat er um sein vergeudetes Leben geweint. Wie ein kleiner Junge. Er hatte ein weiches Herz. Als er drei oder vier war, hat ihn meine Mutter gefunden, wie er über einem Bild von Jesus mit den Dornen am Kopf geweint hat. Er hat gesagt: ›Guck mal, was die ihm angetan haben, Mami.‹ Untröstlich war er. Und toll zeichnen konnte er auch, unser Alec. Hat einfach so einen Vogel aufs Papier gezaubert, dass man dachte, gleich fliegt er weg. Das konnte er immer schon. Er hätte was aus sich machen können. Aber er hat kein Glück gehabt. Sein ganzes Leben lang hat er kein Glück gehabt. Das war einer, der sich gleich zwei Fahrscheine für die Titanic schenken lässt.«

Die unwillkürlich witzige Bemerkung entsprang ihrem natürlichen Lebenshunger, der sich jetzt wieder Bahn brach. Harkness hatte Mühe, sich sein Lächeln zu verkneifen. Glasgow ließ sich die große Klappe nicht verbieten, nicht einmal am Rand eines Grabes. Laidlaw schien es ähnlich zu gehen, denn er fand es jetzt in Ordnung zu sprechen.

»Ist eine schlechte Zeit, Sie mit Fragen zu belästigen«, sagte er. »Verzeihen Sie mir. Aber es gibt ein paar Dinge, die ich wissen muss.«

»Nein, nein, junger Mann«, sagte sie. »Fragen Sie nur. Sie müssen ja Ihre Arbeit machen.«

»Wenn Alec vergiftet wurde, und ich denke, dass es so war, fällt Ihnen jemand ein, der ihm das angetan haben könnte?«

Sie schüttelte den Kopf.

»Ich kann's gar nicht glauben, junger Mann. Unser Alec? Ich meine, ich rede nur dummes Zeug daher, ich bin seine Schwester. Aber wenn man sich das mal überlegt. Der war doch rund um die Uhr damit beschäftigt, sich selbst schlecht zu behandeln, der hatte gar keine Zeit, sich Feinde zu machen. Ich kann's mir nicht erklären.«

»Hat er was zu Ihnen gesagt, das darauf schließen lässt, dass er in Schwierigkeiten steckte?«

»Junger Mann, Sie wissen, was für ein Leben er hatte. Gott segne ihn. Er war immer nur hier, bis er's nicht mehr aushielt. Dabei war er immer willkommen. Das hat er auch gewusst. Aber er konnte sich nicht verzeihen, was aus ihm geworden war. Also hab ich ihn nur alle Jubeljahre gesehen. Hab ihn sauber gemacht und ihm gegeben, was ich konnte. Meine Mutter hätte das so gewollt. Sie war eine liebe Frau, meine Mutter. Hätte extra Käse gekauft, wenn sie gewusst hätte, dass es eine Maus im Haus gibt.«

»Aber Eck muss doch auch manchmal was dahergeschwafelt haben, wenn er so zu Ihnen gekommen ist. Manchmal war er doch bestimmt auch blau. Sonst hätte er's doch gar nicht über sich gebracht. Wegen seines schlechten Gewissens, meine ich. Und ich weiß, wie ich auf das Zeug reagiere. Ich rede eine Woche lang und höre nicht mehr auf. Also was hat er beim letzten Mal gesagt?«

»Sie haben recht, junger Mann. Sie haben recht. Geredet hat er, bis der Uhr an der Wand schwindlig wurde, dabei konnte er den Vormittag vom Nachmittag nicht unterscheiden. Das letzte Mal? Warten Sie. Er hat gesagt, er hat einen Wohltäter. Das war das Wort. Ein reicher Junge. Veitch hat er geheißen.«

Laidlaw und Harkness hielten beide den Atem an. Laidlaws Stimme erhob sich auf Zehenspitzen.

»Sonst noch was?«

»Bin nicht sicher. Über eine Frau hat er geredet.«

»Lynsey Farren?«, fragte Harkness.

»Was soll das denn für ein Name sein, junger Mann?«

Sie verstanden dies als definitives Nein. An ihren Namen konnte sie sich nicht erinnern. Harkness verstand in seiner Enttäuschung nicht, weshalb Laidlaw so sanft blieb. Mit seiner eigenen Mutter hätte er nicht sorgsamer umgehen können. Er bedankte sich bei ihr und brachte das Geschirr in die Küche zurück, wollte abspülen. Sie war beleidigt.

»Jetzt reicht es aber. Schlimm genug, dass Sie sich Ihren Tee selbst kochen mussten«, sagte sie. »Jetzt werden Sie nicht auch noch in meiner Wohnung mein Geschirr spülen.«

Laidlaw gab es auf. Er wusste, wo sie herkam, und das war zu viel verlangt. Sie gehörte einer Spezies an, die er kannte.

Ihre Vertreter waren Märtyrer der Anständigkeit, die selbst den Tod instinktiv höflich empfangen würden, das inoffiziell Gute, das in keinem Kalender stand. Ihre Namen würde man in keinem bekannten Buch finden, aber Laidlaw glaubte, dass sie die Besten waren, weil sie immer ihr Bestes gaben. Sie waren keinem Gott und keinen hochtrabenden politischen Prinzipien verpflichtet, sondern nur einer ungezwungenen alltäglichen Großzügigkeit, mit der sie das Leben sich und anderen erträglicher machten. Und von ihnen gab es viele.

Jeder, dachte Laidlaw, musste einige von ihnen kennen. Er selbst stand in der Schuld Unzähliger, Tanten und Onkel, Fremde, mit denen er sich im Pub unterhielt, kleine Wunder an Menschlichkeit, ihrer selbst nicht gewahr. Kürzlich bei einer Reise nach Ayrshire hatte er sich mit einem Weiteren unterhalten, Old Jock, einem ehemaligen Straßenarbeiter, der inzwischen über siebzig war und mit seiner Frau klaglos von einer minimalen Rente lebte, dabei mehr für seine Wellensittiche ausgab als für sich selbst. Über vierzig Jahre hatte er für einen Hungerlohn im Freien geschuftet, war an schwarzen Wintervormittagen in aller Frühe nach der Nachtschicht draußen heimgegangen, die Hände voller Schwielen vom Schotterschaufeln. Er hatte immer gedacht, dass es keinen was anging außer ihn. Das war nun mal sein Job. Laidlaw erinnerte sich, dass er einmal zugab, fast schon peinlich berührt, dass er in seinem ganzen Leben niemals gegen jemanden die Faust erhoben hatte.

Angesichts von Menschen wie Jock und Jinty Adamson, fiel Laidlaw wieder ein, dass er nicht in den Himmel der Heiligen oder das Utopia der Idealisten aufgenommen werden wollte. Er wollte das ganz normale Leben leben so gut es ging, ohne Klimatisierung durch Glaubensbekenntnisse, und danach hoffte er nur, ein Anrecht zu haben, sich mit all jenen hinzulegen, die es genau so gehalten hatten. Das schien ihm die schwierigste Aufgabe überhaupt.

Jinty selbst war abgehärtet. Wie sonst hatte sie so unschuldig bleiben können? Jetzt stellte sie ihre Unschuld unter Beweis. Trotz ihrer Trauer kramte sie in ihrem Gedächtnis nach Einzelheiten und versuchte sich zu erinnern.

»Baker«, sagte sie. »Nein, nicht Baker. Brown. So hieß die Frau. Ihr Name war Brown. Alec hat zwischen ihr und ihm vermittelt. Diesem Veitch. Sie wohnt in einem großen Haus und wusste, wo der Junge steckt. Aber sie hat nur über Alec Kontakt zu ihm gehalten. Irgendein Problem mit ihrem Mann, glaube ich.«

Sie bedankten sich erneut bei ihr und ließen sie mit ihrem Fernseher alleine, eine Lady of Shalott im Zerrspiegel.

26

»FREUNDE, ICH BIN NICHT STOLZ darauf. Aber ich kann es jetzt zugeben. Ich habe meine Kinder vernachlässigt. Ich habe meine Frau geschlagen. Alkohol war mein Gott. Bis ich Jesus fand. Lasst ihn in euer Leben, Freunde. Sehet! Er klopft an eure Tür. Werdet ihr ihn einlassen?«

»Sehet« gab Macey den Rest. Wörter wie »sehet« konnte er nicht ausstehen. In seinen Augen waren sie verkleidete Schauspieler, Wörter, die so taten, als wären sie andere als die, die sie sind. Macey wusste, wer da sprach. Ricky Smith aus Govan, der bekanntermaßen selbst hin und wieder an Türen geklopft hatte, meist mit einem großen Tischlerhammer.

In der Fußgängerzone in der Buchanan Street waren nicht viele Leute unterwegs. Einige wenige waren vor Ricky stehen geblieben, wie vor einem Schwertschlucker, einem Amateur-Houdini, der sich aus seinen Fesseln befreit. Die Sünden anderer machten einen öden Sonntag kurzweiliger.

Macey hatte sich für eine Bank ein kleines Stück weiter entschieden, neben Ricky, sodass dieser ihn nicht sehen konnte. Erlösung war nicht das, was er im Moment brauchte, jedenfalls keine von der Sorte, wie Ricky sie feilbot. Er interessierte sich vielmehr für das Leben, mit dem er sich auskannte.

»Freunde, nennt mir eine Sünde, die ich nicht begangen habe, etwas Schlechtes, das ich nicht getan habe.« Fellatio mit einem Schäferhund, dachte Macey. »Wenn ich auf mein Leben zurückblicke, ekle ich mich vor mir selbst. Ich kann nicht fassen, dass ich so voller Sünde war.«

Ricky übertrieb es ein bisschen, fand Macey. Beim Duke of Edinburgh Award Scheme hätte er nicht sehr gut abgeschnitten. Er hatte ein paar Leuten die Fresse poliert, die kleine Mary behandelt, als wäre die Ehe ein Kampf auf Leben und Tod, den er unbedingt gewinnen wollte, und außerdem gesoffen, als hätte er was in einer Flasche versteckt, aber vergessen in welcher. Er war kein netter Mann gewesen.

Macey freute sich für ihn. Ricky sah viel besser aus, obwohl sein Gesicht wie bei vielen bekehrten Trinkern leicht ausgedörrt wirkte. Ehemalige Alkoholiker waren wie seelisch Amputierte, eines Teils ihres Wesens beraubt, und zwar des Teils, der es ihnen ermöglichte, Spaß zu haben. Aber natürlich war es besser, dass Ricky jetzt anderen die Ohren abkaute.

Nur warum mussten alle wiederauferstandenen Christen behaupten, sie seien Dschingis Khan gewesen? Macey betrachtete die drei, die bei Ricky standen, eine Frau und zwei Männer. Sie musterten die Gesichter der Schaulustigen wie Zirkusartisten, die den Effekt ihrer Vorführung abschätzten. In Maceys Augen sahen sie aus wie Gutmenschen, verbreiteten eine Intensität, mit der sie nicht ankamen, und zeigten sich so offen wie ein Eisengitter. Sie griffen hindurch, um das Leben zu begrüßen, behielten aber ihre Handschuhe an. Immer wieder warfen sie Ricky besitzergreifende Blicke zu, als hätten sie das Böse in all seiner Verruchtheit entdeckt und seine Wandlung zum Guten beobachtet.

Was Macey anging, so zählte Ricky eigentlich nicht. Hätten andere dort gestanden, hätte sich Macey auf der Stelle bekehren lassen. Aber er rechnete nicht damit, dass John Rhodes, Cam Colvin, Mickey Ballater oder Ernie Milligan an Rickys Stelle traten. Und sie waren es, mit denen Macey in Gedanken klarzukommen versuchte.

»Wir haben die Wahl«, sagte Ricky.

Schöne Wahl. Wenn er Rhodes, Colvin oder Ballater was erzählte, und Milligan das mitbekam, würde er Jean und das Baby eine ganze Weile nicht sehen. Peterhead würde er nicht überstehen. Aber wenn er Milligan was erzählte, und die anderen das mitbekamen, würde er Jean und das Baby wahrscheinlich nie wieder sehen. Und er hatte keine Lust, Füllmaterial für einen Betonpfeiler zu werden. Das hatte Cam mit Vince Leighton gemacht. Macey hatte nie jemandem was davon gesagt, aber er wusste es. Manche Sachen nimmt man besser mit ins Grab, sonst liegt man früher drin als gedacht.

Macey machte sich keine Illusionen, was seinen Status in dieser Situation anging. Er erinnerte sich an einen Naturfilm im Fernsehen, in dem er gesehen hatte, wie ein kleines Vögelchen im Maul eines Alligators herumsprang und herauspickte, was ihm zwischen den Zähnen hängen geblieben war. Oder war's ein Krokodil? Egal, wenn das Maul zum falschen Zeitpunkt zuklappte, kam es auf dasselbe hinaus. Macey sah sich selbst als das Vögelchen. Das Maul waren die Gangster und die Polizei.

Macey wollte nur überleben. Er hatte nichts gegen diesen Tony Veitch, aber auch nichts für ihn. Alle waren hinter ihm her. Wenn das das Spiel war, dann war er auch hinter ihm her. Macey betrachtete sich als Mittelsmann. Er hatte sich die Regeln nicht ausgedacht; er überlegte nur, wie er heil wieder rauskam.

»Freunde, wann entscheidet ihr euch?«

Macey stand auf und ging weiter. Er hatte sich entschieden und würde seine Entscheidung behutsam in die Tat umsetzen. Wenn man zwischen zwei riesigen Sattelschleppern hin und her balancierte, musste man höllisch aufpassen.

27

DIE VERÄNDERTEN ÖFFNUNGSZEITEN am Sonntagabend waren ein Experiment für »The Tea Tray«. Und es war gescheitert.

Harkness, der ein paar Mal mit Mary hier gewesen war, verstand warum. Die Kundschaft bestand nicht gerade aus Nachteulen. Hier trank man morgens seinen Kaffee oder nachmittags Tee, baute kleine Rituale in ein Leben ein, das ›erfolgreich‹ war, ohne die Bedingungen dieses Erfolgs je an Selbstzweifeln überprüft zu haben. Die Stimmen, die er hier hörte, unterhielten sich immer wieder über dasselbe – Familie, Freunde, Besitz –, Themen so gepflegt wie frisierte Pudel, die man Gassi führt. Insgeheim lief ihm ein Schauder über den Rücken, Madame Tussaud's mit Worten.

Alma Brown hatte den Ort ausgewählt. Als er sie in Pollokshields kontaktiert hatte, hatte sie geredet, als wäre das Telefon verwanzt. Nach langen Ausflüchten hatte sie sich schließlich zu einem späteren Zeitpunkt als von ihnen gewünscht und einem Ort, der langweiliger war, als Harkness sich das je hatte vorstellen können, mit ihnen verabredet.

»The Tea Tray« erinnerte ihn an ein paar Rugbyklubs, die er besucht hatte, erfüllt von purer Maskulinität, wo sexuelle Prahlerei etwas ausgesprochen Hysterisches bekam. Dies hier war das weibliche Pendant dazu, ein Klischee, das dem anderen entsprach und sich mit diesem paaren wollte. Er glaubte, und das nicht zum ersten Mal, dass er ein militanter Menschenrechtler sein musste. Dieser Ort hier kam ihm gerade gelegen, hier wollte er seine Fahne hochhalten.

Viel war nicht los. Zwei betuchte Damen im besten Rentenalter massierten sich bei einer Tasse Kaffee gegenseitig das Ego, listeten die Kleider auf, die ihnen an der anderen am besten gefielen. Sonst waren Harkness und Laidlaw die einzigen Gäste. Harkness blätterte in der *Sunday Mail.* Laidlaw hatte den *Observer* vor sich, den Sportteil bereits gelesen, anschließend im Feuilleton und den Nachrichten geblättert, ungefähr in dieser Reihenfolge. Jetzt war das Kreuzworträtsel dran.

»Bedeutung von lateinisch ›fortasse‹«, sagte Laidlaw.

Harkness sah ihn an.

»Mit zehn Buchstaben.«

»Hab mir schon gedacht, dass du Aufputschmittel im Kaffee hattest.«

Alma Brown kam herein. Sie hatten sie zuvor nur bei Veitch zu Hause in Pollokshields gesehen, wo sie sich anzupassen gelernt hatte. Hier wirkte sie fast verletzlich, eine Frau Ende dreißig, die in Bezug auf ihre Sexualität immer noch fast unbeholfen schien. Sie war rot vor Eile oder Nervosität, und als sie ihren Mantel öffnete, um sich zu setzen, wanderte der Saum ihres schwarzen Wollkleids nach oben. Harkness sah, dass Laidlaw ihn ansah, und ihm fiel wieder ein, dass Laidlaw ihn einmal gefragt hatte: »Wie oft haben Sie sich heute verliebt?« Harkness bestellte mehr Kaffee.

Während sie darauf warteten, kramte sie in ihrer Handtasche nach Zigaretten und einem goldenen Feuerzeug, legte beides, um sich zu schützen, auf den Tisch, stellte die Tasche auf den Boden neben den Stuhl und hängte ihren Seidenschal über die Lehne. Harkness und Laidlaw lehnten die ihnen angebotenen

Mentholzigaretten ab. Als würde man Baumwolle inhalieren, fand Letzterer. Er nahm eine seiner eigenen.

»Nun«, sagte sie zu Laidlaw, als sie so weit war. »Worum geht es?«

»Kennen Sie Eck Adamson?«, fragte Harkness.

Es passierte etwas sehr Geringfügiges, nicht mehr als ein Stottern ihres Kaffeelöffels, und ein kleines bisschen Kaffee schwappte auf die Untertasse.

»Eck? Was ist das für eine Abkürzung?«

»Alec, Alexander.«

»Alec Adamson. Nein. Wer ist das?«

»War«, sagte Laidlaw. »Er ist tot.«

Sie wollte die Tasse anheben und überlegte es sich anders. Sie war sehr voll und ihre Hand nicht ganz ruhig. Laidlaw trank.

»Wofür Eck die Abkürzung ist?«, fragte er. »Das ist vielleicht ein Fall. Hier gibt es mehr Lügner als im House of Commons. Vielleicht finden Sie die Wahrheit über Tony Veitch noch rechtzeitig heraus, um sie ihm auf den Grabstein zu meißeln. Trinken Sie Ihren Kaffee, Miss Brown. Etwas anderes hatten Sie ja nie vor.«

Die Stimmung an ihrem Tisch sprach dem Café Hohn. Harkness überkam ein vertrautes Gefühl. Warum glich manchmal schon die bloße Kontaktaufnahme zu Laidlaw dem Versuch, einem Igel die Hand zu schütteln? Wieder passierte es. Er schien sich in den Kopf gesetzt zu haben, seinem Beruf als Innenvernichter nachzugehen, er zog durch Glasgow und brachte Anspannung in zuvor recht angenehme Räume. Auch diesmal machte er seine Sache gut. Sie starrte lange ihren Kaffee an, dann sah sie Laidlaw ins Gesicht.

»Ich denke, die Bemerkung sollten Sie erklären.«

»Natürlich. Sie waren gestern in Pollokshields mit im Raum,

als ich Eck erwähnt habe. Und trotzdem staunen Sie jetzt bei der Erwähnung seines Namens. Ich behaupte nicht, dass es der denkwürdigste Name auf der ganzen Welt ist, aber unter den gegebenen Umständen würde ich meinen, dass Sie ihn behalten haben. Eck Adamson hat Sie gekannt, aber Sie ihn nicht. Wie kommt das? Hat er Sie durch ein Fernglas beobachtet? Sie wissen nichts über Tony, seitdem er verschwunden ist, dabei war Eck der Mittelsmann zwischen Ihnen beiden. Miss Brown, Sie erzählen mir hier einen derartig gewundenen Schwachsinn, Sie müssten eine Zunge haben wie ein Korkenzieher.«

Nachdem sie ihre Zigarette erfolglos im Aschenbecher auszudrücken versucht hatte, ließ sie sie einfach qualmend darin liegen. Die kleine bühnenreife Einlage verschaffte ihr die Zeit, die sie brauchte.

»Ah-ha«, sagte sie. »Meinen Kaffee können Sie auch haben. Er kostet mich zu viel.«

»Vielleicht sehen wir uns bei der Beerdigung«, sagte Laidlaw und machte ihre Zigarette aus.

Sie hatte den Schal von der Stuhllehne genommen, war aber nicht aufgestanden.

»Was soll das heißen?«

»Hoffentlich nichts. Aber jemand ist auf der Suche nach Tony. Und so wie dieser Jemand Informationen besorgt, will er ihm kein Sparbuch überreichen. Tony hat sich mit ein paar zwielichtigen Leuten abgegeben. Die bringen unterwegs zum Kino schnell mal jemanden um und gucken danach ganz entspannt den Film.«

Harkness sah ihre Augen vor den Konsequenzen des von Laidlaw Angekündigten zurückschrecken.

»Warum?«

»Vielleicht hat er was getan, das denen nicht gefällt.«

»Aber was?«

»Oder er hat etwas, das sie haben wollen. Geld zum Beispiel. Tony hat viel Geld. Oder, Miss Brown?«

Sie starrte ihn an, nickte.

»Für Geld bekommt man alles. Wenn man leichtsinnig genug ist, sogar den Tod.«

Harkness dachte, sie würde gleich weinen. Ihre Lider flatterten, als hätte sie ein Staubkorn im Auge. Sie ließ den Schal in ihren Schoß fallen und suchte etwas. Er griff nach der Handtasche und gab sie ihr. Nachdem sie darin gekramt hatte, war es doch kein Taschentuch, das sie herauszog. Es war ein Stück schmutziges gefaltetes Papier, das sie Laidlaw reichte. Rasch entfaltete er die beiden Blätter.

»Milton hat den Brief weggeschmissen«, sagte sie. »Aber ich hab ihn wieder aus dem Müll gefischt. Für mich ist das irgendwie ein Teil von Tony.«

Laidlaw gab ihn Harkness, und während er ihn las, lieferte sie die erklärenden Fußnoten.

»Darin steht, was Tony durchgemacht hat. Nur dass er noch untertreibt ...«

Lieber Vater,

ich weiß, wie abgedroschen es ist, sich gegen den eigenen Vater aufzulehnen, also fasse ich mich kurz. Genau das habe ich vor. Ich hätte gesagt, dass ich ›deine Werte ablehne‹, würde mir die Formulierung nicht viel zu hochtrabend erscheinen, da du außer Geld gar keine anderen Werte kennst.

Der Anlass, weshalb ich dir das jetzt schreibe, ist mein Abschied von der Universität. Ich habe die Prüfungen abgebrochen und sehe deutlich vor mir, dass du glaubst, ich hätte es nur getan, um dir eins auszuwischen. Das ist nicht wahr. Ich habe es für mich selbst getan. Was ich gegen dich habe, lässt sich nicht mit einer verhauenen Abschlussprüfung auf den Punkt bringen.

Lass es mich erklären. Ich habe dir eine sehr seltsame Kindheit zu verdanken. Wahrscheinlich können das die meisten von ihren Vätern behaupten, also will ich nicht darauf herumreiten. Aber wie alt war ich, als meine Mutter starb? Elf. Als meine Mutter nicht mehr da war, fing ich an zu suchen. Ich habe sehr viel Zeit damit verbracht, in die Vergangenheit zu blicken und zu erkennen, was sich dort verbirgt, ich habe Erinnerungen hin und her gewendet, um sie zu verstehen. Ich glaube, ich wollte mir etwas von meiner Mutter bewahren.

Allmählich dämmerte mir, dass all meine Erinnerungen eigentlich Erinnerungen an dich waren, oder vielmehr daran, wie du ihr wehgetan hast. Es war, als hätte sie mich gar nicht an dir vorbei erreichen können, du hast sie beherrscht, hast uns beide beherrscht. Allmählich begriff ich, wie schlecht du sie behandelt hast, wie schlecht du alle behandelt hast. Dabei habe ich nicht voreilig geurteilt. Aber ich hatte einen Eindruck von dir und habe gewartet und dich beobachtet, und ich fürchte, der Eindruck hat sich bestätigt.

Jetzt entschuldige ich mich dafür. Wer braucht schon einen Zeugen der Anklage im eigenen Haus? Einen, der ständig mitschreibt? Um die Gemeinheit dessen zu lindern, kann ich vielleicht anführen, dass ich auch Zeuge der Verteidigung war. In vielen Nächten lag ich im Bett, versuchte meinen Eindruck zu zerstreuen und am nächsten Tag neu anzufangen. Funktioniert hat das nicht.

Egal, es ist das Letzte, was du brauchst. Versteh mich nicht falsch. Ich glaube nicht, dass ich das Recht habe, dich anzuklagen. Aber ich denke, ich habe das Recht, mich dir gegenüber so zu benehmen, wie es meinem Eindruck von dir entspricht – ich habe viele Jahre gebraucht, um zu dieser Einsicht zu gelangen. Und glaube bloß nicht, dass mir Alma dabei geholfen hat, den Respekt vor dir zu verlieren. Sie hat dich immer verteidigt. Ich weiß nicht, wie lange es gedauert hat, bis ich begriffen habe, dass Alma schon vor dem Tod meiner Mutter mit dir liiert war. Komischerweise hat das mein Mitgefühl nur gesteigert, wahrscheinlich weil du sie ganz genauso behandelt hast.

Ich denke, wir sollten keinen Kontakt mehr zueinander haben, zumindest eine lange Zeit nicht mehr. Unter anderem versuche ich, Verschiedenes für mich selbst herauszubekommen. Zum Beispiel habe ich verstanden, was Ehre für mich bedeutet: nicht ausschließlich unter den eigenen Bedingungen mit anderen zu verkehren und ihnen nicht zu gestatten, ausschließlich unter ihren Bedingungen mit einem selbst zu verkehren. So betrachtet, bist du ein unehrenhafter Mensch. Und die Verlogenheit, mit der du dir Erfolg in der Welt erkauft hast, widert mich an.

Neulich habe ich mir etwas notiert und erst als ich fertig war begriffen, dass ich eigentlich dich gemeint habe: eine Vorstellung von Autorität. Der Priester spricht gleichmäßig, angetrieben von unerschütterlicher Überzeugung. Seine Stimme ist streng, aber freundlich, gefestigt durch seine Einsicht in die Machenschaften des Feindes, seine Gedanken voller vergangener Analogien. Das Mädchen senkt den Kopf vor Scham, bekannt zu sein. Sie ist zu verfangen in ihren geheimnisvollen Körper, um zu bemerken, dass er plötzlich Unverblümtes von sich gibt. Der Priester hat einen einzigarten Sonnenstrahl in ihrem Haar erblickt, wie es nie zuvor einen gegeben hat und niemals wieder einen geben wird. Er masturbiert unter dem Talar.

Tony

»Sie hatten fürchterliche Auseinandersetzungen.« Leise brach es aus ihr heraus, sie erzählte alles, was ihr in den Sinn kam. Aus dem Munde einer Person von solch einstudierter Korrektheit fand Harkness ihre Leidenschaftlichkeit schockierend, als hätte jemand eine Münze in den Getränkeautomaten geworfen und einen Wasserfall dafür bekommen. »Fürchterliche Auseinandersetzungen. Und Milton war im Unrecht. Er hat Tony keinen Raum zum Atmen gelassen. Tony hasst alles, wofür Milton steht. Einmal hat er ihm an den Kopf geworfen, er könne eine Frau nur mithilfe eines Dildos aus Zehn-Pfund-Scheinen lieben.«

Plötzlich hielt sie inne, bestürzt über das, was sie gerade gesagt hatte. Sie dachte noch einmal darüber nach, akzeptierte, dass es ihr rausgerutscht war. Dann blickte sie von einem zum anderen, nahm einen Schluck von ihrem inzwischen kalten Kaffee und starrte auf den Tisch.

»Damals wusste ich nicht einmal, was das war. Später begriff ich, dass er damit ebenso etwas über mich wie über Milton gesagt hatte. Und es stimmte. O ja, ganz gewiss. Ich wünschte, es wäre nicht so.«

»Warum sind Sie bei ihm geblieben?«, fragte Harkness.

Der Gesichtsausdruck, mit dem sie sich Harkness zuwandte, vermittelte ihm das Gefühl, naiv zu sein. Sie war gekränkt und ratlos, wie jemand der durch Gitterstäbe blickt und dem anderen die Freiheit misgönnt, die es ihm ermöglicht, eine solche Frage zu stellen.

»Weil ich nicht weiß, wie ich ihn verlassen soll«, sagte sie. »Ich kenne ihn seit bald zwanzig Jahren.«

Das unbestimmt ungute Gefühl, das Harkness in Bezug auf sie beschlichen hatte, wurde jetzt deutlicher. Er glaubte, etwas zu begreifen. Er erinnerte sich an die Selbstsicherheit von Milton Veitch, wie in Marmor gehauen, und wie lange er schon so gewesen sein musste. Er stellte sie sich als junge Frau vor. Sie musste sehr schön gewesen sein und sich glücklich geschätzt haben, dass jemand wie Milton Veitch sie begehrte. Er würde ihr nur so viel geben, nicht mehr. Und das, was er ihr nicht gab, ein von ihm unabhängiges Selbstwertgefühl, war genau das, was sie an ihn kettete. Jetzt sah sie noch gut aus, aber schon nicht mehr so gut wie früher und irgendwie unvollständig, wie jemand, der sich für ein Fernstudium eingetragen hat, aber die Gebühren nicht mehr bezahlen kann. Harkness wusste, wer den Kurs leitete. Er brachte es für sich auf den Punkt. Männer sind Schweine. Laidlaw bestätigte den Gedanken, kaum dass er ihn gedacht hatte.

»Miss Brown«, sagte er leise. »Ich verstehe, dass Sie Tony schützen wollen. Aber Sie sollten uns alles sagen, was Sie über ihn wissen. Ihm zuliebe.«

»Ich kann nicht.«

Harkness erschrak, denn in ihrer Weigerung steckte das Eingeständnis, etwas zu wissen, und er wiederum wusste, dass Laidlaw sie zur Aufgabe ihrer stolz gewahrten Loyalität bewegen würde. Harkness fand ihn zu grob.

»Sie schützen ihn zu Tode. Möglicherweise sind Sie schuld, wenn bald zwei Meter Erde zwischen ihm und dem Rest dieser scheußlichen Welt liegen. Wenn Sie das wirklich wollen, dann schweigen Sie.«

Sie nahm die beiden Blätter, steckte sie in ihre Handtasche und ließ sie zuschnappen. Vielleicht war es die lange Übung, die sie in die Lage versetzte, ihren Stolz so mühelos aufzugeben.

»Kelvin Drive«, sagte sie. »Flat 8, 8 Kelvin Drive.«

Harkness zündete ihr eine Zigarette an und zahlte die Getränke, bestellte ihr dabei noch einen Kaffee. Sie bedankten sich bei ihr. Harkness wäre noch geblieben, aber Laidlaw hatte es jetzt eilig. Als sie gingen und sie an einem Ort zurückließen, an den sie so offensichtlich nicht gehörte, fragte sich Harkness, wohin sie sonst gehörte. Während Laidlaw fuhr, starrte Harkness aus dem Beifahrerfenster.

»Das hat sich ganz schön beschissen angefühlt.«

»Ja«, sagte Laidlaw.

»Sehr beschissen.«

»Komm schon, Brian. Wir müssen Prioritäten setzen.«

»Wirklich?«

»Ja. Ritterlichkeit hat ihre Grenzen. Lieber tun wir einer Person weh, als dass eine andere stirbt. Kelvin Drive. Das ist gleich neben den Telefonzellen. Hätten wir das bloß gewusst. Ich hoffe, wir kommen nicht zu spät.«

Harkness überlegte sich in seiner Wut, wie er es Laidlaw heimzahlen wollte, egal wie unbedeutend seine Rache auch sein würde.

»Herrgott, hoffentlich kommen wir nicht zu spät«, sagte Laidlaw erneut.

»Vielleicht«, sagte Harkness.

»Wie bitte?«

»Zehn Buchstaben. Vielleicht.«

28

ES GAB KEIN VIELLEICHT MEHR. Die Entdeckung eines Toten wird stets von einer verstörenden Geschäftigkeit begleitet, wie von einem Schwarm summender Fliegen. Eine kleine Ablenkung von der Normalität. Die älteste Show der Welt kommt für ein Gastspiel in die Stadt. Die Faszination gefährlicher Tricks sorgt selbst noch bei den Gleichgültigsten für weit aufgerissene Augen und zieht sie in den Bann des riskantesten aller Kunststücke.

Werbung für die letzte Vorstellung erwartete sie bereits. Sie erkannten die Zeichen. Als sie die Queen Margaret Bridge überquerten, sahen sie es vor sich, an der Ecke hinter der Brücke, wo man links in den Kelvin Drive abbiegt, standen drei oder vier Leute. Sie strahlten die Unbefangenheit Schaulustiger aus, vertieft in den Anblick wie Menschen auf einem Gemälde. Sie vertraten einen Genre, das Vorläufer bei der Kreuzigung fand. Einer von ihnen zeigte auf etwas, von dem Laidlaw wusste, dass es ihm bevorstand.

»Nein. Nein«, sagte er auf die Art, mit der wir gegen Geschehnisse ansingen, von denen wir fürchten, dass sie sich längst ereignet haben.

Dass es hier so war, sah er dem Gesicht der alten Frau an, die neugierig aus dem Fenster eines Wohnhauses spähte, als würden persönliche Katastrophen den Umgangston im Viertel dämpfen. Außerdem gaben ihm parkende Fahrzeuge, die er als Polizeieigentum erkannte, und die Anwesenheit des uniformierten Constable, der sie ins Haus ließ, eindeutige Hinweise.

Das Haus musste einmal beeindruckend gewesen sein, ein Umstand, der jetzt gegen das Gebäude sprach, so wie ein alter Pelzmantel schäbiger aussehen kann als ein gebrauchter aus Nylon. Die Balustrade musste früher zum Stolz der Fassade beigetragen haben, wirkte jetzt, nachdem die Farbe abgeblättert war, verwahrlost. Der schiefe Balkon sah aus, als würden ihn die Bewohner in den oberen Stockwerken nur nutzen, wenn sie einer größeren Gefahr entrinnen mussten, beispielsweise einem Feuer.

Das Innere des Gebäudes war das, was sein Äußeres zu dem Eingeständnis zwang, nicht mehr das zu sein, wofür es sich einst gehalten hatte. Aus einem Haus waren acht Wohnungen geworden. Laidlaw erinnerte sich an die Wohnung von Gus Hawkins und dachte an all die Städte, in denen junge und unangepasste Alte in den gefährdeten Gesinnungen der Vergangenheit ausharrten, sie mit unvertrauten Träumen versetzten, mit Möglichkeiten, für die sie nie gedacht waren. Kaum war er eingetreten, konnte er sich seltsames Gelächter spätabends vorstellen, jemanden, der alleine Musik hört.

Hier hatte Tony Veitch zu leben versucht, in einem Durcheinander aus Gerüchen, Geräuschen und Verschrobenheiten, wo indische Currys Spiegeleiern den Rang abliefen und merkwürdige Gedanken Form annahmen. Laidlaw fragte sich, ob das Haus weniger ein Versteck für Tony war als seine Herkunft. Milton Veitch hatte an Orte wie diesen vielleicht nie einen Gedanken verschwendet. Es war ein Haus der gemeinschaftlichen Einsamkeit.

Sie stiegen die Treppe hinauf, wo sie, wie Laidlaw nun wusste, eine weitere Manifestation letztgültiger Einsamkeit vorfinden würden. Der Constable an der Tür hatte gesagt: »Ja, das ist richtig, Sir. Oben liegt ein Toter. Den Namen kenne ich nicht. Aber jetzt braucht er auch keinen mehr.« Detectives wollten die anderen Bewohner befragen, aber anscheinend war niemand zu Hause. Einen Sonntag in einem Haus wie diesem zu verbringen, war wie ein Besuch am eigenen Grab. Tony Veitch blieb das erspart.

Er war blonder, als die Fotos hatten vermuten lassen. Er lag in Jeans und T-Shirt auf dem Boden des Zimmers, in dem er sowohl gewohnt wie geschlafen hatte, seine Füße waren nackt. Den Kopf hatte er zur Seite gedreht und die Augen geschlossen, als wäre er plötzlich ohnmächtig geworden. Ein sehr gut aussehender Junge. Sein rechter Arm lag ausgestreckt auf dem Plattenspieler am Boden, seine Hand steif und unbeweglich auf dem Plattenteller. Als hätte er eine neue Platte auflegen wollen, wäre dabei aber eingeschlafen. Aber er hatte keine neue Platte aufgelegt. An seinem Handgelenk hing ein Stück Metall, ähnlich einem Namenskettchen. Nur dass es keins war. Die Haut drum herum war schwarz. Das Metall einfacher Draht. Und an die Steckdose angeschlossen.

»Das ist nicht das einzige«, sagte Milligan. »Ein Netzkabel ist um den Körper gewickelt. Er hing am Strom wie ein Weihnachtsbaum auf dem Trafalgar Square. Da hat jemand keinen Spaß verstanden. Nichts anfassen. Durch den fließt immer noch genug Strom, um die ganze Sauchiehall Street hell erstrahlen zu lassen.«

Milligan hatte das Sagen. Und Spaß dabei.

»Ihr kommt gerade rechtzeitig zur Beerdigung«, sagte er und zwinkerte Harkness zu.

Harkness sah Laidlaw schuldbewusst an und fand, er wirke deplatziert inmitten des geschäftigen Treibens, wo andere Fingerabdrücke nahmen und alles absuchten. Die Leiche war gerade fotografiert worden. Laidlaw starrte um sich herum, als könne er etwas entdecken, das niemand sonst entdecken würde.

Und tatsächlich fand er ein Gefühl, das er bereits kannte: dass der Tod das Ende der kleinen Dinge ist und uns seine Ungeheuerlichkeit durch triviale Negative vermittelt, als wolle man die Unendlichkeit in Zentimetern ausmessen. Vielleicht blieben manche Menschen deshalb so gelassen.

Auf dem Kaminsims stand ein leerer Becher, darin die zusammengeknüllte Verpackung eines Schokokekses. Der kleine Becher, in den Tony Veitch niemals wieder Tee einschenken würde, war groß genug, um seinen Tod aufzunehmen. Laidlaw erinnerte sich, kurz nachdem sein Vater gestorben war, einen seiner Handschuhe in einer Schublade gefunden zu haben. Es war einer von zweien, die er ihm zu Weihnachten geschenkt hatte und die er nur einmal angezogen hatte, weil er einer Generation von Männern angehörte, die selten Mäntel trug, von Handschuhen ganz zu schweigen, und das nicht aus einem Männlichkeitsimpuls heraus, sondern weil Mäntel so lange ein Luxusgut für sie geblieben waren, dass sie sich nie dran gewöhnt hatten. Der Zufallsfund in der Schublade hatte das Unwiderrufliche am Tod seines Vaters so sehr auf den Punkt gebracht, dass es ihm damals vorgekommen war, als gäbe es nichts Schmerzlicheres als den herrenlosen Handschuh eines Verstorbenen. Der Becher kam nah dran.

Erneut betrachtete er Tony Veitch, leblos in dem kleinen kargen Raum. Er wünschte, er hätte mit ihm sprechen können. Aber wenn das schon nicht möglich war, dann wollte Laidlaw etwas anderes.

»Papier«, sagte er plötzlich.

Milligan, der energisch Aufsicht führte, drehte sich zu ihm um.

»Was für Papier?«

»Papier zum Schreiben.«

»Warum? Sollte hier welches sein?«

»Der Junge hat ständig etwas aufgeschrieben. Hier müssten Berge von Papier liegen. Habt ihr welches gefunden?«

Milligan sah Harkness an, als wäre dieser Laidlaws Pfleger und sollte ihn eigentlich besser im Griff haben.

»Wusstest du das nicht?«, fragte Laidlaw. »Für dich ist er bloß eine Leiche, oder?«

»Er *ist* nur eine Leiche, für uns alle«, sagte Milligan. »Aber ich sage dir, was ich weiß. Ich weiß, dass ich ihn *gefunden* habe. Als Erster. Und nicht du. Deshalb hab ich hier das Sagen.«

»Das finde ich erstaunlich«, erwiderte Laidlaw. »Wie hast du das hingekriegt, wo du doch so wenig über ihn gewusst hast?«

Milligan grinste, tippte sich an die Nase und zeigte auf Laidlaw.

»Ich kenne die Stadt«, sagte er. »Bis auf die Unterhose. Deshalb bin ich ein Sieger.« Er wandte sich an Harkness. »Und mit meiner Frau ist jetzt auch alles geklärt. Wir sind wieder zusammen. Überall eitel Sonnenschein.«

Harkness wand sich innerlich, und hörte Laidlaw aussprechen, was auch er empfand.

»Die sollten dir den Kopf des Jungen schenken, damit du ihn dir auf den Kaminsims stellen kannst. Als kleines Willkommensgeschenk für deine Frau.«

Die anderen im Raum waren sich der Spannung bewusst, die Laidlaw erzeugte. Einer entschärfte sie.

»Da war Papier«, sagte er.

»Wo?«

Er führte Laidlaw und Harkness ins Badezimmer. Als sie

eintraten, wirbelten kleine Ascheflocken über den Boden. Die Toilettenschüssel war schwarz vom verbrannten Papier.

»Sieht aus, als hätte er die ganze Mitchell Library abgefackelt«, sagte der Mann.

Laidlaw blickte in die Schüssel und stellte fest, dass die wenigen Worte, die überlebt hatten, durch das Wasser zu bedeutungslosen Schmierereien verkommen waren, so lesbar wie Runen.

»Ist nichts übrig geblieben?«, fragte er.

»Ein Blatt. War unter den Tisch gefallen.«

Sie gingen wieder ins Wohnzimmer und Laidlaw erkundigte sich bei Milligan danach. Milligan freute sich über die Frage.

»Machst du Witze?«, fragte er. »Wenn du's willst, warte. Das hier ist meine Vorstellung. Ich will sehen, ob ich dir eine Fotokopie zukommen lassen kann, wenn ich fertig bin. Aber du wirst warten müssen.«

Laidlaw stand da und starrte vor sich ihn. Harkness war sein Verhalten peinlich.

»Jack.«

»Wir werden warten«, sagte Laidlaw. Er sprach laut genug, sodass es alle hören konnten. »Wenn man ein Ziel hat, lässt man sich nicht von einem kläffenden Köter davon abbringen.«

Harkness sprach voller Selbstbewusstsein.

»Es ist vorbei, Jack.«

»Für ihn ist es vorbei. Nicht für uns. Wir haben Verantwortung für die Toten. Unser Job sieht das vor.«

Harkness sah ihn an. Laidlaws Gesicht war unbeweglich wie eine Totenmaske.

»Jack. Du übertreibst. Nur weil dich Big Ernie zappeln lässt.«

Laidlaw zündete sich eine Zigarette an, warf Harkness einen Blick zu und grinste.

»Als würde ein Chihuahua über einen herfallen«, sagte er.

Er meinte es ernst. Unbehagen spielte hier keine Rolle. Laidlaw betrachtete erneut Tony Veitch. Dass er so wenig über ihn wusste, machte es paradoxerweise noch schmerzhafter für ihn. Die entsetzliche Unbeweglichkeit sprach der Aufgeregtheit, mit der die anderen durch das schäbige Zimmer eilten, Hohn. Die Leiche zog Laidlaw durch ihre Unzugänglichkeit in ihren Bann, so wie Menschen faszinierend sind, die sich hinter einer Glasscheibe unterhalten, nur weil man sie nicht hören kann. Er wusste, er würde dieses so unverständliche Bild entschlüsseln müssen. Während er dort stand und Tony Veitch anstarrte, brannte sich die eindringliche und mysteriöse Stille dieses zerstörten jungen Lebens schmerzhaft in sein Gehirn.

29

DAS COTTAGE SPRACH VON großer Befangenheit – rau verputzte weiße Wände, an denen Pferdegeschirr hing und der unvermeidliche Kampfhahn von Gudgeon. Warum pickt er eigentlich immer nur Körner? Die Holzmöbel waren grob, möglicherweise nicht von Hand, sondern mit den Füßen gezimmert. Aber Jan gefielen sie.

Sie wusste, dass, was Tom und Molly sich unter einem romantischen Zufluchtsort auf dem Lande vorstellten, für ihre urbane Realität so relevant war wie eine Weihnachtskarte für Weihnachten. Aber weil sie die beiden so gerne mochte, fühlte sie sich wohl hier. Das Cottage war Teil ihrer freizügigen Freundlichkeit, es führte nichts Böses im Schilde. Wenn sie im Burleigh Hotel freihatte, kam sie hierher und war ihnen dankbar, dass sie ihr das Häuschen überließen. Irgendwann würde sie ihnen Jack vorstellen müssen.

Aber als sie ihn ansah, fragte sie sich, wie ein solches Treffen wohl ablaufen würde. So schlecht wie er hierher passte, war das kein gutes Omen. Er lag ausgestreckt vor dem Holzfeuer, trank seinen mindestens fünften Whisky und las die Taschenbuchausgabe von *Der große Gatsby*, die er hier gefunden hatte. Die Schuhe hatte er ausgezogen, das bis zum Nabel aufgeknöpfte Hemd entblößte einen Bauchansatz. Während er die Seiten vor- und zurückblätterte, lag grimmige Konzentration in seinem Blick.

Er gehörte hierher wie ein Vogel aufs Dach, der sich dort zufällig niedergelassen hatte, durchaus zur rechten Zeit, aber nur für ungewiss kurze Dauer. Sie war nicht mal sicher, ob er über Nacht bleiben würde. Jederzeit konnte er aufstehen und gehen. Was er bei anderer Gelegenheit auch schon gemacht hatte. Wenigstens wusste sie dadurch, dass man nie sicher sein konnte, was er tat.

Ihr wurde bewusst, dass er keine Vorstellung von sich selbst hatte. Deshalb wirkte er hier so deplatziert. Tom und Molly hatten sich eine nachvollziehbare Alternative zu sich selbst aufgebaut, wie ein geheimes Vorratsversteck für eiserne Rationen, auf die sie zurückgreifen konnten, wenn es hart auf hart kam. Aber Jack hatte keine solche Festung. Oft wirkte er so wund wie eine frisch durchtrennte Nabelschnur.

Es bereitete ihr Sorgen. Schon als sie seinen Wagen vorfahren hörte, hatte sie gewusst, unter welchem Druck er stand. In jüngster Zeit fragte sie sich ernsthaft, ob er noch lange so weitermachen konnte. Er bewegte sich am Abgrund seiner selbst. Sie erinnerte sich, dass er einmal im Bett, in dem wilden Gefühl von Befreiung, das sich dort manchmal erreichen lässt, gesagt hatte: »Weißt du, was ich glaube? Es gibt kein Zentrum als solches. Die Summe aller Ränder ist das Zentrum. Man muss immer weiter daran entlanggehen.« Aber genau dort fiel man runter. Sie spürte, dass er bereits taumelte.

Heute Abend war eine Warnung. Er war gleichzeitig fröhlich und verletzt gewesen. »Wie geht's dir, Darling? Hübsches kleines Häuschen hast du hier. Ich könnte ein Jahr lang schlafen.« Dann hatte er sich auf den Whisky gestürzt wie in ein Schwimmbecken. Seine Augen waren wunde Beulen, und doch wollte er ihr nicht nur seinen Schmerz zeigen. Er hatte eine sehr genaue Vorstellung davon, womit er selbst klarkommen musste.

Sie hatte die Verzweiflung in der Leichtigkeit seiner Berührung gespürt, aber auch gewusst, dass er nicht gänzlich zu ihr kommen würde, bevor er nicht sicher war, dass er sie nicht missbrauchte. Er wollte ein Geschenk sein, keine Form von Diebstahl.

Sie dachte, er ist so kompliziert. Und das war sie auch. Sie dachte an die Prüfungen, derer sie ihn damals unbewusst unterzogen hatte. Sie war unerbittlicher gewesen als jedes Burgfräulein, hatte ihren Handschuh in die Bärengrube geworfen und von ihm verlangt, ihn zu holen. Sie erinnerte sich, wie sie ihn, als sie ihn gerade erst kennengelernt hatte, aufgefordert hatte, für sie zu bezahlen. Sie dachte an die Männer, die sie vor ihm gekannt hatte. Bei den meisten hatte sie sich gefragt, welcher schmerzhaften Verbindung mit welcher vergessenen Schlampe sie durch die Beziehung zu ihr ein Denkmal setzen wollten. Aber so funktionierte er nicht.

Sie kam dahinter, als wäre es ein Geheimnis, dass das Wesentliche seines Charakters in dem Wunsch bestand, gütig zu sein. Sein Zorn entsprang der Vereitelung dieses Bestrebens, weil er die Vorstellung hasste, dass seine Güte ausgenutzt werden könnte.

Ein anderes Mal hatte er zu ihr gesagt: »Die meisten Menschen können Güte nicht leiden, sie schränkt sie in ihrem Selbstverständnis ein. Wir verwenden so viel Zeit auf den Versuch, möglichst hart zu wirken, dass es uns nicht gefällt, wenn jemand die Regeln ändert. Das macht uns ein schlechtes Gewissen. Als würden gütige Menschen mogeln.«

Sie sah ihn an, fragte sich, wie es ihm jetzt ging. Er war so vollständig vertieft wie ein Kind. Sie versuchte erneut zu lesen, was er ihr gegeben hatte. Aber der Text erschien ihr so wild. Kurz nach seinem Eintreffen hatte er sie bereits gebeten, ihn zu lesen. Aber sie hatte ihn mit Hühnchen im Blätterteig abgelenkt. Er hatte darauf bestehen wollen, selbst zu kochen. Glücklicherweise war es ihr gelungen, ihn davon abzubringen. Als Koch gehörte er in dieselbe Kategorie wie die Borgias.

Sie las den Text erneut und legte ihn weg, dann nahm sie einen Schluck Wein. Sie wusste, dass er mitbekommen hatte, dass sie ihn zu Ende gelesen hatte. Er blickte vom *großen Gatsby* auf.

»Das ist vielleicht ein Buch«, sagte er und stellte es ins Regal zurück. »Ab und zu denke ich darüber nach. Aber der Mann hat es getan. In seiner Naivität ist er so hart wie Glockenmetall. Wenn man schon naiv sein muss, dann so.«

Er nahm einen Schluck Whisky.

»Und? Was meinst du?«

Sie hatte die Frage nicht gewollt.

»Ich weiß nicht.«

»Du musst doch was denken.«

»Wer hat das geschrieben?«

»Hab ich dir gesagt. Tony Veitch. Der Junge, der heute Abend tot aufgefunden wurde.«

»Na ja, die Umstände erleichtern nicht unbedingt die Kritik. Das ist, als würde man auf sein Grab spucken.«

»Komm schon, ja. Wir sind doch unter uns.«

»Mir kommt er ein bisschen verrückt vor.«

»Wie verrückt?«

»Ich weiß nicht. Es kommt mir vor, als würde er Ideen weiter verfolgen, als sie sich verfolgen lassen. Wie kann man das alles glauben und überleben?«

»Er lebt ja nicht mehr. Aber die Frage ist, warum? Und wie ist er gestorben?«

Sie sah, dass er sich Sorgen machte.

»Was ist, Jack?«

»Ich kann es nicht glauben. Er hat zwei Menschen umgebracht und anschließend sich selbst. Das glaube ich nicht. Ich glaube es einfach nicht. Wir haben etwas übersehen.«

»Vielleicht liegt es an der Energie, die du reingesteckt hast. Vielleicht willst du nicht wahrhaben, dass es so einfach ist.«

»Stimmt. Ich kann nicht glauben, dass es so einfach ist. Weißt du was? Ich glaube, gar nichts ist so einfach. Das stört mich an diesem Fall. Alles ist so sauber und aufgeräumt, wie von vornherein geplant. Dabei kann man sich nur einer Sache sicher sein, nämlich dass nichts so läuft wie geplant. Wenn es einen Gott gibt und er die Welt geplant hat, dann hat er sich geirrt. Versucht man sich vorzustellen, wie man die Straße entlanggeht, die man am allerbesten kennt, kommt man trotzdem der Realität nicht einmal nahe. Immer wird ein Fetzen Papier herumwehen, den man sich nicht ausgemalt hat. Ein Mann wird aus einem Haus treten, mit dem man nicht gerechnet hat. Das ist es. Das ist es, was hier nicht stimmt. Alle Fragen, die vor Gericht gestellt werden, sind bereits beantwortet. Aber stellt man eine andere Frage, ist alles unklar. Wer hat hier die Finger im Spiel? Wir wissen es nicht. Wer ist der Mann mit dem Muttermal? Von wem stammen die Fingerabdrücke auf Ecks Flasche? Wir wissen es nicht. Wir müssen es aber rauskriegen. Was wir hier vor uns haben, ist nicht die Wahrheit. Es ist jemandes Vorstellung davon, was wir für die Wahrheit halten mögen. Wir betrachten die Sache aus dem Kopf einer bestimmten Person. Wer zum Teufel ist diese Person? Das ist die Frage.«

Leise geriet sie in Panik. Laidlaw war so zwanghaft in seine Gedanken vertieft, wie gefangen in seinem eigenen Labyrinth.

»Wie kommen wir von hier nach da?«, fragte er.

»Jack, lass es jetzt erst mal gut sein.«

»Okay, Darling.«

Er grinste sie plötzlich an, sein großzügiger Mund war ein Ort, den sie gerne erkunden wollte. Sie wussten, dass sie endlich den Zugang zueinander gefunden hatten. Bislang war der Abend ein seltsames Werben gewesen, eine Stille umeinander herum, ein Ausschauhalten nach Anzeichen, eine zarte Balance. Jetzt bewegten sie sich. Wieder fand er ihre Offenheit, ihre Bereitschaft, es geschehen zu lassen. Sie fand seine sanfte Aggression, sein Verlangen, sie in sich selbst zu bestürmen. Erbarmungslos jagten sie ihre Körper. Er beschwor sie mit Fingern. Sie erweckte ihn mit dem Mund zum Leben. Ihre Begegnung war leidenschaftlich. Zum Schluss verloren sie sich ineinander.

Gestrandet in ihrer gemeinschaftlichen Erschöpfung, betrachteten sie ihre Kleidung wie Teile eines Schiffswracks. Ihr Höschen lag neben dem Feuer. Ihr Rock hing seltsam über dem Stuhl. Ihre Bluse war zusammengekrumpelt erstaunlich klein. Seine Hose und Unterhose steckten ineinander, wie eine gefütterte Shorts. Ihr BH lag weit weg an einem fremden Ort. Beide merkten, dass er sein Hemd noch anhatte. Das Feuer sprenkelte ihre Beine.

Er verteilte Zigaretten und sie rauchten, passten sich der Hitze an, indem sie sich von ihr entfernten. Sie waren so natürlich wie Katzen. Er hatte den Arm um sie gelegt und es kam ihnen vor, als wäre sie damit geboren worden. Als er den Zigarettenstummel ins Feuer warf, wusste sie, was passieren würde. Sie spürte seinen Arm erschlaffen. Er war eingeschlafen. Sie drückte ihre Zigarette aus und gab ihm ein paar Minuten.

»Jack«, sagte sie. »Jack, Darling.«

Er rührte sich nicht.

»Jack.« Ihre Stimme berührte ihn so sanft, wie ihre Hände es getan hatten. »Lass uns ins Bett gehen.«

Wie eine Puppe schlug er die Augen auf, starrte an die Decke.

»Jan! Alles in Ordnung, Darling? Was ist los?«

»Nichts ist los. Ich denke, wir sollten ins Bett gehen.«

Er setzte sich langsam auf.

Dann stand er nicht sehr sicher auf den Beinen. Sein Hemd war eine Farce, ein Schein von Verhüllung, der nichts verhüllte. Sie legte sich auf den Boden und lachte, nackt und ehrlich.

»Ach ja«, sagte er schläfrig. »Freut mich, dass ich der Belustigung diene.«

Er stellte ein Kamingitter vors Feuer. Dann blieb er ungewiss stehen, drohte in dieser Haltung einzuschlafen.

Er nahm Tony Veitchs Botschaft, die sie gelesen hatte, faltete sie der Länge nach zusammen und steckte sie in die Innentasche seines Jacketts, das über der Stuhllehne hing. Mit Handschellen fesselte er sich an ein Morgen, obwohl er betrunken war.

»Dann los ins Bett, Liebes«, sagte er.

Sie lag da und sah ihn an. Der Intensität ihrer Liebe konnte er nicht ausweichen, das wusste sie. Er würde sich für sie entscheiden. Und sie hatte Verständnis für seine Trauer über das Scheitern seiner Familie. Sie würde ihm Zeit geben, darüber hinwegzukommen. Sie stand auf, wusste dabei, wie gut sie nackt aussah.

»Genau, Jack Laidlaw. Wir gehen ins Bett.«

Er nickte so lange, dass es senil wirkte.

»Deine Sorgen können warten bis morgen.«

»Ich weiß«, sagte er und machte das Licht aus. »Morgen sind sie alle wieder da. Werden mit der Milch geliefert.«

30

HARKNESS REICHTE DAS fotokopierte Blatt an Bob Lilley weiter. Bob schüttelte den Kopf und zog sich wie eine Zugbrücke hinter seinen Whisky zurück.

»Nein, danke«, sagte er. »Kein Interesse. Ich verstehe das nicht mal. Was ich gesehen habe, hat sich gelesen wie eine Hirnblutung. Dem Jungen ist der Schädel geplatzt. Ich muss jetzt nicht in den Brocken herumstochern. So was hab ich oft genug gesehen.«

Sie waren unten im »Top Spot«. Zu dritt hielten sie Totenwache, schienen sich aber auf die Identität des Verstorbenen nicht einigen zu können. Bob war vollkommen und endgültig von Laidlaw entsetzt und überlegte, ob er um eine tote Freundschaft trauern wollte. Harkness wusste nicht, wie viel er von seinem Respekt für Laidlaw würde bewahren können. Und Laidlaw beklagte die Totgeburt des Verständnisses, auf das er gehofft hatte.

Selbst ihr Erscheinungsbild ließ auf unterschiedliche Veranstaltungen schließen. Bob und Harkness wirkten wie aus dem Ei gepellt. Bob gesund und zuverlässig in seinem karierten Hemd, der Krawatte und der Reiterjacke. Harkness wäre in seiner Aufmachung auch in einer Disco nicht verkehrt gewesen. Laidlaw sah dagegen schlimm aus, sein Gesicht war von Schlaflosigkeit gezeichnet, die Augen angestrengt, als hätte er die ganze Nacht versucht, Tony Veitchs wirre Botschaften zu entschlüsseln.

Bob fingerte an seinem Glas herum und sah betont weg, schien sich der Normalität der anderen in dem hell erleuchteten Raum anschließen zu wollen. Kaum hörbar pfiff er vor sich hin. Am meisten verletzte ihn das, was er für den Grund für Laidlaws Unzufriedenheit hielt. Er wünschte, Jack würde Ruhe geben. Ihm graute davor festzustellen, dass auch Laidlaw an derselben gemeinen Eifersucht litt, die ihm von anderen Kollegen so vertraut war und gegen die sein Freund immer immun gewesen war, da war sich Bob sicher.

»Du solltest es sorgfältiger lesen, Bob«, sagte Laidlaw.

Widerwillig unterbrach Bob das faszinierende Studium der Wand zu seiner Linken.

»Warum, Jack? Warum sollte ich?« Er zeigte auf das Blatt auf dem Tisch. »Das ist eine Inszenierung. Wie ein blutiges Messer. Oder ein Jackenknopf. Dabei nicht einmal eine interessante Inszenierung. Und wir brauchen das nicht, weil der Fall so undurchlässig ist wie der Arsch eines Ohrenkneifers. Das da ist nur der Ausfluss eines vernebelten Gehirns, Jack. Das Gelaber macht mich wütend, sonst nichts. Nichts. Mich interessieren seine beschissenen Theorien nicht, warum er's getan hat – nur dass er's getan hat, das Schwein. Ich bin dankbar, dass er sich nicht an Leute gewagt hat, die ein bisschen unverzichtbarer sind als diese beiden. Nichts gegen den alten Eck, aber er hat seine Chance gehabt. Und vertan. Und Paddy Collins war menschliche Umweltverschmutzung. Dafür sollte Veitch postum vom Bürgermeister geehrt werden.« Er nahm das Blatt und ließ es wieder auf den Tisch fallen. »Aber verlang nicht von mir, dass ich mich für den Scheißdreck hier interessiere. Wenn ich jemanden sehe, der seine Eingeweide nach außen stülpt, muss ich sie nicht mit nach Hause schleppen und unter die Lupe nehmen. Das ist nicht mein Job. Und deiner auch nicht.«

»So schreibt kein Mörder.«

»Herrgott.« Bob sah Harkness an und grinste, als wäre Humor eine bittere Pflanze. »Woher zum Teufel willst du das wissen?«

»Ich kann lesen.«

»Kannst du das? Toll. Ich fasse sogar den Beano nur mit der Kneifzange an. Komm schon. Vielleicht bin ich nicht so schlau wie du, Jack. Ganz bestimmt bin ich nicht so schlau, wie du glaubst, dass du's bist. Wer ist das schon? Aber ich habe einen Blick drauf geworfen. Der Typ war dumm wie Brot. Und du weißt es. Der wäre zu allem fähig gewesen.«

»Nein, das glaube ich nicht. Wenn er dumm war, dann nur in einer Hinsicht. So dumm wie Johannes der Täufer. Wie eine kleine Ein-Mann-Religion. Ein hausgemachter Märtyrer. Eine arme Sau.«

Bob trank langsam seinen Whisky aus. Der Blick, den er Harkness zuwarf, war eine geheime Absprache, das Signal, dass er sagen würde, was ihnen beiden durch den Kopf ging.

»Jack. Ich glaube, alle außer dir merken, dass hier was sehr Komisches passiert.«

Laidlaw sah langsam und abwägend zu ihm auf.

»Nichts von all dem, was du gesagt hast, rechtfertigt deine Weigerung, den Fall als abgeschlossen zu betrachten.«

»Und was soll das heißen?«

»Das bedeutet, es muss einen anderen Grund geben.«

Laidlaw sah Harkness an, der gerade den Tisch musterte.

»Und du schmückst ihn mit einer Menge wohlklingender Rationalisierungen.«

»Was mag das für ein Grund sein, Bob?«

Ihre Blicke waren eine unablässige Konfrontation.

»Ich bin nicht sicher. Aber ich sage dir, was ich glaube. Ich weiß, dass du dich nicht besonders mit Big Ernie verstehst. Aber er ist ein guter Polizist. Und er hat den Fall gelöst. Vor dir. Ich denke, das solltest du einfach mal so hinnehmen, Jack. Lass deinen blöden kleinen verletzten Stolz beiseite. Er kommt deinem Gehirn in die Quere.«

»Bob, komm schon«, Laidlaw sah Harkness erneut an. »Brian?«

Harkness schüttelte den Kopf.

»Jack. Der Fall scheint mir gelöst.«

»Ich denke, du solltest dir überlegen, wohin du damit willst, Jack«, sagte Bob. »Die Aufgabe würde jeden Heiligen vom Sockel hauen. Und du bist nicht mal einer. Aber ich habe dich immerhin für großzügig gehalten.«

»Wieso hältst du mich jetzt nicht mehr dafür?«

»Weil du jetzt bist, wie du bist. Du willst um Ecken denken. Ernie das Rosinenbrötchen vom Teller klauen. Was soll das? Und noch was. Ich weiß, dass dich der Commander verwarnt hat. Schon wieder. Und ich weiß auch, warum. Du hast es verdient. Du wusstest vor Ernie von Tony Veitch. Du hast von einer möglichen Verbindung gewusst und die Information nicht weitergegeben. Das ist ein starkes Stück, Jack. Das ist es wirklich.«

»Das war eine Entscheidung, die ich treffen musste, mehr nicht.«

»Ja, aber warum? Bist du sicher, dass es die richtigen Gründe waren, Jack? Das war eine gefährliche Entscheidung. Wir haben es hier mit Menschenleben zu tun. Dabei geht es nicht darum, wer das Verdienstabzeichen bekommt.«

»Bob. Genau deshalb habe ich die Information nicht weitergegeben, weil wir es mit Menschenleben zu tun haben. Eben weil ich niemandem einfach nur eins auswischen will. Weil ich keine Fehler machen will. Und ich glaube, genau das ist passiert. Du kannst sagen, dass ich mich geirrt habe. Aber nicht aus diesen beschissenen Gründen.«

»Vielleicht nicht.«

»Egal. Auf jeden Fall hat jemand anders die Information weitergegeben.«

»Gott sei Dank. Gut, dass sich Ernie nicht auf dich verlassen musste. Ich mach mir Sorgen um dich. Ich will dich nicht für neidisch oder gemein halten. Aber es fällt mir immer schwerer.«

»Na ja, ich helfe dir, indem ich noch was zu trinken hole.«

Er sammelte die Gläser ein.

»Warum holst du dir diesmal nicht auch was Anständiges?«, fragte Bob. »Dieser ganze Soda-and-Lime-Mist macht mich ganz fertig. Vielleicht leidest du einfach nur unter Alkoholentzug.«

Laidlaw ging zur Bar. Die attraktive Bedienung, die immer noch nicht entdeckt worden war, sah ihn fragend an, als er vorbeiging, aber er ignorierte sie. Bob seufzte wie ein Blasebalg, legte die Hände vors Gesicht. Dann ließ er sie sinken, bis sie nur noch seinen Mund bedeckten, und sah Harkness kopfschüttelnd an. Was von seinem Haar übrig war, strich er mit beiden Händen zurück.

»Das ist ein Problem, Brian«, sagte er. »Ich denke, du solltest auf ihn aufpassen. Würde mich nicht wundern, wenn er zusammenklappt. Wieso kann er niemals Ruhe geben? Schau ihn dir an.« Harkness sah Laidlaw düster an der Bar stehen, wie ein Bestatter auf einer Hochzeit. »Flaschenanstarren.« Das war eine Formulierung, mit der sie die immer wiederkehrende Ausdruckslosigkeit umschrieben, die sich in Laidlaws Blick schlich und offenbar etwas bedeutete wie: »So geht das nicht.« Wahrscheinlich hatten die Flaschen mit dieser Stimmung gar nichts zu tun. Aber er hatte immer mal wieder welche vor sich. »Er hat schon wieder aufgesattelt und ist unterwegs nach Damaskus. Oh Gott! Kennst du den Film mit Paul Newman? *Der Unbeugsame*? Also, ich weiß, wen Jack darin spielt. Den Unbeugsamen. Lass dich nicht täuschen. Ein paar Hirnzellen hat er immer noch in der Gefriertruhe. Wenn sie ihn begraben, sieht er ihnen dabei zu. Er wird Gucklöcher in den Sarg gebohrt haben, wahrscheinlich den Deckel aufstoßen, sich hinsetzen und sagen: ›Moment mal! Eure Trauer ist verdächtig. Verpisst euch. Und ihr anderen, versucht es noch mal. Okay?‹ Dann legt er sich wieder hin. Ein Dutzend Mal später steht er nicht mehr auf, und dann dürfen endlich alle nach Hause gehen.«

Harkness lachte.

»Aber ich mein's ernst, Brian. Er ist in einer gefährlichen Gemütsverfassung. Pass bitte auf, dass er sich seine Karriere nicht versaut. So was bringt er fertig. Jederzeit.«

Laidlaw kam mit einem Whisky für Bob und einem Lager für Harkness zurück. Sich selbst hatte er einen doppelten Antiquary bestellt.

»Nein, Bob«, sagte er.

»Ach, Jack«, sagte Bob. »Lass uns über das Wetter reden. Wisst ihr, dass die den Laden hier umbauen wollen? Soll dann ›The Opera Bar‹ heißen, weil ihn die Scottish Opera gekauft hat. Das ist doch ein spannendes Thema, oder?«

»Nein, Bob. Du irrst dich. Ich neide Ernie Milligan nicht den Fall. Solange er's richtig macht. Aber das macht er nicht. Es ist nicht so passiert, wie es den Anschein hat.«

Bob gab Wasser in seinen Whisky, kostete ihn und sprach so geduldig auf Laidlaw ein, als wolle er ihn lediglich bei Laune halten, bis die Kollegen mit der Zwangsjacke eintrafen.

»Ist das so, Jack? Woran machst du das fest?«

»Nichts von dem, was er geschrieben hat, weist darauf hin, dass er ein Mörder war.«

»Ach Jack. Hat Christie vielleicht Anzeigen geschaltet? Was glaubst du, was die machen? Ihre Taten signieren?«

»Auf der Flasche, an deren Inhalt Eck gestorben ist«, sagte Laidlaw, »befinden sich Fingerabdrücke. Die einen sind von Eck. Und die anderen nicht von Tony Veitch.«

Sofort war Bobs Interesse geweckt.

»Hast du das überprüft?«

Laidlaw nickte.

»Dann hat er einem Kumpel einen Schluck abgegeben«, sagte Bob. »Säufer teilen. Wer will seine Leber schon einsam sterben lassen?«

»Ich habe gehört, dass er mit niemandem geteilt hat. Weißt du noch, Brian?«

»Ja, das stimmt«, sagte Harkness.

»Das haben ein paar Saufbrüder behauptet«, sagte Bob. »Vielleicht hat er ja einen ganz besonderen Freund gehabt. Oder jemand hat versucht, ihm die Flasche wegzuschnappen. Der Einwand steht auf dünnem Eis, Jack. Um rauszubekommen, ob was dran ist, müsstest du von jedem Penner in Glasgow Fingerabdrücke nehmen.«

»Ah, ich glaube, wir können die Liste der Kandidaten kürzer fassen. In welcher Verbindung steht Tony Veitch überhaupt zu den Morden?«

»Das Messer, durch das Paddy Collins starb, und eine Dose Paraquat.«

»Auf der Dose befinden sich keine Fingerabdrücke.«

»Dann hat er sie abgewischt.«

»Und die Dose in der Wohnung liegen lassen. Was ergibt das für einen Sinn?«

»Genug.«

»Nein.«

»Aber auf dem Messer waren seine Fingerabdrücke.«

»Die können da ohne Probleme nachträglich draufgemacht worden sein. In der Wohnung wurden nur seine Abdrücke gefunden. Aber jede Menge Flecken, wie sie entstehen, wenn jemand Handschuhe trägt.«

»Das sind Kleinigkeiten, Jack. Das ändert nichts an den wesentlichen Fakten.« Bob grinste, als wäre ihm plötzlich wieder eingefallen, warum er Laidlaw mochte. »Dann erzähl uns, oh Weiser aus dem Morgenland, was wirklich passiert ist. Hm?«

Laidlaw neutralisierte den Scherz, indem er die Frage ernst nahm.

»Ich denke, wir sollten anfangen mit dem, was nicht passiert ist. Tony Veitch hat sich nicht selbst umgebracht. Zumindest glaube ich das nicht. Er war besessen davon, der Welt etwas mitzuteilen. Selbstmord lähmt meist den Kehlkopf. Ich weiß, wie dünn das ist, Bob. Ich bin lange genug in dem Job, um zu wissen, welche Kapriolen das Gehirn zu schlagen vermag. Ich weiß, dass wir unsere stärksten Gefühle oft dadurch zum Ausdruck bringen, dass wir das Gegenteil tun. Je verzweifelter der Sprecher, desto wirksamer definiert er sein eigenes Schweigen. Was er weiß, wird er niemals sagen können. Tony Veitch mag im Clinch mit der Welt gelegen haben, weil sie nicht auf ihn gehört hat. Kann sein, dass er sich wegen des Abstands zwischen seinen Idealen und seinen Taten umgebracht hat. Wenn er sie wirklich begangen hat. Kann sein, dass es so war. Aber ich glaube es nicht. Ich glaube, dass er umgebracht wurde und der Täter es nach Selbstmord aussehen ließ. Und ich glaube, ich weiß auch, wer's war. Aber ich erwarte nicht, dass mir jemand zustimmt.«

»Da bin ich aber erleichtert«, sagte Harkness. »Aber wer?«

»Das zu sagen wäre unfair. Aber ich werde mich heute noch ein bisschen umhören, Brian. Nur nicht offiziell.«

»Ich komme mit.«

»Nein, ich glaube, ich brauche dich später noch. Wenn ich habe, wonach ich suche. Dann melde ich mich. Aber zuerst werde ich ein paar Leuten auf den Zahn fühlen, damit musst du nichts zu tun haben.«

Bob starrte Laidlaw an.

»Jack«, sagte er. »Vielleicht hättest du nicht gleich mit dem harten Zeug anfangen sollen. Du wirst anscheinend sehr schnell betrunken. Vielleicht bist du's nicht mehr gewohnt.«

Laidlaw grinste und trank seinen Whisky.

»Holst du mir noch einen?«, fragte er Bob.

»Ich geh schon«, sagte Harkness und zwinkerte Bob im Weggehen zu.

»Für mich nicht, Brian«, sagte Bob. »Wahrscheinlich tun die da was rein. Komm schon«, sagte er zu Laidlaw. »Du warst ein Trottel, aber jetzt versuchst du ein bisschen zu schnell zum Irren aufzusteigen. Wovon redest du eigentlich?«

»Davon, was ich vorhabe.«

»Zu wem willst du?«

»Ein paar Leuten.«

»Schieb dir die Geheimniskrämerei in den Arsch, Jack. Sag, was es ist. Zum Schluss muss ich dich ja doch wieder raushauen.«

»Vergiss es. Ich steh zu allem, was ich mache.«

»Hör zu, du verfluchter Robin Hood. Du hast einen ganz ordentlichen Job. Wenn du so weitermachst, hast du ihn morgen vielleicht schon nicht mehr.«

»Nein, jetzt hörst du mir zu. Ich hab ein Leben. Und das ist wichtiger als mein Beruf. Und wenn ich jetzt nichts unternehme, kann ich mir nicht mehr in die Augen schauen. An dem Fall stimmt was nicht. Irgendein Arschloch hat ihn konstruiert wie ein Baukastenmodell. Und ich werde es wieder auseinandernehmen. Drei Menschen sind tot. Und ihre Leichen liegen unter Lügen begraben. Das kommt nicht infrage! Jedenfalls nicht für mich. Deshalb bin ich hier und mache was. Um irgendeine beschissene Version von Wahrheit zu finden. Und wenn ich dabei Türen eintreten muss.«

Harkness war wieder zum Tisch zurückgekehrt. Laidlaw stand auf, gab Wasser in seinen Drink und kippte ihn runter.

»Danke, Brian. Ich melde mich.«

»Jack«, sagte Bob. »Leg's nicht drauf an, alles kaputt zu machen.«

Laidlaw ging raus. Harkness setzte sich. Bob starrte ausdruckslos in den Raum. Harkness senkte den Kopf, stützte die Stirn auf die Hand und betrachtete die Luftbläschen auf seinem Bier.

»Meinst du, wir sollten für seine Witwe sammeln?«, nuschelte er.

»Ich weiß, wie man Jack mit Worten überzeugt«, sagte Bob.

Harkness sah ihn an.

»Man schlägt ihn mit einer Ausgabe des Oxford Dictionary nieder.«

31

GUS HAWKINS WAR ALLEINE in seiner Wohnung. Er empfing Laidlaw in einer Atmosphäre, die dieser noch aus seiner kurzen Zeit als Student kannte. In der Nähe des Fensters stand ein alter Sessel, drum herum aufgestapelte Bücher und auf der Armlehne die aufgeschlagene Taschenbuchausgabe der *Psychopathologie des Alltagslebens* mit vielen Unterstreichungen in Kugelschreiber. Auf dem Boden neben dem Stuhl eine Dose Export. Sonnenlicht schien auf die aufgeschlagenen Seiten des Buchs, zerhackte die zarte, pelzige Oberfläche des billigen Papiers.

Ein Stillleben des Studentendaseins. Es erinnerte ihn an lange einsame Stunden, intensive mentale Ringkämpfe mit Toten, endlose Auseinandersetzungen, bei denen grundsätzlich die ganze Welt auf dem Spiel stand, Kaffee zu den seltsamsten Tageszeiten, zusammengschrumpfte Zeit, die sich schließlich ganz auflöste. Laidlaw erinnerte sich an seine Entdeckung des eigenen Verstands und wie prägnant ihm die Möglichkeiten innerhalb dieses mit Büchern ausgekleideten Schoßes erschienen, bevor Karriere und andere Umstände ihn daraus vertrieben. Das Bewusstsein dessen ließ seine Impulsivität pausieren, aber nur kurzzeitig.

»Haben Sie keinen Ferienjob?«, fragte Laidlaw.

»Ich arbeite Teilzeit in einem Pub. Wollen Sie ein Bier?«

Laidlaw wollte. Gus holte ihm eine Dose. Dann setzte er sich und trank. Die Zerstreutheit in seinem Blick, mit der er die

Tür geöffnet hatte, war jetzt verschwunden. Jetzt, wo er sich davon erholt hatte, fiel ihm ein, dass er seinen Zustand erklären könnte.

»Wusste erst gar nicht, wer Sie sind. Wenn ich arbeite, brauch ich immer ewig, um mitzuschneiden, was los ist. Hab manchmal schon Mühe, mich an meinen Namen zu erinnern.«

»Ich weiß, was Sie meinen.«

Laidlaw zog am Ring seiner Bierdose und verwandelte diese in eine kleine Fontäne aus flüchtigem Gas.

»Ich wusste nicht, dass Polizisten im Dienst trinken.«

Der gegen die Polizei gerichtete aggressive Anklang in seiner Stimme, der, wie Laidlaw glaubte, Kindern im Westen Schottlands bereits mit der »Huschhusch-Eisenbahn« in die Wiege gelegt wurde, störte das Angenehme des Augenblicks. Laidlaws Verstand stieg erneut in die Arbeitsklamotten. Er nahm einen Schluck Bier.

»Wieso im Dienst?«, sagte Laidlaw. »Das ist ein unangemeldeter Anstandsbesuch. Haben Sie von Tony Veitch gehört?«

Gus nickte.

»Wir haben seine Texte gefunden. In der Kloschüssel verbrannt. Das interessiert mich. Er schreibt an seinen Vater, Lynsey Farren und Sie. Aber niemand hebt die Briefe auf. Alles Mögliche notiert er, schreibt einen Haufen Papier voll. Und alles wird vernichtet. Warum? Das ist fast, als hätte er gesagt, was niemand hören wollte. Aber ich frage mich, was?«

»Vermutlich alles Mögliche.«

»Sie haben doch einiges davon gelesen, oder nicht?«

»Ein bisschen.«

»Ich meine, worum ging es ihm?«

»Er hat versucht, sich über ein paar Dinge klar zu werden. Aber ich bin sicher, dass Tony die Papiere selbst vernichtet hat.«

»Glauben Sie?«

»Was sonst?«

Laidlaw nahm einen Schluck und guckte verdattert.

»Jedenfalls ist er tot«, sagte Laidlaw. »Wie kommt Ihnen das vor?«

»Ist Fakt, oder?«

»Das ist alles?«

»Reicht das nicht? Ich meine, mir fallen ein oder zwei andere Leute ein, die ich lieber an seiner Stelle gesehen hätte. Aber wahrscheinlich wären die nicht damit einverstanden. So sieht's aus.«

»Ich dachte, Sie haben ihn gemocht.«

»Hab ich auch. Aber jetzt ist er tot.«

»Gott bewahre mich vor Ihrer Freundschaft.«

»Den Wunsch kann ich Ihnen erfüllen.«

Laidlaw sah ihn an – so selbstsicher, so jung. Laidlaw schien mit jedem Tag weniger zu wissen. Wenn es so weiterging, würde er in Embryohaltung mit dem Daumen im Mund sterben und sich dabei wahrscheinlich immer noch ängstlich umschauen, mit ebenso großer Verwunderung wie jetzt.

»Wie machen Sie das?«, fragte er. »Dass Sie so unbekümmert sind. So verdammt unbelastet von Trauer.«

»Es gibt größere Katastrophen auf der Welt.«

»Welche zum Beispiel? Meinen Sie die Dritte Welt und die kapitalistische Unterdrückung, so was?«

»So was.«

»Und Mitgefühl für den einen schließt Mitgefühl für die anderen aus? Was, wenn ich Ihnen sage, dass Tony ermordet wurde?«

Gus Hawkins betrachtete seinen aufgeschlagenen Freud, als wollte er Notizen nachlesen, dann schaute er zum Fenster und starrte anschließend Laidlaw an. Hinter seinen Augen tat sich einiges, aber nichts davon war für die Öffentlichkeit bestimmt.

»Meinen Sie?«, fragte er.

»Ich bin eigentlich sicher. Wenn es so war, fällt Ihnen jemand ein, der als Täter infrage kommt?«

Gus schüttelte sofort den Kopf.

»Herrgott«, sagte Laidlaw. Er hielt seine Bierdose so fest, dass er sie ein bisschen eindrückte und einen Spritzer Bier auf den Fransenteppich kleckerte. Er wischte ihn mit einem Taschentuch sauber und fuhr fort. »Sie sind ein Genie. Das britische Superhirn. Sie beantworten eine solche Frage einfach so aus dem Stegreif. Das ist, als würde man mit einem Computer sprechen. Oder einem Ballon. Und ich glaube, Sie sind ein Ballon.«

Gus' Schultern verkrampften.

»Wenn Sie Ihr Bier getrunken haben, sollten Sie gehen. Genau genommen ist es mir auch egal, ob Sie ausgetrunken haben. Mir gefällt nicht, wie Sie dort sitzen, mein Bier trinken und mich beleidigen.«

Laidlaw lächelte ihn träge an.

»Hat nicht lange gedauert, bis aus der kosmischen Objektivität etwas Persönliches wurde«, sagte er. »Das ist schon der Anfang der Verbürgerlichung, oder, Gus? Na schön. Ich habe jedenfalls für heute genug Wichse ins Auge bekommen.«

»Wie meinen Sie das?«

»Ich meine, dass Sie ein Wichser sind. Ist mir gleich aufgefallen. Sie bieten mir was zu trinken an, und noch bevor ich ansetze, löchern Sie mich wegen Trinkens im Dienst. Was soll das?« Jetzt, wo Hawkins ihn praktisch bereits vor die Tür gesetzt hatte, sah Laidlaw keinen Sinn darin, sich leise zu verabschieden. »Aber noch mehr. Angeblich hat Tony seine Papiere vernichtet. Und Sie zucken nicht mal zusammen. Halten Sie das für wahrscheinlich? Haben Sie ihn überhaupt gekannt? Ich bin ihm nie begegnet und weiß trotzdem, dass so was für ihn kaum infrage gekommen wäre. Sie stecken Ihre Nase lieber in den guten alten Sigmund da. Vom menschlichen Herzen verstehen Sie nichts. Ich schätze, Tony war genauso. In einer Wundertüte hätte er bessere Freunde gefunden. Sehen Sie sich die Leute in seiner Umgebung an. Lynsey Farren und Sie. Und sein Vater. Die anderen beiden legen wenigstens noch einen ehrlichen Egoismus an den Tag. Sie verstecken Ihren hinter scheinheiligen Theorien. Warum geben Sie's nicht zu? Ihnen ist alles scheißegal. Ich habe schon Zootiere mit mehr Mitgefühl gesehen. Wie schaffen Sie's, mit Ihrer Freundin zu schlafen, Gus? Folgen Sie der Anleitung in Büchern? Machen Sie das so? Weil zwischen Ihnen außer Theorie nichts mehr sein kann.«

Gus blickte ihn unverwandt an. Das Wort, das er sagte, war knapp, aber es schien anzuwachsen wie ein Gletscher, und einmal ausgesprochen, erfüllte es den Raum mit Eiseskälte.

»Tschüs.«

»Oh, keine Sorge. Ich hab Bock auf was Lustigeres. Knutschen mit einer Leprakranken vielleicht. Das meiste vom Bier ist noch da. Vielleicht wollen Sie die angebrochene Dose in die Dritte Welt schicken.«

Laidlaw stand auf. Sein Zorn erschreckte ihn. Er konnte seine Wut über die Ausflüchte, die Menschen erfanden, kaum zügeln. Vernünftiger wäre es gewesen, sich nicht darum zu scheren. Aber das konnte er nicht. Er glaubte, dass drei Menschen ermordet wurden und sich niemand ernsthaft dafür interessierte, von wem. So ging das nicht.

»Von Ihrer intellektuellen Arroganz wird mir schlecht«, sagte er und hatte keine Ahnung, was er sonst noch sagen sollte.

Er stand da, starrte die Wand an. Wie ein in die Enge getriebenes wildes Tier, war er der, der er war, und das, was er war, und nichts sonst. Er hatte keine Hoffnung, beweisen zu können, was er vermutete. Nur die Hälfte einer Vorstellung, und niemand war auch nur im Ansatz bereit zuzugeben, dass die andere Hälfte überhaupt möglich war. Er wusste, dass sie logen. Aber das war alles, was er wusste. Im Moment interessierte ihn nichts anderes.

»Ich kenne Sie«, sagte er. »Weiß, woher Sie kommen. Sie wollen Ihren Bruder schützen. Da kann Ihr Freund sterben, so viel er will. Das geht Sie nichts an. Oder doch? Uns alle geht es etwas an. Und nichts anderes. Wie wir sterben, das ist wichtig, jeder Einzelne, und sonst nichts. Eck Adamson ist tot. Ich werde ihn anständig beerdigen. Das können Sie mir glauben. Und Sie werden mir dabei helfen oder Sie lassen es bleiben. Aber ich werde ihn beerdigen. Ich meine, im Kopf. Er wird eine ordentliche Beerdigung bekommen, wenigstens im Geiste. Sonst schlage ich einen solchen Krach, wie ich es mir nicht mal selbst vorstellen kann. Ich will Ihren Bruder nicht, Gus Hawkins. Wenn er es nicht gewesen ist, will ich ihn nicht. Aber ich werde dahinterkommen, was passiert ist. Das werde ich. Glauben Sie's lieber.«

Laidlaw wusste nicht wie, bis sich Gus Hawkins erhob und seinen Parka überzog. Er sah sich im Zimmer um, dann sah er Laidlaw an. Ein seltsamer Augenblick. Endlich hatte Laidlaw das Gefühl, jemand habe nicht nur seine wütend artikulierten Worte, sondern auch den Schmerz gehört, der sich darunter verbarg, und war bereit, ihn zu teilen. Der Kontakt zwischen ihnen war hergestellt.

»Haben Sie einen Wagen?«, fragte Gus.

Laidlaw nickte.

»Ich fahre Sie hin. Mehr nicht. Der Rest liegt an Ihnen.«

Im Wagen erzählte Gus, dass sie Gina hieß. Sie war Italienerin. Tony Veitch und sie waren ein Paar gewesen. Gus kannte ihren Nachnamen nicht, aber er wusste, in welchem Haus sie wohnte. Als er aus dem Wagen stieg und sagte, er wolle nach Hause laufen, lächelten sie einander an, als teilten sie ein Geheimnis.

»Ich hoffe, Sie kriegen es hin«, sagte Gus.

»Für uns beide«, sagte Laidlaw. »Hab ich recht?«

Gus nickte.

32

DER NAME AN DER TÜR war der erste italienische, der ihm ins Auge fiel. Er klingelte. Sie trug eine schwarze Cordhose mit einer schwarzen Bluse darüber. Sie sah aus wie eine Frau, für die man ein paar rote Ampeln überfahren würde, nur um schneller zu ihr nach Hause zu kommen.

»Gina?«

Sie taxierte ihn einen Augenblick und ließ aufgrund eines Missverständnisses ein großzügiges Lächeln erstrahlen, wie eine Blüte, die sich viel zu früh für die Jahreszeit öffnet. Sie nahm an, man habe ihm von ihr erzählt, und jetzt zog sie an seinem Arm. Er kam sich vor, als hätte er ihr etwas aus der Handtasche geklaut.

»Ich hab nicht viel Zeit. Aber …« Sie sah auf die Uhr. »Ein paar Minuten kannst du bleiben. Nur ein paar. In Ordnung?«

Er kam rein. Sie machte die Tür zu und ging ihm voran ins Wohnzimmer. Sie trug hohe, hinten offene Schuhe. Er bot ihr eine Zigarette an, gab ihr Feuer und setzte sich ihr gegenüber, um sich selbst eine anzuzünden, und dachte erneut, dass so viel Vertrauen gefährlich sein konnte. Auf dem Boden stand eine offene Reisetasche mit drei frisch gebügelten Hemden.

»Ich hab nicht viel Zeit«, sagte sie und lächelte erneut. »Du bist nett.«

»Das findet niemand außer dir und meiner Mutter«, sagte Laidlaw. Kurz zögerte er, den Augenblick in sein praktisches

Anliegen zu überführen. Es war eine angenehme Auszeit. Ihm gefiel das dekadent Unschuldige ihres Irrtums. Aber es war unfair, die Situation weiter in die Länge zu ziehen.

»Bist du schüchtern?«

Er lachte.

»Dachte nicht, dass man das merkt.«

»Willst du reden? Hast du ein Problem?«

»Tausende«, sagte Laidlaw. »Hast du ein Jahr Zeit? Nein, dann hör zu. Ich erklär dir lieber was. Ich bin Polizist.«

Das war der Abschied aus dem kommerziellen Garten Eden. Plötzlich wirkte das, was ein unkomplizierter Austausch hätte werden können, wie ein Computer-Job. In ihren Augen spielten sich komplexe Vorgänge ab. Ihr Gesicht war unbeweglich wie Beton. Um das Gefühl der Fremdheit zu vervollständigen, reichte er ihr resigniert seine Visitenkarte.

»Das ist unfair«, sagte sie und gab sie ihm zurück. »Ich mag keine Polizisten. Viele wollen nicht bezahlen. Du hast nicht gesagt, dass du Polizist bist.«

»Ich sag's dir jetzt. Komm schon. Du hättest mich sowieso reingelassen, Liebes. Schau, ich will dir nur ein paar Fragen stellen. Über jemanden, der tot ist.«

»Ich kenne niemanden, der tot ist.«

»Jeder kennt jemanden. Dieser hieß Tony Veitch.«

Sie hatte nicht gewusst, dass er tot war, da war er sicher. Auf ihrem Gesicht zeichnete sich erst der Schrecken ab und dann der Versuch, sich darüber klar zu werden, was sein Tod für sie bedeutete. Sie wusste nicht, wie sie reagieren sollte.

Was nach Traurigkeit aussah, verwandelte sich in Nachdenklichkeit, Unruhe, dann Panik.

»Tut mir leid«, sagte sie. »Du musst gehen. Ich erwarte jemanden.«

Halb erhob sie sich.

»Warte mal«, sagte Laidlaw. »Das fällt dir aber plötzlich ein.«

»Er kommt gleich«, sagte sie.

So wie sie es sagte, klang es nach einer Flutwelle. Sie durchquerte den Raum und steckte die Hemden sorgfältig in die Reisetasche, als könnte sie damit alle Probleme lösen. Sie drehte sich um, schien etwas zu suchen und nicht zu finden. Laidlaw fragte sich, ob es vielleicht Sandsäcke waren. Er stand auf.

»Gina. Wer?«

Sie drehte den Kopf und Laidlaw geriet erneut in ihr Blickfeld, sie verscheuchte ihn mit einer Handbewegung wie eine Mücke.

»Davon hat er mir nichts gesagt.« Ihre Hand fuhr an ihren Mund, verschloss ihn. »Ich darf nicht mit dir sprechen. Er ist gleich da.«

Sie fing an zu weinen. Laidlaw packte sie an den Schultern und spürte die Panik, die sie durchfuhr wie ein kleines Erdbeben. Er hielt sie fest, erdete ihre Hysterie. Das Tröstliche der Berührung, vielleicht auch die Behutsamkeit, unter deren Entzug sie litt, lösten Emotionen in ihr aus und sie lehnte sich an ihn und überließ sich hemmungslos ihren Tränen. Die Arme um sie gelegt, ließ er sie weinen. Sie brauchte ihre Tränen, um sich einzugestehen, dass sie mit dem, was geschah, nicht mehr länger klarkam.

Schließlich sagte er: »Setz dich, Gina.«

Sie setzte sich langsam. Dann gab er ihr ein Taschentuch, und während sie sich das Gesicht damit trocknete, zündete er eine Zigarette an und reichte sie ihr. Er ging in die kleine Küche, füllte den Wasserkocher und steckte den Stecker in die Dose. Von der Tür aus beobachtete er sie.

»Ich mache einen Tee.«

Die Erkenntnis, dass er blieb, erneuerte ihre Panik.

»Aber er kommt.«

»Gina, wer zum Teufel? Sofern es nicht Godzilla ist, reagierst du ein bisschen heftig, Liebes. Lass ihn doch kommen. Ich warte mit dir. Wer ist es denn?«

»Ein Mann.«

»Ich bin Detective, Gina. So viel hab ich mir schon zusammengereimt.«

Sein Versuch, sie damit zum Lachen zu bringen, blieb erfolglos, aber sie warf ihm einen Blick zu, als würde sie ihn jetzt tatsächlich sehen. Sie zog entschlossen die Nase hoch und ihr Körper hörte auf zu beben. Sie kam ein bisschen zur Ruhe.

Er spülte zwei Becher aus, fand alles, was er brauchte, und machte Tee. Zucker wollte sie keinen. Mit den Bechern auf dem Sofa sahen sie aus wie ein nettes Pärchen, das es sich zu Hause gemütlich gemacht hatte.

»Wer ist es, Gina?«, fragte er.

Er musste ihr Zeit geben, sich zu entscheiden.

»Er heißt Mickey Ballater.«

»Tricky Mickey«, sagte Laidlaw. »So wurde er früher genannt. Dann ist er Privatdetektiv geworden. Der Schnüffler aus Birmingham. Was hast du mit ihm zu tun?«

Er sah ihr an, dass sie mit dem Gedanken spielte, sich eine Amnesie zuzulegen.

»Gina, ich warte sowieso, bis er kommt. Wäre besser für mich und für dich, wenn ich wüsste, worauf ich mich gefasst machen muss.«

»Letzte Woche ist er gekommen. Und seitdem hier.«

»Aber warum? Warum ist er zu dir gekommen?«

Sie schloss die Augen, schüttelte den Kopf.

»Ist eine schmutzige Geschichte.«

»Das sind die meisten.«

»Paddy Collins?«

Laidlaw nickte.

»Ich komme aus Neapel. Mein Mann kommt aus Neapel. Wir haben geheiratet und sind hergekommen. Ein Cousin von meinem Mann hat mit seiner Familie ein Café. Er soll arbeiten. Aber er arbeitet nicht. Wir streiten, ich bin schwanger. Ich bekomme das Kind. Dann lerne ich Paddy Collins kennen. Er ist in Ordnung. Aber dann macht er einen Vorschlag. Wovon soll ich leben? Ich will es nicht. Aber ich mache es trotzdem.«

Laidlaw überlegte, wie oft er schon ganze Lebensgeschichten auf die Länge einer Kleinanzeige reduziert gesehen hatte. Lag es an ihrem schlechten Englisch, dass es so schlicht klang. Er vermutete einen schrecklichen unaussprechlichen Schmerz hinter den Worten, aber vielleicht hatte er auch nur zu viel Fantasie.

»Versteh mich nicht falsch. Ich mache Paddy keinen Vorwurf. Vielleicht hätte ich es sowieso gemacht.« Sie sah ihn herausfordernd an. »Manchmal habe ich auch nichts dagegen.«

Er zuckte mit den Schultern, enthielt sich eines Urteils.

»Aber dann passiert was Schreckliches. Was sehr Schreckliches. Paddy nimmt mich mit zu einem Treffen. Der Mann soll nicht wissen, wie ich mein Geld verdiene. Damals wusste ich nicht warum. Jetzt schon. Er heißt Tony Veitch.«

»Lass mich raten«, sagte Laidlaw. »Klingt nach einem alten Drehbuch. Du und Tony, ihr kommt zusammen, hab ich recht? Und nach einer Weile taucht dein Ehemann auf, der das mit Veitch rausbekommen hat, und verlangt, dass er dich freikauft.«

Sie sah Laidlaw an, erleichtert darüber, dass ihr der schmerzhafte Bericht erspart blieb.

»Ich hab es nicht gewusst. Und als sie's mir gesagt haben, hatte ich zu viel Angst auszusteigen.«

»Wer ist der Ehemann?«

»Mickey Ballater.«

»Da hast du dir aber einen Schönen ausgesucht.«

»Hab ihn mir nicht ausgesucht.«

»Nein, ich weiß, Liebes. Das ist also die Geschichte. Deshalb hat Ballater Tony Veitch gesucht?«

Sie nickte.

»Vielleicht hat er ihn gefunden. Tricky Mickey. Kann sein. Paddy Collins hat Geld von Tony Veitch verlangt? Und Ballater sollte es ihm abnehmen?«

»Aber Tony ist verschwunden. Ich war froh. Tony war nett.«

»Weißt du, ob Mickey Ballater ihn gefunden hat?«

»Er sagt mir nichts.«

»Hat er jemals einen Eck Adamson erwähnt?«

»Nein.«

»Wann ist Ballater gekommen?«

Sie dachte nach.

»Am Freitag.«

»Hattest du den Eindruck, dass er gerade erst in Glasgow angekommen ist?«

»Er ist nachts gekommen. Am nächsten Tag hat er gesagt, dass er seine Sachen aus der Gepäckaufbewahrung holt. Die hat er mitgebracht.«

Sie nickte Richtung Reisetasche.

»Die will er jetzt abholen, oder?«

Ihre erneut aufflammende Angst genügte als Antwort.

»Ist er bewaffnet?«

Sie begriff nicht.

»Hat er eine Pistole dabei?«

»Ein Messer.« Sie verschränkte die Arme, versuchte sich zu erinnern, auf welcher Seite er es trug. Den linken Arm ließ sie zuerst sinken. »Links, glaube ich.«

»Überleg genau. Ich würde gerne weiteratmen.«

»Ich glaube links.«

»Danke. Falls er's doch rechts trägt, dann sind Gladiolen meine Lieblingsblumen. Wenn er dich damit bedroht hat, müsstest du dich eigentlich erinnern.«

»Das war nicht nötig.«

Sie zog die Ärmel ihrer Bluse hoch. Beide Arme waren mit blauen Flecken übersät, die offensichtlich bei verschiedenen Gelegenheiten entstanden waren, aber fast alle an denselben Stellen. Kein einfallsreicher Sadist. Jetzt, wo sie damit angefangen hatte, erwärmte sie sich für ihren Hass. Sie zog ihre Bluse von der Taille an hoch. Auf dem Bauch hatte sie drei Brandwunden wie von glühenden Zigaretten, nicht vollständig erloschene Vulkane. Laidlaw verbuchte sie auf der Sollseite seiner Wut.

»Tut mir leid, dass ich so persönlich werden muss, Gina. Aber er war bestimmt mit dir im Bett.« Er wartete, aber sie starrte ihn nur an. »Er muss dich da berührt haben.« Er zeigte zwischen ihre Beine. »Mit welcher Hand?«

Er merkte, dass er in ihrem Ansehen sank, wie ein Voyeur. Zimperlichkeiten gedeihen an den seltsamsten Orten.

»Mit der rechten«, sagte sie.

»Also trägt er das Messer links. Hast du ein Telefon?«

»Im Schlafzimmer.«

Laidlaw schrieb etwas auf einen Umschlag, den er aus der Tasche zog und ihr gab. Eine Telefonnummer.

»Wenn du ihn reingelassen hast, gehst du ins Schlafzimmer. Ruf die Nummer an. Verlang bitte, dass zwei Kollegen kommen, sofort.«

»Und du?«

»Ich versuche, ihn hier aufzuhalten.«

»Aber wenn er dich umbringt? Was mach ich dann?«

»Na, wahrscheinlich interessiert mich das dann nicht mehr. Du bist auf dich allein gestellt. Vielleicht kannst du aus dem Fenster springen.«

»Mein Kind schläft.«

»Müsste eigentlich gut gehen. Selbst Mickey Ballater ist nicht so scheiße, dass er keine Grenzen kennt. Nimm dein Kind und verschwinde. Aber egal, ich will hier nicht Gott spielen. Ich versuche nur, mit den Ereignissen Schritt zu halten. Vielleicht ...«

Die Wohnungstür war aufgegangen. Natürlich hat er einen Schlüssel, dachte Laidlaw. Als er sich hinter die Wohnzimmertür stellte, bedankte er sich insgeheim bei Gina dafür, dass sie ihm nichts davon gesagt hatte. Wie konnte sie so dämlich sein, ihn davon sprechen zu lassen, was sie tun sollte, wenn sie Ballater hereinließ, ohne zu erwähnen, dass es gar nicht dazu kommen würde? Sein Magen schmolz. In seinen Händen zuckte etwas wie eine Wünschelrute – Gewalt lag in der Luft, aber wo genau? Er schüttelte den Kopf angesichts ihres flehentlichen Blicks. Er hatte gegeben, was er zu geben hatte. Jetzt musste Laidlaw als Erster ins Boot. Sonst würde niemand gerettet werden. Die Wohnungstür war zugeschlagen und die Schritte kamen durch den Flur. Mit beiden Händen und verschränkten Armen machte Laidlaw eine Geste – du bist auf dich gestellt. Dank eines aus Angst entsprungenen Geistesblitzes nahm Gina die Zeitung von dem weißen Tisch neben dem Sessel und tat, als würde sie lesen. Als die Tür aufging, merkte Laidlaw, dass sie die Zeitung verkehrt herum hielt. Ein erstaunlicher Fehler.

Aber Ballater trat in einen Raum, den er schon kannte.

»Hm«, sagte er. »Ich muss los. Alles fertig?«

Vorsicht überfiel ihn mit wenig Verspätung. Er hielt seltsam inne, nicht aus einem bestimmten Grund, sondern weil er nicht wusste, was hier nicht stimmte. Laidlaw glaubte, dass es der Becher neben dem anderen Sessel war. Er ließ sich keine Zeit, den Gedanken reifen zu lassen. Mit zwei Schritten durchquerte er den Raum, schlug Ballater in den Rücken und stieß ihn mit dem Gesicht vorneweg gegen die Wand.

»Raus, Gina«, schrie Laidlaw.

Laidlaw packte Ballater, versuchte in seine linke Innentasche zu greifen. In Ballater kehrte so etwas wie Ruhe ein und Laidlaw glaubte, es geschafft zu haben. Durch den Stoff spürte er etwas Hartes und dann etwas noch Härteres. Es war Ballaters Ellbogen in seinem Magen. Laidlaw schnappte nach Luft, und als er einknickte, stieß ihm Ballater den Ellbogen ins Gesicht. Laidlaw torkelte mehrere Schritte zurück zur Tür, knallte sie zu.

Die Angst erweiterte sein Blickfeld. Er sah, dass Gina entkommen war. Er sah, dass der Raum kleiner war als gedacht. Er sah einen Vogel am Fenster vorbeifliegen. Er sah einen schmalen weißen Stuhl an der Wand neben sich, der möglicherweise mehr war als ein Sitzmöbel. Er sah das Messer in Ballaters Hand, lang wie Excalibur. Er sah das Muttermal als Zentrum eines Zorns, was nicht sein Problem hätte sein sollen.

Gedanken zogen kurz an ihm vorbei wie die Waggons eines Zuges, den er gerade verpasst hatte. Was für ein irrer Fall. Er hoffte, der Postbote war in Form. Er hatte es wieder falsch gemacht. Er hatte alles zu sehr durchdacht. Hätte er Ballater nicht um jeden Preis das Messer abnehmen wollen, hätte er ihn k.o. geschlagen. Komm schon. Komm schon. Vielleicht ließ sich ja darüber reden.

»Warte mal, Mickey. Warte mal! Weißt du, wer ich bin?«

Seine eigene Stimme klang in seinen Ohren völlig irre, wild und irrelevant, wie jemand der darauf besteht, sich vor seiner Ermordung vorstellen zu wollen.

»Du bist der, der gleich einsteckt.«

»Ich bin von der Polizei, Mickey.« Ohne dass er etwas dagegen tun konnte, landete sein Ausweis auf dem Boden. »Du bist dabei, einen Polizisten zu töten.«

Der Ausweis lag unverständlich zwischen beiden, schien eine unüberwindliche Barriere zu bilden. Während Mickey zögerte, als würde er gerade so weit in sich gehen, um sich darauf zu stürzen, nahm Laidlaw mit einer geschmeidigen, nervösen Bewegung, so zwanghaft wie ein Orgasmus, den Stuhl und warf ihn Mickey an den Kopf. Die Flugbahn war fast ein Grund, an Gott zu glauben, doch nach vollendeter Landung dann doch eher nicht. Ein Stuhlbein erwischte Mickey über dem rechten Auge. Er ging in die Knie. Das Messer blieb in der Wand stecken, als hätte es so sein sollen. Laidlaw kroch hin und schnappte es sich.

Während Laidlaw keuchend mit dem Messer stehen blieb, lag Mickey keuchend und ohne Messer auf dem Boden. Beide waren durcheinander.

»Was soll das?«, fragte Mickey.

»Das möchte ich gerne von dir wissen«, sagte Laidlaw.

Er sah Blut auf Mickeys linker Seite durch sein Hemd sickern, was Laidlaw verwirrte, weil es nicht das Ergebnis ihrer Prügelei sein konnte.

33

MANCHMAL GLAUBT MAN IHNEN, manchmal nicht. Laidlaw hatte ihm zunächst geglaubt. Erst als es schon zu spät war, hatte Ballater erfahren, wo Veitch war. Außerdem hatte er sowieso nur Geld von ihm gewollt. Der Rest war Cam Colvins Sache. Und Ballater war ein Mann mit einem Messer, so feinsinnig wie ein Verkehrsunfall. Weshalb würde er es nach einem Selbstmord aussehen lassen? Genauso wahrscheinlich wie ein Gorilla, der sich mit Origami beschäftigt. Tricky Mickey, ja vielleicht schon, aber derbe Tricks, Slapstick, der wehtut, nicht die dramaturgisch ausgeklügelte Bösartigkeit, die Laidlaw in dem verkabelten Tony Veitch erkannte.

Der Tote ließ ihm keine Ruhe, schien Laidlaws ganz persönliche Maximen zu verspotten, denen zufolge harten Fakten nachgegangen werden musste, bis sie ihre volle Bedeutung offenbarten. Dass Ballater wegen Waffenbesitzes in Gewahrsam saß und Gina sich in vorübergehender Sicherheit dem normalen Elend ihres Alltags überließ, linderte keineswegs dieses Gefühl. Der gerade vergangene Moment war wie ein Startbeschleuniger, hatte seine Relevanz bereits verloren. Er diente nur dazu, ihn auf seiner manischen Umlaufbahn weiterzutreiben, befeuert von dem zwanghaften Verlangen, herauszufinden, was nach Ansicht aller anderen gar nicht existierte.

Seine Sorgen hatten sich zu einer einzigen verfestigt, und als er erneut in Gedanken vertieft in Lynsey Farrens Wohnzimmer in East Kilbride stand, war er nicht sicher, ob er sich überhaupt noch genau erinnern konnte, wie er dorthin gekommen war. Außerdem war er nicht sicher, was er überhaupt dort wollte. Von den anderen wusste es jedenfalls niemand. Er ähnelte den Nachrichten von gestern, für die sich auch niemand mehr interessierte.

Widerwillig hatte man ihn hereingelassen. Jetzt, da er eingetreten war, beachteten sie ihn kaum. Lynsey Farren packte. Ihr Gesicht war rot gefleckt vom Weinen und sie stopfte abwesend Sachen in zwei große Lederkoffer auf dem Boden.

Ihr Vater Lord Farren wartete auf sie, um sie nach Hause auf sein Anwesen zu holen. Er sah aus wie Mitte achtzig und stand so ungewiss herum, als wüsste er nicht ganz genau, in welchem Jahrhundert er sich befand, vom Wochentag mal ganz zu schweigen. Wer Laidlaw war und was er wollte, blieb ihm ein Rätsel. Ein charmanter alter Herr, der Laidlaw gefragt hatte, wie er zu der Beule im Gesicht gekommen war. Immer wieder kehrte er zum Fenster zurück, suchte ständig etwas, das er nicht fand, möglicherweise eine Droschke, die ihn an eine Adresse brachte, die es längst nicht mehr gab.

Der Mercedes draußen, den Laidlaw wiedererkannt hatte, gehörte Milton Veitch. Mr Veitch war hier, um Lynsey und ihren Vater zu begleiten. Er hatte es übernommen, sich um beide zu kümmern. Nachdem er seine Trauer männlich überwunden hatte, half er Lynsey nun beim Packen und erklärte Laidlaw, sie wünschten in Ruhe gelassen zu werden. Gegenüber Lynsey zeigte er sich beflissen. Ein Außenstehender hätte ihn für einen netten Mann gehalten, der das Richtige tut.

Rechtschaffenheit ist ein scheinheiliges Miststück, dachte Laidlaw. Sie würde noch die Pullover ihrer schlotternden Kinder auftrennen, um aus der Wolle öffentlich Handschuhe für einen guten Zweck zu stricken.

»Ich muss nur mit Miss Farren sprechen«, sagte Laidlaw.

»Nein, müssen Sie nicht«, sagte Veitch. »Sie hat bereits genug gelitten. Das haben wir alle.«

»Nicht so wie Tony.«

Lynsey brach bei der Erwähnung seines Namens in Tränen aus, fing laut an zu schluchzen. Veitch legte den Arm um sie.

»Was für eine geschmacklose Bemerkung!«, sagte er. »Wie können Sie es wagen!«

Lord Farren wandte sich vom Fenster ab und betrachtete die weinende Lynsey. Sie muss ihm wie ein Gemälde vorgekommen sein, an dem er zufällig im Museum vorbeikam. Anscheinend konnte er keinerlei Zusammenhang zwischen ihrer Reaktion und den vorangegangenen Ereignissen herstellen.

»Lynsey, Liebes«, sagte er und kam zu ihnen herüber. Veitch führte sie beide ins Schlafzimmer, blieb eine Weile mit ihnen dort, dann kam er wieder heraus und schloss die Tür. Er sah Laidlaw an, als wäre dieser sehr klein. Seine Verachtung war abschüssig wie eine Steilklippe.

»Macht es Ihnen Spaß, andere Menschen zu quälen?«, fragte er.

»Ich muss mit Miss Farren sprechen.«

»Das geht nicht.«

»Und wie soll es weitergehen? Sie ziehen sich hinter Ihre Schützengräben voller Geld zurück und belassen es dabei? Das kann ich nicht. Ich lebe hier. Ich muss wissen, wie es wirklich war.«

»Das ist Ihr Problem. Wir haben das Recht, mit dieser Tragödie umzugehen, wie es uns am besten passt.«

»Nein, haben Sie nicht. Nicht, wenn das auf Kosten der Wahrheit geht. Die werden Sie nicht auch noch an sich reißen. Ein Teil davon gehört mir. Und ich will ihn haben. Hören Sie, ich glaube, dass Ihr Sohn ermordet wurde.«

»Und ich glaube, dass Sie den Verstand verloren haben. Und ich halte Ihren Besuch für Schikane. Weshalb sind Sie überhaupt alleine hier? Das entspricht wohl kaum den Vorschriften. Ihnen sind alle anderen doch egal.«

»Ich komme mir vor, wie Alice hinter den Spiegeln«, sagte Laidlaw. »*Mir* sind die anderen egal? Ihr Sohn ist *tot*. Und Ihnen fällt nichts Besseres ein, als einer Freundin beim Packen zu helfen, die mehr darüber weiß, als sie zugibt. Sie wollen sie schweigend abtransportieren. Wissen Sie, was Sie da machen? Sie vertuschen den Tod Ihres eigenen Sohns. Verhüllen ihn. Aber warum? Weil Sie wissen, dass die Wahrheit Sie nicht gut aussehen lässt?«

»Das reicht«, sagte Veitch. »Ich rufe Bob Frederick an. Der wird sich darum kümmern.«

Laidlaw konnte es kaum fassen. Die Erwähnung des Commanders sollte als ultimative Strafandrohung dienen, wirkte aber wie aus einer anderen Welt. Glaubte er wirklich, dass seine Beziehungen eine Rolle spielten?

»Rufen Sie ihn an«, sagte Laidlaw. »Rufen Sie ihn am besten sofort an.«

»Ich rufe ihn an, wann es mir passt.«

»Nein, Sie tun's ja doch nicht. Hören Sie, wenn Sie irgendwo anrufen und mich fertigmachen wollen, dann nur zu. Aber drohen Sie mir nicht damit. Sie wollen Strippen ziehen? Ziehen Sie. Ich werde dafür sorgen, dass Sie sich dran strangulieren. Und sollte mir das nicht gelingen, verliere ich gerne. Weil es mir das nicht wert ist. Aber wenn Sie sowieso nicht anrufen, dann gehen Sie mir aus dem Weg und lassen Sie mich mit dem Mädchen sprechen. Überlegen Sie sich das.«

Veitch fiel leicht in sich zusammen und setzte sich. Er vergrub das Gesicht in den Händen, dann blickte er auf.

»Laidlaw. Glauben Sie, der Tod meines Sohnes ist mir egal?«

»Mr Veitch. Das interessiert mich nicht. Ich will nicht mit Ihnen sprechen. Das habe ich bereits versucht. Lassen Sie mich jetzt mit dem Mädchen reden.«

»Laidlaw, ich *wünschte,* ich könnte Ihre Überzeugung teilen. Aber ich habe meinen Sohn gekannt. Sie wollen glauben, er sei zu keinem Selbstmord imstande gewesen. Aber ich weiß, dass er es war. Gott möge mir verzeihen. Ich *weiß* es. Ich habe erlebt, dass er sich von jeder zweifelhaften Extremisten-Philosophie verführen ließ. Er hat sich zur intellektuellen Hure gemacht, nur um mir irgendeinen eingebildeten Fehltritt heimzuzahlen. Seit er die Universität besuchte, ist sein Verstand zum Sumpf verkommen. Zum Nährboden für Krankheiten. Er war zu allem fähig. Das weiß ich.«

»Mr Veitch. Wissen Sie, was ich denke, was mit Ihnen los ist? Ihnen ist die Lust auf Whisky vergangen, weil Ihnen die Kneipe gehört. Erzählen Sie mir nicht, was Sie wissen. Sie erkennen die Wahrheit nur, wenn Bank of Scotland draufsteht. Ich will keine Zeit mit Ihnen verschwenden, Mr Veitch. Wirklich nicht. Wer sind Sie? Der Hüter des Goldenen Vlieses? Lassen Sie die Menschen selbst sprechen. Wenn Sie so sicher sind, dass Sie recht haben, dann erlauben Sie mir doch, es zu überprüfen. Ist das zu viel verlangt?«

Mr Veitch stützte erneut den Kopf auf die Hände. Langsam blickte er auf.

»Ich gebe Ihnen fünf Minuten mit Lynsey«, sagte er.

»Mr Veitch«, erwiderte Laidlaw. »Sie werden mir so lange geben, wie ich brauche. Ihr Sohn ist tot, und mir ist es wichtiger zu erfahren, warum und wie er gestorben ist, als Ihnen. Dadurch habe ich Rechte. Gehen Sie und holen Sie jetzt bitte Lynsey.

Und wenn Ihnen andere tatsächlich nicht egal sind, dann achten Sie darauf, dass ihr alter Herr dort drüben bleibt. Seinem Gemüt muss man das wirklich nicht mehr zumuten.«

Als sie rüberkam, wirkte sie relativ gefasst. Sie hatte die Tür zum Schlafzimmer hinter sich zugezogen, im Vorbeigehen einen Kofferdeckel zuklappen lassen und anschließend in einem der Ledersessel vor dem Elektrokamin Platz genommen. Aber ihr war nicht bewusst, dass sie in Laidlaws Zwangsvorstellung spaziert war. Der Raum war nicht viel mehr als die Kulisse seiner Stimmung. Er setzte sich ihr gegenüber.

»Erzählen Sie mir, was passiert ist«, sagte er.

»Wie bitte?«

»Erzählen Sie mir die Wahrheit, soweit Sie sie kennen.«

»Worüber?«

»Über die Wirtschaftslage der Nation. Was glauben Sie wohl? Über Tony Veitch.«

»Ich habe Ihnen gesagt, was ich weiß.«

»Sie haben mir gar nichts gesagt. Ich habe hier gesessen und mir ihr Kabarett angesehen. Na schön. So viel dazu. Aber jetzt ist jemand tot, der ihnen angeblich viel bedeutet hat. Nehmen Sie die Maske ab. Ich will alles wissen, das mir helfen kann.«

»Ich weiß nicht, was Ihnen helfen kann.«

»Dann gebe ich Ihnen einen Tipp. Wer hat Sie verprügelt?«

»Das ist meine Sache.«

»Nein, ist es nicht. Sie verstehen mich immer noch nicht. Ich habe den toten Tony Veitch gesehen. Gegrillt wie ein Stück Fleisch vom Schlachter.«

Sie schnappte nach Luft und bedeckte die Augen.

»Sie können eine ganze Woche lang weinen, Miss Farren, das zählt nicht. Der Anblick hat sich mir in den Kopf gebrannt. Und ich kann Ihnen das nicht abnehmen. Vielleicht sind Sie sensibel, aber vielleicht auch nicht sensibel genug. Von Belang ist jetzt nicht, welche Wirkung sein Tod auf Sie hat, sondern was Sie damit anfangen. Empfinden Sie sehr stark, dann setzen Sie sich ein für den Mann, für den Sie so empfinden. Jemand ist gestorben, und ich glaube nicht, dass er es verdient hatte.«

Sie weinte leise.

»Also erzählen Sie mir jetzt, wer Sie neulich abends hier verprügelt hat.«

»Das war ...« Die Worte ertranken im Rotz. »Paddy Collins.«

Laidlaw nickte, weil sie endlich bereit war, die Wahrheit zu sagen.

»Sie waren seine Freundin, bevor Sie mit Dave McMaster zusammenkamen. Ist er deshalb ausgeklinkt?«

Sie schüttelte den Kopf.

»Das war's nicht.«

Laidlaw wartete. Sie so zu sehen tat ihm weh, aber es hätte ihm noch mehr wehgetan, sie in Ruhe zu lassen. So wie er sich fühlte, hätte ihn der andere Schmerz umgebracht.

»Als Paddy und ich noch zusammen waren, hab ich ihm von Tonys Geld erzählt. Neulich Abends dachte er, ich wüsste, wo Tony ist. Das hat er gesagt und auch, wenn er mich schon nicht haben kann, dass er dann wenigstens seinen Verlust minimieren will. Geld rausschlagen. Er wollte wissen, wo Tony ist, und mich zwingen, es ihm zu verraten. Aber ich hab's nicht gewusst. Ehrlich nicht. Und ich bin froh. Er hat mir so wehgetan, ich denke, ich hätte es ihm gesagt. Aber zum Glück wusste ich es nicht.«

»Wer hat mitbekommen, was Paddy Ihnen angetan hat?«

»Dave und Tony. Deshalb hat Tony Paddy Collins umgebracht. Ich weiß, dass er ihn deshalb umgebracht hat. Seit wir klein waren, hat er immer wieder gesagt, dass er niemals zulassen wird, dass mir jemand was tut. Tony konnte wild sein. Sie haben noch keinen Wilderen gesehen als Tony.«

»Vielleicht doch. Möglicherweise.«

»Nein. Sie haben ihn nicht gekannt. Wissen Sie, als Sie das letzte Mal mit dem anderen Mann hier waren, da wollte ich Tony schützen. Ich habe Ihnen nichts erzählt, weil ich nicht wollte, dass ihm was passiert. Ich wusste, dass er's für mich getan hat. Er hat mich noch geliebt, wissen Sie? Wie hätte ich ihn da nicht schützen können, wo er mich doch auch nur schützen wollte? Er hat geliebt wie ein Engel. Das war sein Problem. Ich glaube, ich habe seinen Brief verloren, weil ich mich geschämt habe, ihn zu behalten. Er hat mich so sehr geliebt, dass ich ein schlechtes Gewissen bekam, weil meine eigene Liebe weniger groß und gewaltig war. Hätten Sie ihn kennengelernt, würden Sie verstehen, was ich meine. Auch als ich schon begriffen hatte, dass er den bemitleidenswerten alten Mann umgebracht hat, hätte ich ihn mit meiner Aussage nicht ins Gefängnis bringen können. Ich weiß nicht, warum er das getan hat. Vielleicht, weil der Alte über Paddy Collins Bescheid wusste. Er muss zu dem Zeitpunkt schon sehr verzweifelt gewesen sein. Über Alma habe ich erfahren, wo er war. Und wir haben versucht, ihm zu helfen. Aber wir kamen zu spät. Ich wünschte, wir wären früher gekommen. Ich wünschte, wir wären schneller gewesen.«

Laidlaw starrte an ihr vorbei, konzentrierte sich insgeheim auf die Verdichtung seiner Verdachtsmomente.

»Wer sind wir?«

»Dave und ich.«

»Wie wollten Sie helfen?«

»Wir haben Macey Informationen zukommen lassen. Damit er sie der Polizei weitergibt.«

»Warum haben Sie nicht selbst mit der Polizei gesprochen?«

Sie zögerte. Er fand ihre Diskretion rührend, als glaubte sie, Laidlaw wüsste es nicht längst.

»Weil Dave ein paar Bekannte hat, denen das nicht gefallen hätte.«

Jetzt war Laidlaw sicher. Fehlte nur noch die Bestätigung.

»Wären wir nur schneller gewesen«, sagte sie.

Sie starrte auf verschenkte Chancen. Laidlaw fragte sich, ob es Menschen gab, die nie etwas richtig hinbekamen, immer das Falsche bereuten, Mitleid verteilten wie bleierne Gewichte an Ertrinkende. Er stand auf und ging zur Schlafzimmertür, klopfte und stieß sie auf. Mr Veitch stand schon dort, bevor die Tür auch nur halb aufschlug.

»Ich denke, Sie sollten Miss Farren jetzt nach Hause bringen«, sagte Laidlaw.

»Du liebe Zeit, herzlichen Dank auch! Sind Sie denn sicher, dass Sie uns das erlauben möchten?«

Laidlaw sah ihn an. Mr Veitch machte sich über ihn lustig, seine Hauptsorge galt im Moment der Wiederherstellung seiner Autorität. Über den eigenen Tellerrand vermochte er nicht zu blicken. Hätte er's getan, wäre er von der Erdscheibe gestürzt.

Laidlaw dachte, und das nicht zum ersten Mal, dass es Menschen gab, die sich nur an die Beschimpfungen erinnern konnten, wenn ihnen ein Sterbender das Geheimnis allen Lebens von Beleidigungen begleitet verraten hätte.

»Sie sind ein zutiefst mitfühlender Mann«, sagte Laidlaw.

»Wussten Sie eigentlich, dass Ironie die niedrigste Form von Scharfsinn ist?«

»Davon bin ich nicht überzeugt«, sagte Laidlaw. »Ich denke, das trifft eher auf Klischees zu.«

Er ging zur Tür. Auf dem Weg berührte er Lynsey Farren sachte am Kopf.

»Viel Glück«, sagte er.

Beim Hinausgehen dachte er, dass ihr noch Schmerzhafteres bevorstand.

34

»THE CRIB« WAR GESCHLOSSEN. Ein höchst seltsamer Umstand und ebenso unwahrscheinlich wie ein Tag, an dem die Sonne nicht aufgeht. Zwei Männer standen vor verschlossener Tür. Einer sah sich amüsiert um, dann zum Himmel hinauf, als wollte er sich vergewissern, dass er sich nicht aus Versehen im Universum geirrt hatte. Als Laidlaw näher kam, gingen sie weiter. Einer sagte: »Vielleicht ist eine Atombombe hochgegangen und wir haben's nicht mitbekommen.« Laidlaw ließ sie um die Ecke verschwinden. Dann hämmerte er gegen die Tür. Nichts. Noch einmal.

Sie öffnete sich einen Spalt, hing noch an der Kette. Es war Charlie, der Barmann, der auch schon im »Gay Laddie« gearbeitet hatte. Er kannte Laidlaw.

»Ja?«

Sein Gesicht war so einladend wie ein breiter Rücken.

»Charlie, ich suche jemanden.«

»Und?«

»Ist jemand da?«

Beide hörten Stimmen.

»Na ja.« Charlie testete in Gedanken verschiedene Sprüche. »Wir haben Belegschaftsversammlung.«

Laidlaw fragte sich, was wohl auf der Tagesordnung stand: Wer ist nächste Woche mit der Leichenentsorgung dran?

»Deshalb ist noch nicht geöffnet. Wen suchst du denn?«

Laidlaw lächelte, schenkte Charlie einen Blick, der ihn davor warnte, frech zu werden.

»Kann mich nicht an seinen Namen erinnern, Charlie. Aber wenn ich ihn sehe, weiß ich, dass er's ist. Lässt du mich rein?«

Charlie starrte über Laidlaws Kopf hinweg. Er wirkte abwesend, als würde er telepathische Botschaften empfangen.

»Kannst du mal eine Minute warten?«

»Kein Problem.«

Charlie verschwand hinter der Tür, wollte sie schließen. Laidlaw schob eine Hand in den Spalt. Charlies Gesicht tauchte mit fragendem Blick darin auf.

»Lass mir einen Spalt breit Hoffnung, Charlie.«

Charlie zog los. Als er seine Schritte im Gang hörte, trat Laidlaw die Tür auf, riss die Kette aus ihrer Halterung am Rahmen. Charlie fuhr herum, als er hereinkam und ihn ansah. Laidlaw hob die Hand.

»Tut mir leid«, sagte er. »Bin gegen die Tür gefallen, dabei ist die Kette abgerissen. Jetzt, wo ich schon mal drin bin …«

Er machte die Tür zu und folgte Charlie an die Bar. Laidlaw ertappte sich bei dem Gedanken, dass Bob Lilley vielleicht doch recht gehabt haben könnte. Vielleicht verlor er wirklich den Bezug zur Realität. So machte man das nicht. Die Arbeit eines Detective bestand in der einfühlsamen Symbiose mit der Welt der Verbrecher, im Ausbalancieren gegenseitigen Respekts. Man hoffte, wenig geben zu müssen, um viel zu bekommen. Dabei kam es darauf an, das fragile Netz, zu dem beide gehörten, nicht zu zerreißen, wobei man die eigenen Sinne ständig neu auf verschiedene Abschnitte dieses Netzes richten musste, um mitzubekommen, was vor sich ging.

Das Wahnsinnige seines Vorhabens überfiel Laidlaw plötzlich mitten im Raum. Er fühlte sich dem eigenen Verständnis seines Tuns voraus; kein schönes Gefühl für einen Polizisten. Aber es war zu spät. Jetzt konnte er nicht mehr zurück. Stattdessen sah er sich im Raum um, ein geübter Einbrecher, der nur mitnahm, was er auch gebrauchen konnte.

John Rhodes und Cam Colvin. Andere waren auch noch da, aber das Treffen drehte sich um diese beiden. Es musste etwas sehr Ernstes sein. Deshalb blieb das Pub geschlossen. Für ihn war das von Vorteil. Er wusste, dass sie nicht wollten, dass irgendjemand etwas mitbekam. Die Grobheit, mit der er eingedrungen war, hatte ihm ein Ansehen verschafft, das die Verärgerung möglicherweise überwog. Vielleicht hatte er seine Kontakte auf lange Sicht irreparabel beschädigt, aber so wie es ihm gerade ging, musste er sich um Langfristiges nicht scheren. Sie warteten. Er wandte sich zuerst an John Rhodes, weil es sein Pub war.

»Gerade hab ich zu Charlie gesagt …«

»Hab's gehört«, sagte John Rhodes.

Cam Colvin sah zur Tür, dann zu Charlie. Charlie schüttelte den Kopf. Cam entspannte sich.

»Ganz schön ungehobelt, Jack«, sagte er.

»Kann sein«, meinte Laidlaw. »Ich nehm Tabletten dagegen.«

»Solltest vielleicht mal den Arzt wechseln«, sagte John Rhodes. »Die Tabletten scheinen nicht zu helfen. Unerlaubtes polizeiliches Eindringen? Gefährlich.«

»Bin gefallen. Habt ihr's nicht gesehen? Aber mach mir lieber keine Angst, John. Ich heul nicht gerne in der Öffentlichkeit.«

Laidlaw sah sie unschuldig an. Sein Ausdruck war eine stolze Parade, hinter der sich ein Gemüt duckte, das den Aufmarsch fürchtete. Aber ein Anblick geriet in seinen Blick, der das Gefühl umschlagen ließ. Als er Hook Hawkins sah, den er vom Fall Bryson her kannte, bleich wie ungebackenes Brot und eindeutig angeschlagen, fiel ihm wieder ein, dass er Gus Hawkins' Bruder war. Sie hätten aus derselben Plazenta stammen können. Die Verbindung ließ seine Bedenken erneut auflodern. Er würde der Sache auf den Grund gehen. Der Fall hatte den Toten zu schnell erreicht. Zu viele Möglichkeiten waren zum Schweigen gebracht worden, zu viele Querverbindungen blieben ungeklärt.

»Egal«, sagte Laidlaw.

Er hoffte, dass weitere Worte unterwegs waren. Mit der Entgegnung hatte er klargestellt, dass er an Rhodes' Kritik nicht interessiert war. Und den Raum damit übernommen. Jetzt musste er nur noch herausbekommen, was er damit anstellen wollte.

»Was willst du?«, fragte John Rhodes.

Er hatte keine Ahnung. Aber Gott sei Dank war der Mann dort, den er zu sehen gehofft hatte. Macey, unbeweglich vor Nervosität, versuchte so zu tun, als würde ihm sein eigenes Gesicht nicht gehören.

»Macey«, sagte Laidlaw. »Ich will, dass du mit mir auf die Wache kommst.«

Macey war genial. Er schluckte seine Panik in einem einzigen Riesenbrocken herunter und brachte den Klassiker, den zu Unrecht angeklagten Glasgower, kehrte die Handflächen nach oben, als wollte er feststellen, ob's regnet. Sein Gesicht machte die Runde wie der Hut eines Bettlers. Dann wandte er sich an Laidlaw, sein Blick zeugte von mangelnder Wohltätigkeit auf der Welt.

»Mach mal halblang«, sagte er. »Worum geht's überhaupt?«

Laidlaw begriff, in welch gefährliche Situation er Macey gebracht hatte. Einen Spitzel aus einer Gruppe Krimineller auf diese Art herauszufischen, war ungefähr so, als würde man eine

Anzeige in einer Zeitung schalten. Aber Laidlaw improvisierte ebenso gekonnt wie Macey. Er starrte Macey streng und kriminalistisch an.

»Wir haben da einen Einbruch, der deinem *modus operandi* entspricht.«

»*Modus operandi*? Was ist das denn? Du weißt doch, dass ich nicht auf Theater stehe.«

Macey machte es richtig. Indem er Laidlaw verarschte, gab er den anderen das Gefühl, zu ihnen zu gehören. Ihr Gelächter entkräftigte jeden Verdacht. Laidlaw übernahm die Rolle, die Macey ihm zugewiesen hatte.

»*Modus operandi*. So wie du vorgehst.«

Laidlaw empfand ein gewisses ästhetisches Vergnügen am gelungenen Zusammenspiel. Etwas anderes fiel ihm ein, das die Vorstellung in den Augen der anderen noch überzeugender machte. Sie mussten wissen, dass er am Fall Veitch gearbeitet hatte. Sein Scheitern daran ließ seinen Auftritt hier als kleinlichen Versuch der Wiedergutmachung erscheinen.

»Unmöglich«, sagte Macey. »Wann soll das gewesen sein?«

Laidlaw hoffte, Macey würde es nicht so weit treiben, dass er seinen Text vergass.

»Nicht lange her.«

»Wie lange?«

»Nicht lange ist nicht lange.«

»Na bitte, ich hab seit Ewigkeiten nichts mehr gemacht. Die Jungs hier können für mich bürgen.«

»Mh-hm«, sagte Laidlaw. »Und demnächst gibt Blaubart Jack the Ripper ein Alibi. Kommst du jetzt mit?«

Macey sah John Rhodes an.

»Geh schon, Macey. Ist besser so.«

Auf dem Weg nach draußen schickte John Rhodes Laidlaw

noch eine letzte spitze Bemerkung hinterher: »Wir sehen uns in einer halben Stunde, Macey.«

Auf der Straße war Macey fassungslos über die Ungerechtigkeit der Welt. Die Worte sprudelten wie Schaum aus seinem Mund.

»Mr Laidlaw. Hast du sie noch alle? Weiß Big Ernie davon? Ich will ihn sehen. Was für eine Unverschämtheit! Kannst mir gleich einen Verdienstorden im Fernsehen überreichen. Spitzel des Jahres. Heiliger Strohsack. Du spielst mit meinem Leben. Die verstehen keinen Spaß. Bevor du's dir versiehst, steckt dein Kopf im Sack. Oh Mann. Mein Herz schlägt wie ne Pauke.«

»Macey, tut mir leid.«

»Ach, sehr schön. Toll. Damit ändert sich natürlich die Inschrift auf meinem Grabstein. Nein, so geht's nicht.«

»Die haben es uns doch abgenommen.«

Macey blieb stehen und sah ihn an.

»Wir glauben, dass sie's uns abgenommen haben, Mr Laidlaw. Und wenn wir uns irren, wer merkt es dann als Erster?«

Laidlaw wusste, dass er recht hatte.

»Das war in Ordnung, Macey. Komm schon.«

»Ja, tatsächlich, ich glaube schon. Ich glaube, wir haben's hingekriegt. Aber ein zweites Mal kann ich das nicht gebrauchen, Mr Laidlaw.«

»Einverstanden, Macey. Nie wieder. Pass auf. Ich bin nicht so blöd, wie du denkst. Na ja, jedenfalls nicht ganz so blöd. In Pollokshaws wurde tatsächlich eingebrochen. Ein ziemlich großes Ding. Darüber wollte ich dich ausquetschen. In Ordnung? Die Einzelheiten steck ich dir später.«

»Also, was machen wir hier?«, fragte Macey. »Ich meine, ich kenne dich kaum.«

Sie waren an Laidlaws Wagen angelangt.

»Steig ein, Macey.«

»Wozu?«

»Steig ein. Ich will dich nicht kidnappen. Kann dich sowieso nirgendwo verstecken.«

Während Laidlaw zum Ruchill Park fuhr, erzählte er Macey von dem Einbruch.

Sie stiegen aus und den Hügel hinauf zu den Steinpfeilern dort. Macey schwieg beleidigt. Laidlaw ließ ihn. Ein paar Kinder saßen auf Schaukeln. Laidlaw gab Macey eine Zigarette und nahm sich selbst eine.

»Du hast Milligan gesagt, wo er Tony Veitch findet«, sagte Laidlaw.

»Hab ich nicht gesagt.«

»Ich aber.«

»Pass auf.« Macey warf seine Zigarette fast ungeraucht weg. »Was soll das? Ich rede mit Big Ernie. Das ist mein Job. In Ordnung? Nichts für ungut, Mr Laidlaw.«

Laidlaw wusste, wie untragbar sein Verhalten war. Sich an den Spitzel eines anderen heranzumachen, war ein schwerwiegender Verstoß gegen den Kodex, für den man ähnlich großen Dank erwarten durfte wie für die Verbreitung der Tollwut. Aber Laidlaw vermutete, dass er bei seinen Kollegen ohnehin nicht beliebt war.

»Wer hat dir gesagt, wo sich Tony Veitch versteckt, Macey?«

Macey pfiff leise vor sich hin, sah weg, als hätte sich plötzlich ein Geisteskranker zu ihm auf die Parkbank gesetzt.

»Was geht da vor sich im ›Crib‹? Das war ein seltsames Treffen.«

»Probleme.«

»Paddy Collins?«

»Keine Ahnung. Hab nicht zugehört.«

»Es wird noch mehr Probleme geben, Macey. Und du könntest drinstecken.«

»Na ja, gehört zum Leben dazu, oder? Man muss es nehmen, wie's kommt.« Macey grinste, sah ihn immer noch nicht an. Laidlaw packte ihn mit der Linken am Jackettaufschlag wie mit einem Enterhaken, holte ihn von seinem Sitz herunter.

»Hör zu, du verfluchter Blödmann«, sagte Laidlaw. »Ich mein's ernst. Ich kann mit deiner Chic-Murray-Nummer nichts anfangen. Wenn du Komiker werden willst, dann üb woanders.«

Laidlaw knallte Macey mit dem Rücken an die Betonwand hinter sich, so fest, dass er das Gefühl hatte, sein Steißbein säße ihm wie eine Beule auf dem Kopf.

»Du steckst bis über beide Ohren in der Scheiße, Macey«, sagte Laidlaw. »Du bist Mittäter in einem Mordfall. Genau das, du superschlauer Spitzel. Es liegt an dir. Beantworte mir eine Frage, sonst schleppe ich dich auf die Station, und zwar sofort, und erstatte Anzeige gegen dich. Das ist meine Botschaft.«

Maceys Interesse war wider Willen geweckt. Sein Überlebensdrang ließ seine Augen aus ihren Höhlen treten, als würde seine Schilddrüse plötzlich verrückt spielen.

»Wie meinst du das?«

»Du weißt, wie ich das meine«, sagte Laidlaw.

Sie sahen einem kleinen rothaarigen Jungen zu, der sich mit seinem schwarzhaarigen Freund darum stritt, wer schaukeln und wer anschubsen durfte. Der Schwarzhaarige gewann.

»Was ist das für eine Frage?«, sagte Macey.

»Eigentlich sind's ein paar mehr«, sagte Laidlaw. »Was ist los im ›Crib‹?«

Macey sah dem Jungen auf der Schaukel zu, als könnte er sich dadurch in seine Kindheit zurückzaubern.

»Mickey Ballater«, sagte er und Laidlaw begriff, was Ballater so wurmte. »Er hat sich Hook ausgeliehen und gedacht, der hätte ihn verarscht. Cam und John halten Kriegsrat. Aber entschieden wurde noch nichts.«

Laidlaw hörte, wie sich der schwarzhaarige Junge darüber beschwerte, wie sein Freund ihn schubste, und beschloss, dass er ihn jetzt nicht mehr leiden konnte.

»Macey«, sagte Laidlaw. »Waren Dave McMaster und Lynsey Farren die Ersten, die dir von Tony Veitch erzählt haben?«

»Nein«, sagte Macey. »Das war Cam.«

»Nur Cam?«

Macey rutschte ein bisschen herum, als hätte sein Gewissen Hämorriden.

»Macey!«, rief Laidlaw.

»Big Ernie hat's gewusst. Er hat mir ein Foto gezeigt.«

»Was für ein Foto?«

»Von Tony Veitch, auf dem er gelesen hat.«

Laidlaw kapierte, dass Harkness Milligan das Foto gegeben hatte, und fand, es spiele keine große Rolle. Jetzt galt es Wichtigeres herauszufinden.

»Wer hat dir gesagt, wo er steckt?«

»Das weißt du.«

»Stimmt. Also, hier kommt jetzt die eigentliche Frage, Macey. Wem hast du's gesagt?«

Macey war kurz davor, einen Rückzieher zu machen. Er hatte genug gesagt. Es war vorbei. Aber er wusste, dass das nicht stimmte. Laidlaw wartete.

»Ich hab's allen gesagt.«

Laidlaw schnalzte ungeduldig mit der Zunge.

»Natürlich, Macey. Ist ja dein Job. Aber verschwende nicht meine Zeit. Das Entscheidende ist, in welcher Reihenfolge?«

Macey wusste nicht, was passiert war, aber aufgrund der Klarheit, mit der Laidlaw ihm Fragen stellte, wusste er, dass er kurz davorstand, das Geschehene erklären zu können. Dabei hatte er den Eindruck, nicht mehr als einen kleinen Beitrag zu Laidlaws Verständnis liefern zu können, und ergab sich diesem Gefühl.

»Zuerst Big Ernie«, sagte er.

Laidlaw begriff. Natürlich. Er hatte eine Vorstellung von den Ereignissen. Er hatte sie sich hart erarbeitet, und jetzt gehörte sie ihm. Ihm allein. Er hatte so erhitzt mit den vermeintlich realen Umständen debattiert, dass sie nun schließlich einräumen mussten, dass er nicht ganz unrecht gehabt hatte. Im Moment war er gerade mal der Zweite, der zwar nicht genau, niemals genau, aber doch einigermaßen durchschaute, was passiert war.

In seinem Kopf entfaltete sich eine Annäherung an die Wahrheit. Tony Veitch hatte sich vor Paddy Collins versteckt. Paddy Collins hatte Lynsey Farren verprügelt, um aus ihr herauszubekommen, wo Tony steckte. Dave McMaster hatte Paddy Collins erstochen, weil dieser Lynsey Farren verprügelt hatte. Und anschließend Eck Adamson getötet, weil der über den Mord an Paddy Collins Bescheid wusste. Zum Schluss hatte er Tony Veitch umgebracht, weil er einen Sündenbock brauchte. Mickey Ballater war nur ein Lückenbüßer, auch wenn er es nicht wusste. Genauso Cam und John, die es auch nicht wussten. Wie immer war der Fall niederträchtiger, als man es sich hätte vorstellen können. Private Interessen gehörten neben Kriegen weltweit zu den häufigsten Todesursachen.

Tony Veitch war gewissermaßen an seiner eigenen Unschuld gestorben. Er hatte nicht gewusst, was vor sich ging, keine Ahnung von der Komplexität der Vorgänge gehabt. Was er aufgeschrieben hatte, war der entsetzliche Versuch, das Unmögliche nachzuempfinden. Vielleicht war er daran zugrunde gegangen, an der unzulässigen Beweiskraft seiner Niederschriften. Daran, dass wir nur wissen, dass wir andere brauchen, aber nicht, wie wir es zugeben sollen.

Von seinem Aussichtspunkt im Ruchill Park blickte Laidlaw auf die Stadt. So viel konnte er von hier oben sehen und trotzdem gab sie ihm Rätsel auf. »Was ist das für ein Ort?«, dachte er.

Eine kleine und großartige Stadt, antwortete ihm sein Verstand. Eine Stadt so hart am Wind, dass sie Grimassen schnitt. Aber musste sie so hart sein? Manchmal kam sie ihm sehr hart vor. Zugegeben, der Wind war heftig und wehte ohne Unterlass. Selbst als die Stadt noch als »second city of the British Empire« galt, hatte ihr Reichtum sie nicht weicher gemacht, denn der Wohlstand einiger weniger war zur Armut vieler geworden. Diese hatten überlebt, unter welchen Bedingungen auch immer, und sich die Atmosphäre angeeignet. Nach überstandenem Überfluss kamen sie nun mit allem klar. Jetzt, da das Geld wieder knapp war, merkten sie kaum einen Unterschied. Hatte man welches, gab man es aus. Knapp war's doch immer schon gewesen. Erzähl uns was Neues. Das war Glasgow. Eine Stadt so freundlich, dass sie jede Grausamkeit niederprügelt. Und aufgrund der Umstände kam es immer wieder zu Grausamkeiten. Kein Wunder, dass er sie liebte. Sie tanzte in den eigenen Trümmern. Wenn Glasgow aufgab, würde auch der Rest der Welt einpacken.

So hoch oben spürte Laidlaw die Trostlosigkeit des Sommers auf dem Gesicht und begriff etwas. Nicht einmal das Klima war einem hier wohlgesonnen. An der Bushaltestelle sprach man aus dem Mundwinkel heraus, damit die Lippen nicht rissig wurden. Vielleicht stieß man deshalb im Westen Schottlands zur Begrüßung die Köpfe aneinander – weil es zu kalt war, um die Hände aus den Taschen zu ziehen. Das hatte auch sein Gutes.

Laidlaw stellte sich vor, dass der erste Mann, der sich nach einem verheerenden Atomschlag wieder nach oben traute, ein Glasgower war. Er würde sich aufrichten und umsehen. Er würde sich den Staub von den Klamotten klopfen, und wenn er erst mal das Strontium von seinem guten Anzug entfernt hatte, würde er mit geöffneten Handflächen gen Himmel blicken.

»Hey«, würde er sagen. »Lässt du uns jetzt vielleicht mal in Ruhe? Was soll das? Bist du sauer oder was? Das war ganz schön gemein. Benimm dich gefälligst.«

Dann würde er auf seine besondere Glasgower Art davongehen, die Schultern bewegen sich nicht unabhängig voneinander, sondern der gesamte Torso wird steif wie ein Schild getragen. Und er würde vor sich hin nuscheln. »Irgendwo haben doch bestimmt noch ein paar Flaschen überlebt.«

Laidlaw wandte sich von der Stadt ab und Macey zu.

»Eine letzte Frage«, sagte er.

Macey hob schwerfällig den Blick vom Boden.

»Wo finde ich Dave McMaster?«

Macey dachte über die Möglichkeit nach, sich dumm zu stellen, und wusste, dass es keine war.

»Glasgow Airport«, sagte er. »Er überwacht ihn, falls Mickey Ballater von dort abhauen will.«

»Macey«, Laidlaw sah ihn durchdringend an, »du weißt, dass ich das nicht getan hätte. Was ich gesagt hab. Dich eingebuchtet. Das weißt du, oder?«

»Weiß ich das?«

»Manchmal kann man sich selbst nicht leiden«, erklärte Laidlaw. »Soll ich dich mitnehmen?«

»Nein«, sagte Macey und blieb sitzen, rieb sich das Kreuz. »Einmal hat mir gereicht.«

Laidlaw fühlte sich klein.

»Ist ein harter Job«, sagte er.

»Ach, ich weiß«, sagte Macey. »Ich zerfließe vor Mitleid.«

Laidlaw ging, hielt aber noch mal inne und drehte sich zu Macey um.

»Hat alles seinen Preis«, sagte er. »Stell dir vor, du wärst derjenige, der Mitleid braucht. Von jemandem, der keine Moral mehr kennt.«

35

»NA LOS DOCH«, sagte Harkness. »Gibt Leute, die zur Arbeit müssen.«

Die ältere Frau auf dem Zebrastreifen lächelte und nickte und nuschelte ein »Danke schön«. Harkness hatte ein schlechtes Gewissen. Plötzlich schoss ihm durch den Kopf, dass der kleine Einkaufstrolley, den sie hinter sich herzog und der ihm wie ein Staubkorn ins Auge gefallen war, ihr Leben enthielt. Warum beschwerte er sich darüber, dass sie lange brauchte, um in ihrem fortgeschrittenen Alter die Straße zu überqueren? Er gab Laidlaw die Schuld, winkte ihr zu und fuhr wie nach einem Boxenstopp mit quietschenden Reifen an.

Als er das Telefon in die Hand genommen hatte, war er sich vorgekommen wie Frankenstein, der plötzlich an den Generator angeschlossen wird. Ein toter Tag war knisternd zum Leben erwacht. Laidlaws Dringlichkeit in der Stimme hatte angedeutet, dass seine Sorgen so grundlegend waren, dass niemand sich ihnen verschließen konnte. Er hatte »Glasgow Airport« durchgegeben, wie sonst andere über Megafon den Befehl: »Rette sich wer kann!«

Harkness rettete sich, starrte auf die Ampel mit subjektivem Blick. Tatsächlich ertappte er sich sogar bei unanständigen Gesten gegenüber ein oder zwei Passanten, die auch noch rücksichtslos genug waren, Anstoß daran zu nehmen. Das Laidlaw-Syndrom, dachte er. Wenn er nur in der richtigen Stimmung dafür war, würde er einen Friedhof unter Strom setzen. Harkness betete, dass Laidlaw wusste, was er tat, denn außer ihm wusste es bestimmt niemand.

Dave McMaster? Harkness kam nicht dahinter. Sie hatten ihn nur einmal bei Lynsey Farren gesehen. Vielleicht war das ein Witz. Er stieg auf dem Parkplatz aus dem Wagen und dachte, dass es wahrscheinlich einer war. In der Glasfassade des Terminalgebäudes spiegelte sich ein langweiliger Abend. Als er das seichte Wasser überquerte, sah er die dort hineingeworfenen Pennys, voller Grünspan. Das Leben war Kleingeld.

Dann kam Laidlaw vor dem Gebäude auf ihn zu, klang straff gestimmt wie eine Violine.

»Bist du bereit?«, fragte er. »Sie müssen zu zweit sein. Geht gar nicht anders. Die haben es auf Ballater abgesehen. Das heißt, sie sind bewaffnet. Alles klar?«

»Augenblick mal«, sagte Harkness. »Mein Magen ist noch auf der Autobahn. Wer ist Ballater?«

»Mickey Ballater. Er hat Hook Hawkins verprügelt. Die suchen ihn. Dave McMaster ist es gewesen. Wir schnappen ihn uns.«

Laidlaw ging los.

»Jack! Ich versteh das nicht.«

Laidlaw drehte sich um.

»Was willst du? Eine genealogische Aufstellung? Leg den höchsten Gang ein, Brian, und schieb los. Vertrau mir.«

»Jack!«

Harkness stand immer noch wie angewurzelt da. Er zeigte auf Laidlaw.

»Bist du sicher?«

Laidlaw verzog das Gesicht.

»Brian. Wer ist sich schon sicher? Selbst Gott muss das ein oder andere Mal seine Ansicht korrigieren. Aber wenn ich wetten müsste, würde ich nicht weniger als eine Million setzen. Also los!«

Harkness folgte ihm durch die automatische Schiebetür aus Glas, gegen die Laidlaw um ein Haar gerannt wäre. Drinnen herrschte Normalität und Harkness' Bedenken wuchsen.

Glasgow Airport an einem Sommerabend. Sie sahen sich unten bei den Check-in-Schaltern um. Suchten oben alles ab, auch in der Cafeteria, die aussah wie eine Tschechow-Verfilmung von MGM, tatenlose Menschen im Breitbildformat. Sie platzten in die sehr volle Lounge oben.

Und hörten das Rattern der Abfluganzeige, als würden alle menschlichen Reiseziele stottern. Ein paar Gruppen von Teenagern verharrten in aggressiver Ungewissheit, weil sie an einem Montagabend sonst nirgendwohin konnten. Eine junge Familie, Eltern mit ihren beiden Töchtern, sah aus, als wollte sie in den Urlaub fahren – nur der Vater schien sich zu fragen, wie er hierhergeraten war. Eine Frau mit starrem Blick nahm ein klares Getränk zu sich. Fünf Männer mit Reisetaschen machten mehr Lärm als eine Revolution, waren aber harmlos. Dave McMaster sahen sie nicht.

Sie gingen wieder runter. Harkness wurde unruhig, als Laidlaw seinen Arm berührte. Er nickte zu den Toiletten ganz hinten im Erdgeschoss. Ein Mann mit gepflegtem, lockigem Haar war herausgekommen. Anstatt weiterzugehen, blieb er stehen und sah sich um. Das war das erste Verdächtige an ihm. Das zweite war, dass Harkness ihn kannte. Er hatte ihn bei John Rhodes gesehen im Zusammenhang mit dem Fall Bryson. Harkness folgte Laidlaw zu dem Mann.

»Hallo«, sagte Laidlaw.

Der Mann tat, als habe er sie nicht kommen sehen. Sie bildeten eine Art Zaun um ihn herum, drängten ihn an die Wand.

»Wo ist er?«, fragte Laidlaw.

»Wie bitte?«

»Dave McMaster?«

»Was?«

»Wir suchen Dave McMaster«, sagte Laidlaw geduldig.

»Ich weiß nicht, wovon ihr redet«, sagte der Mann.

»Ich sag es dir«, sagte Laidlaw. »Du bist mit Dave McMaster hier. Wartest auf Mickey Ballater. Wir suchen Dave McMaster.«

»Wie?«

Harkness glaubte es fast. Der Mann wirkte ehrlich verdutzt. Harkness zog seinen Dienstausweis aus der Tasche, zeigte ihn ihm und lächelte beschwichtigend.

»Tut mir leid«, sagte der Mann. »Ich weiß nicht, wovon ihr sprecht. Ich warte auf meine Frau, die kommt gleich aus Mallorca.«

»Ich weiß«, sagte Laidlaw. »Und ich warte, dass Partick Thistle die Europameisterschaft gewinnt. Aber bis es so weit ist: Wo ist Dave McMaster?«

Der Mann zuckte mit der Schulter und grinste.

»Tut mir leid.«

»Wird dir bald noch viel mehr leidtun«, sagte Laidlaw.

Harkness wollte Laidlaw gerade bremsen, als sich der Blick des Mannes ganz leicht bewegte. Er hatte etwas gesehen. Bevor er sich noch umdrehen konnte, merkte Harkness, was es war und dass Laidlaw losrannte. Dann begriff er. Dave McMaster wirbelte herum, stand gefangen zwischen Harkness und Laidlaw, wobei Laidlaw die Ausgänge blockierte. McMaster hielt zwei Dosen Bier in der rechten Hand. Mit einem Grinsen so breit wie eine Kanone schleuderte er eine auf Harkness. Dieser wehrte sie mit dem linken Arm ab und glaubte, sich den Ellbogen gebrochen zu haben. Instinktiv wusste er etwas. Er drehte sich entschlossen um und verpasste dem Mann mit dem lockigen Haar eine Kopfnuss genau an die Stelle, wo sein Grinsen gesessen hatte. Der Mann hielt in der Bewegung inne und knallte rückwärts mit dem Kopf gegen die Wand, dann rutschte er zu Boden, als würde er das Doppelte seines tatsächlichen Gewichts wiegen. Ein Glückstreffer, aber er genügte.

Harkness nahm Krach um sich herum wahr, ein wildes Durcheinander an Geräuschen. Schreie. Er drehte sich um. Einer kam von einer Frau. In einem anderen Augenblick ihres Lebens mochte sie hübsch sein. Ihr schwarzes Haar bebte und sie hielt die Arme ausgestreckt. War bereit zu springen. Ein großer Mann hatte seinen Koffer fallen lassen. Der Koffer kippte um. Der Mann streckte die Hand nach ihr aus, wollte sie zurückhalten. Was ihm gelang, er presste sie an sich. Ein anderer Schrei kam von einem Jungen. Circa fünf Jahre alt, dunkelhaarig. Er trat mit den Beinen aus. Dave McMaster hatte ihn am linken Arm fest gepackt. Hielt ihm ein Messer an die Kehle. Weitere Schreie von anderen. Auch von Laidlaw, der sich wie ein Tiger hinter einen Stuhl zurückzog.

»Du Dreckschwein!«, schrie Laidlaw. »Es ist vorbei!«

Dann spielte sich eine Szene ab, die Harkness nie vergessen würde, weil er sie sich niemals hätte ausmalen können. Ein kleiner Mann mit Halbglatze, der aussah, als hätte er nicht einmal den Schneid, sich über falsches Wechselgeld zu beschweren, erschien plötzlich im Eingang hinter Dave McMaster und packte ihn an dem Arm, dessen Hand das Messer hielt. Der Kleine wurde von den Füßen gehoben und herumgeschleudert wie ein Äffchen, das das Gleichgewicht verloren hat. Aber er blieb, wo er war, hing am Arm wie an einer Rettungsleine. Er hätte wohl gar nicht gewusst, wie er den Griff hätte lösen sollen. Eine Schnittwunde an der Wange und er fiel, aber das Messer mit ihm. Daraufhin warf Dave McMaster den Jungen von sich wie altes Bonbonpapier.

Er rannte die Rolltreppe hinauf. Aber Laidlaw blieb an ihm dran wie ein Schatten. Nicht frei von Mitgefühl begriff Harkness, dass Panik Dave irregemacht hatte. Er war jetzt in die Lounge-Bar gerannt, deren Eingang gleichzeitig der einzige Ausgang war. Es war vorbei.

Wie ein Spiel im Fernsehen, dessen Ergebnis er schon kannte, beobachtete Harkness dennoch fasziniert, wie es weiterging. Er betrachtete das Geschehen so ruhig wie eine Wiederholung und wusste jetzt, auf welches Team er setzen musste.

McMaster schlängelte sich gekonnt zwischen den Tischen hindurch und Laidlaw warf zwei um. Bier spritzte wie eine kleine Flutwelle. Fünf laute Männer hatten hier gesessen. »Verfluchte Scheiße!«, rief einer von ihnen und Harkness stand im Eingang und grinste.

Er sah die Frau mit dem klaren Getränk und dem starren Blick aufstehen. McMaster lief bis zur Wand ganz hinten und drehte sich um. Er wusste es, Harkness wusste es, Laidlaw wusste es, etwas ging zu Ende. McMaster nahm ein leeres Pintglas von einem der Tische und schleuderte es auf Laidlaw. Dieser duckte sich. Das Glas knallte an die Bar. Und Laidlaw lief zu ihm. Es war kein fairer Kampf.

McMaster hatte entschieden, dass er geschlagen war. Er wusste, dass er in der Falle saß. Er brauchte jemanden, der ihm aus der Zwangslage half. Laidlaw tat ihm den Gefallen. Zwei Mal schlug er McMaster, mit der Linken aus Angst, mit der Rechten aus Freundlichkeit. McMaster ging in die Knie. Harkness kam gerade rechtzeitig heran, um ihm auf die Beine zu helfen. Alle drei bildeten eine Verschwörung gegen den Ort, an dem sie sich befanden. McMaster brauchte Hilfe, um sich aus der Verstellung zu befreien, mit der er so lange gelebt hatte. Laidlaw und Harkness konnten kein Aufsehen gebrauchen. Zu dritt glaubten sie, es schaffen zu können.

Aber die fünf fröhlichen Trinker waren anderer Ansicht. Sie stellten sich ihnen in den Weg.

»Was soll das?«, fragte einer.

»Du hast mein Bier verkippt«, sagte ein anderer.

Laidlaw sah ihn an. Harkness sah seinen Blick und begriff, dass Laidlaw immer noch high war vor Aufregung. Harkness kam sich vor, als gelte es, zwei Prügelnde aus einer Bar zu lotsen.

»Wir sind von der Heilsarmee«, sagte Laidlaw. »Das gehört zu einer Kampagne, mit der wir den Leuten das Trinken abgewöhnen wollen.«

Die aggressive Bemerkung ließ Harkness mit den Zähnen knirschen.

»Zwei gegen einen ist nicht fair«, sagte ein anderer.

Sein Gesicht loderte vom Alkohol, aber die Augen waren ruhig. Er war ein Guy Fawkes, der noch nicht gemerkt hatte, dass er brennt.

»Das versteht ihr nicht«, sagte Laidlaw.

»Wir wollen es aber verstehen.«

»Ich hab nicht die Zeit, euch einer Hirntransplantation zu unterziehen.«

Harkness begriff, was in Laidlaw vorging. Man musste nichts von Spezialisierung verstehen, nur wissen, dass es sie gab.

»Hört zu«, sagte Laidlaw. »Ich denke, ihr solltet alle fünf verschwinden und was Vernünftiges machen. Zum Beispiel mit dem Kopf gegen eine Wand rennen. Gleichzeitig. Okay?«

Laidlaw blickte von einem zum anderen. Harkness zückte seinen Ausweis und zeigte ihn vor. Brummend ließen sie beide durch. Harkness war erleichtert.

Oben an der Treppe stießen sie auf die Mutter und ihren Sohn und den Mann, der ihn gerettet hatte. Sie standen im Zentrum einer Menschenansammlung. Die Mutter drohte, Dave McMaster umzubringen. Laidlaw versuchte sie zu beruhigen. Er ließ sich Namen und Adresse des kleinen Mannes geben. Während er redete, war die Frau mit dem klaren Getränk herausgekommen, hielt es immer noch in der Hand. Ihr Gesichtsausdruck hatte sich während der ganzen Abfolge von Ereignissen kein bisschen verändert. Sie stand da und starrte Laidlaw an. Irgendwann sah er endlich zurück.

»Was trinkst du da, Liebes?«, fragte er. »Gin-Catatonic?«

Ratlosigkeit begleitete sie aus dem Gebäude. Der lockige Mann war nirgends zu entdecken. Sie nahmen Laidlaws Wagen. Harkness hörte Laidlaw eine seltsame Frage stellen.

»Warst du auf dem Klo?«

Harkness verstellte den Rückspiegel, um Dave McMasters Gesicht zu sehen.

»Hm?«

»Warst du auf der Toilette, bevor du das Bier gekauft hast?«

Dave nickte. Harkness drehte den Spiegel erneut, um Laidlaws Gesicht zu sehen. Laidlaw nickte. Er schien zufrieden. Harkness war baff. Laidlaw war besessen davon, so viel wie möglich zu erfahren. Selbst wenn er erreicht hatte, was er sich vorgenommen hatte, wollte er immer noch mehr wissen. Bob Lilley hatte ihn im »Top Spot« ganz richtig beschrieben. Er würde draufgehen bei dem Versuch, es richtig zu machen. Noch war er dabei, es zu versuchen.

»Tony Veitch wusste gar nicht, was Paddy Collins Lynsey

Farren angetan hat, oder? Du hast ihr gegenüber behauptet, du hättest es Tony gesagt. Auf die Art konntest du ihr weismachen, Tony habe Paddy getötet. War es so?«

»Wie war was?«

Laidlaw sah Dave an, nicht ohne Verständnis.

»Das Spiel ist aus«, sagte er. »Du wirst noch mehr zugeben müssen als nur das, was du an jenem Abend in East Kilbride getan hast. Du wirst jetzt lange nicht mehr schick essen gehen. Sehr lange nicht. Ich glaube, du wolltest erwischt werden. Viele, die was Schlimmes gemacht haben, wollen das. Weißt du warum?«

Dave starrte unbeweglich geradeaus.

»Die Lounge-Bar. Ich hab dich direkt vor der Klotür erwischt. Vom Klo aus gibt's noch einen anderen Ausgang, der ins Gebäude führt. Wieso hast du den nicht benutzt?«

Im Spiegel sah Harkness Daves Augen an, dass er darüber nachdachte.

»Du musst nichts sagen«, sagte Laidlaw. »Wir können dir die Mühe ersparen. Wir haben eine Flasche Paraquat mit deinen Fingerabdrücken.«

Zum ersten Mal wurde Daves Blick weicher.

36

BOB LILLEY STAND IM BÜRO und war froh, Harkness zuerst zu sehen. Harkness verdrehte die Augen gen Zimmerdecke als Eingeständnis dessen, was beide, wie sie wussten, würden zugeben müssen. Bob betrachtete seinen linken Jackettaufschlag und holte tief genug Luft, um einen Zeppelin zu starten.

»Hab ich das richtig gehört?«, fragte er.

Harkness nickte.

»Hat er schon gestanden?«

»Ja«, sagte Harkness. »Er hat gestanden. Seine Fingerabdrücke waren auf der Flasche. Das war's. Jetzt schreibt er seine Memoiren.«

»Gottverdammt«, sagte Bob. »Der alte Jack hat manchmal doch den richtigen Riecher. Oder? Manchmal wünschte ich, es wäre nicht so.«

»Nein«, sagte Harkness. »Ich bin froh, dass es so ist. Manchmal kann ich ihn nicht leiden. Aber Leute wie er haben es verdient, es richtig zu machen.«

Laidlaw kam mit einem Pappbecher Kaffee herein, sah sich nach Zucker um. Er hatte keine Probleme, welchen zu finden, da er vorübergehend beliebt war. Er rührte in seinem Kaffee und sah Bob an.

»Ernie Milligan ist nicht da, oder?«, fragte Laidlaw.

Der Raum zuckte zusammen. Laidlaw grinste Bob an.

»Nein«, sagte er. »Ich mach nur Spaß. Er hat getan, was er

konnte, ist halt keine große Leuchte. Zwei Kilowatt, schätze ich.«

Harkness wollte Milligan gerade verteidigen, als Laidlaw ihn ansah. Sein Blick war so streng, so durchdringend, wie wenn man als Siebenjähriger vom Vater beim Lügen erwischt wird. Harkness wusste, was jetzt kam.

»Brian, da ist was, das ich loswerden muss. Ich bin enttäuscht von dir. Ich mag dich, aber du lernst langsam. Du hast Big Ernie das Foto gegeben. Na schön. Aber du hättest es mir sagen müssen. Das ist alles. Schon in Ordnung, ihm das Foto zu geben, wenn du der Meinung bist, dass es sein muss. Aber du hättest es mir sagen müssen. Ich komme mir hintergangen vor. Als Macey die Bemerkung rausgerutscht ist, hat er nicht gewusst, was er sagt. Aber ich. Mann, Brian.«

»Ich wollte es dir sagen.«

»Wollte steht meistens auf Grabsteinen. Beeil dich das nächste Mal. Freunde sollten sich alles erzählen.«

»Komm schon, Jack«, sagte Bob. »Freunde sollten sich alles erzählen. Aber hast du Ernie alles erzählt?«

»Freunde. Ich betrachte Ernie Milligan nicht als Freund. ›Ein Stück vom Feinde ausgedacht‹, das ist er.«

Laidlaw kostete seinen Kaffee, gab mehr Zucker hinein. Dann zündete er sich eine Zigarette an.

»Jack«, sagte Bob. »Du hast das gut gemacht, prahl jetzt nicht mit deinem Erfolg.«

»Ich prahle nicht. Weil ich's auch gar nicht gut gemacht habe. Tony Veitch ist tot. Der Fall ist eine einzige Pleite. Eine größere gibt es gar nicht. Ich möchte zu meinem Versagen stehen, aber ich möchte mich nicht dafür geißeln. Verstehst du das?«

Bob zog die Schultern zurück und setzte sein Was-geht's-mich-an-Gesicht auf.

»Ich behaupte immer noch, du hättest Big Ernie …«

»Bob, sag's nicht. Du hast es schon gesagt. Ich hab im ›Top Spot‹ gesessen und dir lange zugehört. Und abgesehen von diesem Heißsporn hier, bist du der beste Freund, den ich habe. Ich musste mir alles anhören, weil ich dir das Gegenteil nicht beweisen konnte. Aber jetzt schon. Ich hab's gerade getan. Also erzähl mir nicht schon wieder dasselbe, dass ich Big Ernie auf dem Laufenden hätte halten sollen, weil das nicht stimmt. Du hast mir vorgeworfen, nur an meine Karriere zu denken. Bob. Ich bin immer noch hier, weil ich glaube, dass unsere Arbeit wichtig ist. Aber nur, wenn man sie richtig macht. Das bedeutet nicht viel. Aber vielleicht könntest du mich eine Zeit lang mit deinen guten Ratschlägen verschonen. *Ey*? Wie der alte Eck zu sagen pflegte.«

Bob modellierte Unempfindlichkeit in sein Gesicht.

»Okay, Jack. Vielleicht war mein Verhalten daneben …«

»Bob, dein Verhalten war auf jeden Fall total daneben.«

»Vielleicht war es daneben. Aber ich weiß nicht, wieso du jetzt auch noch Brian angehen musst. Er hat getan, was er für richtig hielt.«

»Niemand geht Brian an. Brian, bin ich dich angegangen?«

»Na ja, ich fühle mich, als wär mein zweiter Vorname Pompeji.«

»Arsch«, sagte Laidlaw.

»Siehst du, was ich meine, Jack?«, sagte Bob selbstzufrieden. »Du gehst Leute an und merkst es nicht mal.«

»Aber ich hätte es ihm wirklich sagen müssen«, sagte Harkness.

»Warum?«, fragte Bob. »Jack hätte wahrscheinlich Tranquilizer gebraucht. Ich meine, was war falsch daran, Ernie das Foto zu geben?«

»Ich sag's dir«, sagte Laidlaw. »Weil es noch nicht vorbei ist. Tut mir leid, Brian. Aber Frankie Milles hat recht, wenn er singt: ›You mighta brung Brians to the show‹. Weißt du, was du angerichtet hast? Indem du Big Ernie das Foto gegeben hast, hast du das Problem vergrößert.«

»Herrgott«, sagte Bob. »Nicht schon wieder. Jack und seine unglaubliche Kristallkugel. Sag schon, Jack. Wieso ist das ein Problem?«

»Weil Leute wie Ernie Milligan gefährlich sind. Er kennt die Stadt, sagt er. Brian, du musst lernen, wem du vertrauen kannst. Milligan ist wie viele Polizisten hier. Er kennt die Straßennamen, aber nicht die Stadt. Wer kennt die schon? Geh alleine eine Seitenstraße entlang, dann lernst du sie neu kennen. Wer hat jemals eine Stadt gekannt? Das wäre eine irre Behauptung. Und Leute, die unmögliche Behauptungen aufstellen, verursachen grundsätzlich mehr Probleme, als sie lösen.«

»Na schön, Jack.« Bob gab sich Mühe, geduldig zu bleiben. »Aber du könntest ein bisschen genauer sein.«

»Natürlich. Morgen oder übermorgen wird noch jemand sterben.«

»Darauf möchte ich wetten«, sagte Bob. »Meinst du in China oder wo?«

»Brian, ich rede mit dir. Bob hat sein Gehirn in den Urlaub geschickt. Milligan löst keine Probleme. Er schafft welche, weil er ausschließlich an seine Karriere denkt. Wenn es keine Probleme gäbe, würde er welche erfinden. Davon lebt er, er braucht sie. Du hast doch gehört, was Dave McMaster gesagt hat. Aber hast du auch richtig hingehört? Er hat uns zwei Dinge verraten. Erstens, dass er drei Menschen getötet hat. Und dass da außerdem noch Ballater, Hook Hawkins, John Rhodes, Cam Colvin und Macey waren. Weißt du, was ›explosiv‹ bedeutet? Das ist diese Mischung hier. Ich meine Cam und John. Die warten nicht darauf, dass die Zeit vergeht. Die suchen, weil sie wissen, dass an diesem Deal manipuliert wurde. Kann sein, dass sie nicht wissen wie. Aber sie werden sich für eine Möglichkeit entscheiden. Weil sie sauer sind. Und Gewalt ist für sie Wut, die sich von der Vernunft abgekoppelt hat. Dazu hat Ernie Milligan beigetragen. Ganz abgesehen davon, dass er einfach sein x in die Gleichung schreibt, ohne sich darum zu kümmern, inwiefern die Rechnung zum Schluss durcheinanderkommt. Der soll diese Stadt kennen? Er könnte nicht mal auf dem Barras ein Schnäppchen machen.«

»Das ist Blödsinn, Jack«, sagte Bob. »Diese ganzen Prophezeiungen. Arbeitest du jetzt mit Tarotkarten, oder was?«

»Wir werden ja sehen«, sagte Laidlaw. »Außerdem« – er starrte Harkness schweigend an, bevor er fortfuhr. »Gibt es keine normalen Themen? Das Leben und so. Wie sieht's aus an der Frauenfront, Brian?«

Harkness blickte zu ihm auf und zwinkerte.

»Ich werde mich verloben.«

»Herzlichen Glückwunsch«, sagte Laidlaw.

»Von mir auch, glaube ich«, sagte Bob. Er sah Laidlaw ins Gesicht. »Kein schlechtes Veilchen. Gut, dass Mickey Ballater schon halb tot war, als du dich mit ihm geprügelt hast.«

»Ich weiß.« Laidlaw trank seinen Kaffee, schauderte wegen des viel zu süßen Bodensatzes. »Meine Hände sind tödliche Waffen. Ich könnte daran sterben.«

37

LAIDLAWS STANDARDPROBLEM, das er immer mit Beerdigungen hatte, fiel dieses Mal noch komplizierter aus. Er ertrug es nicht, dass das tote Individuum in all seiner Komplexität auf eine Malen-nach-Zahlen-Ikone reduziert wurde, und verbiss sich in seine Wahrnehmung der lebendigen Person wie in einen alten Lappen, auf dem sein Gemüt zur Ablenkung des Schmerzes herumkaute. Von Tony Veitch hatte er nur die Erinnerung an den Anblick seines grotesk gegrillten Körpers und ein paar zusammenhanglose Absätze seiner Schriften – wie Pflastersteine, die nirgendwohin führten.

Und er war nicht der Einzige, der nicht wirklich wusste, wem er die letzte Ehre erwies. Auch der Pfarrer hatte anscheinend im Buch der Profunden Plattheiten geschmökert. Jeder Fremde wäre darauf gekommen, dass Tony Veitch Augen (»ein Student nicht nur der Bücher, sondern auch des Lebens«) und einen Mund hatte (»immer bemüht, mit seinen Freunden über Gott und die Welt zu sprechen«) und nun aufgehört hatte zu atmen: »Gott hat ihn zu sich geholt« – ein schöner Empfang, wie in der Höhle eines Hais.

Laidlaw hatte Verständnis für den Priester. Wie sagt man das Unsagbare, besonders über jemanden, den man nicht kannte, und vor Leuten, die es nicht hören wollen? Keine leichte Aufgabe. Außerdem war die Zeremonie kaum mehr als spirituelles Valium, das Gott auf die Rolle eines Himmelsapothekers reduzierte. Warum sollte man das dem Priester zum Vorwurf machen? Menschen bekamen die Religion, die sie verdienten und die der Ehrlichkeit ihrer Auseinandersetzung mit dem Tod entsprach.

Laidlaw kompensierte die Anonymität des Trauergottesdienstes, indem er Eck Adamson insgeheim in die Rede des Priesters mit einschloss. Schwer war das nicht. Beide Verstorbenen konnte man als verwaiste Kinder ein und derselben Gesellschaft betrachten, der eine ausgestoßen, weil er ihren Idealen nicht gewachsen war, der andere, weil er diese zu ernst genommen hatte. Beide hatten ein Leben geführt, das für andere nicht leicht zu akzeptieren war. Laidlaw empfand die Veranstaltung weniger als Zugeständnis daran, sondern als Versuch, sich erneut dagegen zu verschwören. Was in ihm vorging und was um ihn herum geschah, näherte sich einander erst wieder an, als das vor Kälte erstarrte Ritual ganz zum Schluss zu tauen begann und Menschliches schmerzhaft zum Vorschein kam.

Er wartete im hinteren Teil der Schlange, die an Milton Veitch vorbeidefilierte. Bei ihm war jemand, den Laidlaw für einen Freund der Familie hielt. Vor Mr Veitch stand eine Gruppe junger Leute, vermutlich Studenten, die Tony gekannt hatten. Sie waren zwanglos, aber in gedeckten Farben gekleidet. Unauffällig dazwischen Lynsey Farren.

Als er von allen einzeln die Hand geschüttelt bekam, prüfte Mr Veitch die Gesichter, als würde er etwas darin suchen. Was auch immer es war, offensichtlich fand er es nicht. In der Bestürzung, die seinen Gesichtsausdruck verunglücken ließ wie eine vom Wetter zerfressene Skulptur, entdeckte Laidlaw Ähnlichkeit mit dem sterbenden Eck. Er schien nach verlorener Bestärkung Ausschau zu halten. Die kurze vorüberziehende Parade musste ihm wie die freudige Bestätigung des Umstands vorgekommen sein, dass es im Leben einen Punkt gibt, an dem uns die Welt jünger erscheint, als wir es sind, und alles daransetzt, zunichte zu machen, was sie uns einst gelehrt hat. Bestärkung würde er hier keine finden.

In diesem Moment wirkte er verloren, sein Geld war nur Papier, sein Status eine entsetzliche Ironie. Mit etwas Glück würde er sich keine weiteren Illusionen mehr kaufen können. Laidlaw verspürte eine rohe Erleichterung bei seinem Anblick, eine seltsame Heiterkeit in der Trauer. Das Gefühl hatte nichts mit Rache zu tun, entsprang nicht Laidlaws Geringschätzung seiner fadenscheinigen Selbstsicherheit. Vielmehr ging es dabei um Hoffnung, Milton Veitch schien beinahe in der Lage, einen Neuanfang zu versuchen, schon weil er keine andere Wahl hatte.

Da war die Möglichkeit, am Tod des wilden Tony und am trostlosen Leben von Eck zu wachsen. Wahrscheinlich würde es nicht dazu kommen, aber auf etwas Besseres als die erneute Bestätigung, dass dies möglich war, durfte man im Leben nicht hoffen. Laidlaw war gerührt. Auch freute er sich, Alma Brown an Veitchs Seite zu sehen wie eine Ehefrau.

Er dachte daran, dass Dave beim Verhör auf der Wache geplatzt war wie ein blutender Tumor und der stinkende Eiter seiner Schuld hervorgequollen kam. Er hatte einen unglaublichen Drang, sich mitzuteilen, egal wem. Einmal angefangen, konnte er kaum wieder aufhören.

»Dabei hab ich Tony gemocht. Hab ihn gemocht. Ich konnte bloß keinen Respekt vor ihm haben. Das ging nicht. Der war ein Idiot. Weißt du, was ich meine? Der hatte keinen Plan. Von nichts. Der hat in Disneyland gelebt. Er hatte gar nicht das Recht, so dämlich zu sein. Niemand hat das. Collins war ein Arschloch. Hat geglaubt, die Welt ist sein Scheißhaus. Tot ist der gesünder. Als er Lynsey das angetan hat, hab ich gewusst, dass es Zeit wird. Ich meine, was glaubt der, wer er ist? Der hat's nicht mehr geschnallt. Also hab ich ihm Bescheid gesagt. Und Eck wusste, dass ich es getan hab. Also musste er auch dran glauben. Du lieber Gott, der war kein schlechter Mensch. Aber auch kein großer Verlust. Nicht mal für sich selbst. Hab damals gedacht, dass ich ihm vielleicht sogar einen Gefallen getan hab. Dann hab ich gemerkt, dass ich in der Scheiße sitze. Aber Tony. Das hätte ich nicht machen sollen. Er hat's drauf angelegt. Ehrlich, weißt du? Tony wollte doch immer für alle bezahlen. Und ich hab einen gebraucht, der für mich bezahlt. Hab ihm alles auf die Rechnung gesetzt. Weiß Gott, das hab ich. Das war das Schlimme. Bei Collins war ich wütend. Ich würd's jederzeit wiedermachen. Bei Eck hab ich nicht mal zugeguckt. Aber Tony ist langsam und qualvoll gestorben. Wir haben ein bisschen geredet. Hab ihn bewusstlos geschlagen, weißt du? War echt nicht einfach, den umzubringen. Aber ich hab's gemacht. Und dann anders aussehen lassen. Niemand hat was gemerkt. Dabei hab ich Tony gemocht. Aber mich mag ich noch mehr. Trotzdem, ihn hab ich auch gemocht.«

Laidlaw erreichte Mr Veitch und gab ihm die Hand. Beide sagten gleichzeitig: »Tut mir leid.« Laidlaw hielt dies für das authentischste Gespräch, das beide je miteinander geführt hatten, vielleicht das authentischste Gespräch, zu dem zwei ansatzweise ehrliche Männer überhaupt fähig sind.

Die Sonne draußen wusste nichts von Tonys Tod. Auf den Stufen des Krematoriums standen verschiedene Grüppchen. Gus Hawkins löste sich aus einem und kam auf Laidlaw zu.

»Hallo«, sagte er. »Wie fühlt sich das an, recht zu haben?«

»Woher soll ich das wissen?«, erwiderte Laidlaw.

»Wegen Tony, meine ich.«

»Ich hatte nicht recht. Ich habe nur nicht geglaubt, dass die anderen recht haben.«

»Mir war nicht klar, dass Polizisten zu den Beerdigungen Ermordeter gehen.«

»Keine Ahnung, ob Polizisten das machen. Aber ich bin hier.«

»Warum?«

»Weil ich das Gefühl hatte, dass es richtig wäre. Ihre Freundin, wie heißt sie noch mal?«

»Marie.«

»Ist sie nicht gekommen?«

»Sie konnte nicht. Ist zu ihrer Familie gefahren. Heute Abend kommt sie zurück.«

»Was haben Sie jetzt vor?«

»In Depressionen verfallen.«

»Kann ich mitmachen?«

»Müssen Sie nicht arbeiten?«

»Hab frei. Ich lad Sie zum Mittagessen ein.«

Gus sah ihn an, dann die Studenten, mit denen er geredet hatte. Seine folgende Bemerkung schien der Verbundenheit mit ihnen geschuldet.

»Ist das dienstlich? Rechnen Sie die Spesen ab?«

»Okay, ich kann auch alleine essen.«

»Tut mir leid. Ist so eine Angewohnheit. In Ordnung. Aber ich hätte vor allem gerne was Flüssiges.«

»Keine Sorge. Ich habe vor, selbst der einen oder anderen Flasche auf den Grund zu gehen. Aber was essen will ich außerdem, als Rettungsanker. Der Wagen steht da drüben.«

Sie aßen in der »Lanterna« – Sole Goujon und Frascati, hauptsächlich Frascati. Ein seltsames Paar und sie wussten es. Zunächst schien der Abstand zu den anderen im Raum Anwesenden ihre einzige Gemeinsamkeit zu sein. An einem Tisch in der Nähe saß eine große Gruppe Geschäftsleute, jovial stimmten sie Gelächter an, das wie das Todesröcheln jeglicher Aufrichtigkeit klang. Einer von ihnen, ein Mann um die dreißig, dessen Zurückhaltung angesichts des ganzen Geschehens vermuten ließ, dass es für ihn nur ein Scherz sei, dessen Pointe er längst kannte, sprach über die Langeweile des Reisens. Seine Ausführungen wurden zur Auflistung sämtlicher Orte, die er je besucht hatte.

»Seinen Standpunkt hat er jedenfalls rübergebracht«, meinte Laidlaw.

Gus blickte sich beim Essen ständig um, schüttelte immer wieder den Kopf.

»Sehen Sie sich das an«, sagte er.

Laidlaw sah einen dicken Mann mittleren Alters mit einer jungen Frau beim Essen. Er fragte sich, was Gus sah.

»Du lieber Gott«, sagte Gus. »Kein Wunder, dass Tony so wütend war.«

»Wieso?«

»Sehen Sie sich den doch mal an.«

»Ein dicker Mann, der zu Mittag isst. Was soll er sonst machen? Sich das Essen in die Ohren schmieren?«

»Sehen Sie's nicht?«

»Nein, aber ich möchte gerne etwas dazulernen. Sagen Sie mir, was Sie sehen, oh großer Visionär.«

»Der Typ ist ein Sack voller Begierden, oder nicht? Er glotzt die Frau an, als wollte er sie fressen. Könnte er die Welt sauer einlegen, würde er sie gleich als Nächstes verspeisen.«

Laidlaw musste zugeben, dass er wusste, was Gus meinte. Der Mann hatte eine abstoßende Feistigkeit erreicht, die keine Frage reinen Umfangs war. Als wäre die Alchemie, die unsere Gelüste in Identität überführt, gestört und habe ihn zum bloßen

Behältnis all dessen gemacht, was er sich einverleibt hatte. Laidlaw konnte nachvollziehen, weshalb ein junger Idealist ihn als Schande für die Menschheit begriff.

»Sie sind gar nicht so weit von Tony entfernt, Gus.«

»Inwiefern?«

»Ihr Idealismus geht mit Ihnen durch. Ihre Träume sind so rein, dass die Realität darin keine Chance hat. Sie haben Graffiti auf den Augen. Das meiste von dem, was Sie sehen, wollen Sie mutwillig beschädigen.«

»Werfen Sie mich nicht mit Tony in einen Hut. Ich bin Marxist.«

»Müssen Sie Ihr Essen deshalb mit Verachtung gegen alle Kapitalisten im Raum würzen? Um es genießbar zu machen?«

»Ich möchte meinen Idealen treu bleiben.«

»Das wollte Tony auch. Aber er wurde von seinen Idealen kollektiv vergewaltigt, das arme Schwein. Andererseits war es kein Wunder, dass er ihnen in die Arme fiel. Hier regnet es Scheiße, jeden Tag. Egal, wohin er sah, er hat Klos entdeckt, die vorgaben, Tempel zu sein. Also hat er versucht, sie wegzuidealisieren. Aber das ist ein schwerer Fehler.«

»Und was hat das mit mir zu tun?«

»Na ja, ich denke, Sie sind letztlich auf derselben Seite. Ich denke, es gibt zwei Hauptübel. Das eine ist eine Art totaler Zynismus. Andere Menschen werden benutzt, auf reine Objekte reduziert, weil man nichts findet, woran man glauben kann, außer an sich selbst. Das sind Verbrechen in all ihren facettenreichen Formen. Größtenteils legal. Das andere Übel sind unverrückbare Ideale, Leute, die nichts aus Erfahrung lernen. Der Wunsch, mit Gott verwandt zu sein. Ich glaube, die beiden sind Zwillinge. Uneheliche Zwillinge. Das einzig Legitime, das uns bleibt, ist die *menschliche* Erfahrung. Die Möglichkeit, dass morgen etwas anders wird. Der unvorstellbare Unterschied. Nicht vorgefasst. Das erfordert die Fähigkeit, wahrhaftig zu zweifeln. Ich glaube, Tony wollte Gewissheit, und denke, dass er vielleicht am Verlangen danach zugrunde gegangen ist. Ich hoffe, weiterleben zu dürfen, und dafür muss man wissen, dass man nichts weiß.«

Gus trank von seinem Frascati.

»Na schön«, sagte er. »Möglicherweise unterstützt das meine These. Sie haben Marx zitiert. Oder nur unbewusst? Sie haben davon gesprochen, dass Menschen auf Objekte reduziert werden. Das ist Kapitalismus.«

»Stimmt. Gilt aber für den Marxismus genauso. Ein kleines bisschen unredlich von Marx, die Definition auf den Kapitalismus zu beschränken. Er hat das auch gemacht, oder wussten Sie das nicht? Was ist der Marxismus anderes als ideologischer Kapitalismus? Marx stammt natürlich aus dem Bürgertum. Was seinen Erfahrungshunger angeht, hat eine Hummel mehr Mumm.«

»Kommen Sie schon, Herr Polizist. Marx stammt aus dem Bürgertum?«

»Lenin auch. Die Revolution hat er einem Rat der Intellektuellen überlassen. Zur Freiheit gehört auch das Recht, sich ein eigenes Bild von ihr zu machen.«

Gus grinste abfällig über einer Gabel voll Fisch. Laidlaw lächelte.

Aber die Themen, über die sie sprachen, verliehen ihnen geistige Abgeschiedenheit im Raum. Eine weitere Flasche Frascati und zahlreiche Argumente später hatten sie ihr Bewusstsein füreinander geschärft und ein Gefühl für das Besondere ihrer Begegnung entwickelt, die sich niemals würde wiederholen lassen. Ohne dies eigens zu erwähnen, schien es ihnen nur natürlich, damit fortzufahren.

38

A laughing baby boy
One evening in his play
Disturbed the household with his noisy glee.
Well, I told him to keep quiet
But he soon would disobey.
He needed just a gentle word from me.

»Wie oft will er die Hank-Snow-Platte noch auflegen?«, fragte Tich. »Hab schon Zahnfleischbluten.«

»Mir gefällt's«, sagte Sandra.

»Das wissen wir«, sagte Malkie. »Wir reden aber über die Platte, wo ist Simpsy?«

»Telefoniert.«

»Schon wieder?« Malkie wunderte sich. »Der klammert sich an das Telefon wie an eine Sauerstoffmaske. Was ist denn da los?«

»Irgendeine Alte in Possil. Muss Liebe sein. So oft wird der nicht mehr landen können. Wann geht sein Zug?«

»In fünfzig Minuten«, sagte Sandra.

»Kommt schon«, sagte Tich. »Meint ihr, er geht trotzdem noch mal bei Sammy Dow auf einen Drink vorbei?«

»Hat er gesagt«, meinte Malkie. »Schon auch bescheuert.«

»Na ja, ist sein Leben.«

»Unseres aber vielleicht auch«, meinte Malkie. »Wenn ihn einer von denen erwischt.«

»Jemand muss ihm Bescheid sagen, sonst kriegt er den Arsch nicht hoch.«

Nachdem er das gesagt hatte, sah Tich Malkie und Sandra an. Niemand wollte seinem Vorschlag nachkommen. Die Musik wirkte wie eine verschlossene Tür.

Well, I called him to my side
And said, ›Son, you must go to bed
For your conduct has been very, very poor.‹
With trembling lips and tears inside
He pleaded there with me,
›Don't make me go to bed, papa,
And I'll be good.‹

Mickey Ballater trauerte um den Sohn, den er nicht hatte, und weil niemand weiterführte, was er aufgebaut hatte. Mit Musik konnte er die Gefühle rauslassen, für die er in seinem Leben keine Verwendung fand, eine emotionale Blinddarmoperation. Er nahm die Erleichterung dankbar an und bedauerte nur, dass keine Platten von Hank Williams da waren.

Hank Williams war der Mann. Er riss sich das Herz aus der Brust, legte es auf den Tisch und ließ das Blut über den Teppich spritzen. Wenn er fertig war, musste man aus dem Zimmer waten. Er war ein kühner Sänger.

Hank Snow dagegen war eher in Vinyl gepresstes Penizillin, er linderte den Schmerz und sorgte für Klarheit in Mickeys Kopf. Wenigstens hatten die bei der Polizei die Wunde ordentlich versorgt. Aber am wohlsten tat ihm der Gedanke, dass es Hook Hawkins viel schlechter gehen musste, vorausgesetzt er fühlte überhaupt irgendwas. Mickey hoffte nicht. Ihm tat leid, dass er nicht mehr dazu gekommen war, sich um den kleinen

Bruder zu kümmern. Dieser Laidlaw hatte alles kompliziert gemacht.

Aber Mickey hatte es bis zu Eddie Simpson auf die South Side geschafft. Hier war sein Unterschlupf. Eddie erinnerte sich noch an die alten Zeiten. Seit er krank war, hatte er sonst nichts. Die Ärzte hatten sich nicht festgelegt, meinte Eddie, aber Mickey schon. Wenn Eddie keinen Krebs hatte, dann konnte es nicht mehr lange dauern, bis er welchen bekam. Und diesmal gab's keinen Straferlass wegen guter Führung. Deshalb hatte Mickey ihm geraten, sich möglichst vom Haus fernzuhalten, solange er hier war. Das Letzte, was Eddie gebrauchen konnte, waren weitere Probleme.

Aber Eddie hatte trotzdem ein Team für ihn zusammengestellt. Viel half das nicht, seine Leute waren so auf Krawall aus, die hätten sich gefreut, wenn's losgegangen wäre. Sandra war die Einzige, die's mit ihm aufnehmen konnte. Er stand drauf. Im Beisein der anderen warf sie ihm heimlich Blicke zu, wie Umschläge, die erst später geöffnet werden durften. Vielleicht würde er ein Später für sie arrangieren.

Eddies Sohn Simpsy war den anderen nicht gewachsen, eine billige Imitation seines alten Herrn, aber ohne dessen Klasse. Wahrscheinlich war »Made in Hongkong« auf seinen Hintern gestempelt. Solche wie früher wurden gar nicht mehr gemacht. Er lächelte bei dem Gedanken an jene, die glaubten, die Welt verbessern zu können. Egal, welche Fortschritte die Zukunft brachte, es würde immer Einbrüche in Schallgeschwindigkeit geben, einen Schwarzmarkt für Laserstrahlen.

Aber zuerst musste er nach Birmingham zurück. Wenn er zum Prozess wieder herkam, hatte er sein eigenes Team dabei. Dann würden sie schon sehen.

Well, it broke my heart to hear him saying
Just before he died.
›Don't make me go to bed, papa,
And I'll be good.‹

»Gott sei Dank, endlich ist er fertig.« Malkie lauschte der Stille.

»Vielleicht ist die Platte ausgeleiert.«

Sie warteten alle noch einen Augenblick länger.

»Sandra«, sagte Tich. »Geh und sag ihm, wir müssen los.«

Sie sah Simpsy an, der aufgelegt hatte. Er nickte. Sie ging in den Flur und klopfte an die Tür des anderen Zimmers, öffnete und trat ein. Mickey Ballater saß immer noch im Sessel. Er grinste sie an. Befangen ging sie auf ihn zu, war sich der Bewegungen ihres Körpers sehr bewusst.

»Mickey«, sagte sie. »Die Jungs meinen, du solltest jetzt los.«

Er schob seine Hand unter ihren Rock und sie stöhnte. Er packte sie. Sie rührte sich nicht.

»Dir besorg ich's auch noch, Sandra. Ruf mich unter der Nummer an, die ich dir gegeben hab.«

Sie nickte. Er ließ sie los.

»Sag Simpsy, er soll mit dem Wagen in die Skirving Street fahren. Die anderen laufen ins ›Dow's‹.«

Als sie wieder rausging, stand er auf und streckte sich. Musste gehen. Er tastete nach dem Messer, das sie ihm besorgt hatten, zog es. Dann steckte er es wieder ein und grinste bei dem Gedanken daran, dass er außer seiner Bankkarte sonst nichts in der Tasche hatte, ein Ei, das immer wieder Geld ausbrütete. Er ging durch und wies Malkie an, ihm den Koffer zu tragen.

Es hatte aufgehört zu regnen. Die nasse dunkle Straße war wie ein Schleifstein für sein Gedächtnis, schärfte seine Sinne. Solche Momente windgepeitschter Trostlosigkeit hatten ihn hart gemacht, seinen Stil geprägt, der seiner Angst eine dramatische Form verlieh. Jetzt hatte er das Gefühl, dass es richtig war, auf einen Mietwagen zur Abreise zu verzichten. Er hatte keinen Führerschein, und sich aus der Stadt chauffieren zu lassen wäre eine große Niederlage gewesen, als würde er alleine nicht klarkommen. Aber das kam er. Er würde die Stadt so verlassen, wie er hier gelebt hatte, unter seinen eigenen Bedingungen.

Das »Samuel Dow's« verstärkte diese Stimmung, brachte das Gefühl zurück, mit dem er als Junge in Glasgower Pubs das Trinken gelernt hatte: dass er in seinem eigenen Western mitspielte. In der großen Bar war einiges los. Mickey gefiel es, in dem Bewusstsein dort zu stehen, *der* Mann zu sein, er gab anderen was aus und hatte vor niemandem Angst. Trotzdem blieb er auf der Hut.

Es dauerte nicht lange, bis er ein bekanntes Gesicht entdeckte. Der Mann hatte ihn gesehen, da war er sicher, schon weil er deutlich den Eindruck zu vermitteln versuchte, es sei nicht so gewesen. Ein Glas zum Mund zu führen erforderte keine so große Konzentration. Er las das Bier, während er es trank. Macey. Neben ihm der, dem Panda Paterson die Haare mit Bier gewaschen hatte. Mickey schickte Tich, um Macey zu sagen, dass er ihn sprechen wolle.

Widerwillig kam Macey rüber.

»Mickey«, sagte er nickend. »Was gibt's?«

»Wie spät ist es?«, fragte Mickey.

Verdattert blickte Macey auf seine Armbanduhr und sagte es ihm. Mickey blickte auf seine eigene Uhr.

»Manchmal sagst du sogar die Wahrheit«, erklärte Mickey dem anderen.

Sie lachten.

»Schau, Mickey. Ich hab dir's gleich gesagt, nachdem ich's erfahren hab. Ich kann nichts dafür, wenn der Kerl sich selbst den Hahn abdreht.«

»Was machst du hier?«

»Einmal die Woche geh ich hier was trinken, mit meinem Kumpel Sammy.«

»Aha, Sammy. Der sich mit McEwan's die Haare wäscht.«

Knapp fasste er den Vorfall im »Crib« zusammen. Sie sahen Sammy an, peitschten ihn mit Gelächter. Er nagelte den Blick in die Bar, zitterte zu sehr, um sein Glas zu heben. Macey wurde unruhig, als wollte er gehen, rührte sich aber nicht.

»Was ist mit deinem Zug, Mickey?«, fragte Simpsy.

»Mit dem Wagen sind's nur fünf Minuten, oder?«, sagte Mickey.

»Ich geh schon raus und lass ihn an«, sagte Simpsy. »Manchmal macht der Faxen.«

Er ging raus.

»Mickey.« Macey schien hin- und hergerissen zwischen dem Wunsch, sich beliebt zu machen, und der Angst, Anstoß zu erregen. »Nimmst du den Zug von der Central Station?«

»Warum?«

»Mickey, sag's nicht weiter, dass du den Tipp von mir hast, aber die sind hinter dir her. Die suchen dich.«

»Wer?«

»Cam Colvin und John Rhodes, alle beide.«

Ein Taxifahrer kam in die Bar und schrie, das Taxi für Mr Oliphant sei da. Er drängte sich an ihnen vorbei, um mit den Angestellten hinter der Bar zu sprechen.

»Hab ich mir schon gedacht«, sagte Mickey.

»Ich weiß, dass sie Leute in der Central Station und am Flughafen haben.«

Mickey dachte nach.

»Herrgott, Mickey«, meinte Malkie.

»Verdammte Unverschämtheit«, sagte der Taxifahrer. »Er hat ganz bestimmt ›Sammy Dow's‹ gesagt.«

»Das ist nicht das einzige ›Sammy Dow's‹«, sagte der Barmann. »Vielleicht war's das an der Queen Street Station.«

»Zwei Minuten weiter ist ein Taxistand«, erklärte der Fahrer. »Wieso soll da jemand ein Taxi rufen? Hör auf.«

»Aber überall können sie nicht sein«, sagte Mickey und ging zum Taxifaher.

Die anderen beobachteten ihn im Gespräch mit dem Fahrer. Der wirkte nicht besonders begeistert, aber er nahm ein paar Scheine entgegen und ließ sich beschwichtigen. Anschließend kam er rüber und nahm Mickeys Koffer.

»Man muss machen, womit keiner rechnet«, sagte Mickey und zwinkerte Malkie zu.

Er war schon unterwegs, als Macey rief: »Wir sehen uns, Mickey.«

Mickey drehte sich nicht um. »Wenn du durchs Jodrell Bank Telescope guckst, vielleicht.«

Der Fahrer stellte Mickeys Koffer in den Kofferraum und Mickey setzte sich hinten rein. Bevor sie losfuhren, kam Simpsy noch einmal rübergerannt und wollte die Tür auf der anderen Seite aufreißen. Sie ließ sich nicht öffnen.

»Die ist kaputt«, sagte der Fahrer.

Simpsy begnügte sich damit, zu winken und mit den Lippen Worte zu formen. Mickey machte sich nicht die Mühe, zurückzuwinken.

»Edinburgh Road«, sagte der Fahrer durch die geöffnete Trennscheibe. »Wir fahren besser über die Kingston Bridge.«

Als sie den Autobahnzubringer verlassen hatten und auf die Kingston Bridge fuhren, verabschiedete sich Mickey unemotional von Glasgow. Die Lichter der Stadt um ihn herum weckten keine nostalgischen Gefühle. Ungerührt identifizierte er die Viertel, die er kannte, als der Fahrer plötzlich bremste. Ein Wagen hatte sie überholt und fuhr mit Warnblinker seitlich an die Brüstung der Brücke.

»Der Penner kann da doch nicht halten«, sagte der Fahrer.

»Wir auch nicht«, erklärte Mickey. »Gib Gas!«

»Ich frag schnell, was das Problem ist«, sagte der Fahrer und sprang raus.

In dem Moment begriff Mickey. Der Verrat kristallisierte sich in der Verstellung des Taxifahrers. Seine eigene Gewaltbereitschaft soufflierte ihm im Kopf. Sein Leben hätte ein Probelauf für diesen Augenblick sein können, so deutlich sah er vor sich, dass ein zweiter Wagen hinter ihnen halten würde. Als es so weit war, versuchte er, die Tür auf der Fahrerseite aufzureißen, um mehr Platz zu haben. Aber sie gab nicht nach. Hier drin hatte er keine Chance.

Er trat die andere Tür auf und sprang mit gesenktem Kopf heraus, zog dabei das Messer. Die offene Tür war weniger ein Schutzschild als eine Waffe gegen ihn. Er schlug sie mit dem Körper zu, presste den Rücken dagegen.

Im peitschenden Wind über den trostlosen Lichtern der Stadt hatte er den Platz gefunden, der ihm blieb. Die Autos parkten dicht, das Taxi stand weiter auf der Fahrbahn als die anderen. Rechts wartete Cam Colvin mit zwei Weiteren. Links John Rhodes mit einem seiner Männer.

Mickey tauchte in ihre Richtung ab, täuschte einen Angriffsversuch gegen Rhodes' Mann an, und als dieser auswich, holte er gegen Rhodes aus, der gerade eingreifen wollte. Er erwischte Rhodes am linken Arm, doch dieser packte Mickey mit seiner Rechten am Hinterkopf und rammte ihn mit dem Gesicht gegen die Betonbrüstung. Blutüberströmt versuchte Mickey weiterzukämpfen, aber er wusste bereits, dass er geschlagen war.

Wie ein Traum löste sich sein lange gehegtes Selbstverständnis in einer einzigen Sekunde in Luft auf.

Gegen seine Ohnmacht ankämpfend und in dem Bewusstsein, dass er sterben würde, empfand er weder Reue noch Angst um seine Familie, sondern dachte daran, dass er gescheitert war. Er sah Maceys unschuldiges Gesicht vor sich, den aus dem Wagen springenden Taxifahrer, Simpsy, der ihm durch die Scheibe ›Cheerio, Big Man‹ hinterherrief.

Kurz tauchte Cams Gesicht vor ihm auf, kalt wie eine sprechende Statue, er sagte: »Du hast uns nicht ernst genommen.« Dann stürzte er über die Brüstung.

Der Aufprall seines Körpers war so dumpf, als hätte man sich das Geräusch nur eingebildet. Die Bankkarte, die ihm aus der Tasche gefallen war, als er das Messer gezogen hatte, wurde von den Auspuffgasen der abfahrenden Autos aufgewirbelt wie ein Plastikblatt.

39

ES WAR HALB ZWEI UHR morgens und es regnete. Gus und Laidlaw standen ganz hinten in der Taxischlange vor der Central Station. Ein passender Ausklang eines Abends, der zur nachträglichen Totenfeier für Tony Veitch geworden war.

Sie hatten ihren Weg von Pub zu Pub improvisiert, mit Ansichten um sich geworfen, mit Gefühlen und seltsamen Geständnissen. Im »Wee Mann's« war Laidlaw darauf gekommen, dass die Pyramiden die Lösung eines von Tonys Rätseln waren. Im »Virginian« hatte Gus behauptet, die Lösung des anderen sei Tony selbst. Im »Charlie Parker's«, das Gus in einer besonders angriffslustigen und subversiven Stimmung ausgesucht hatte, hatte Laidlaw erklärt, er habe die Rätsel verstanden.

»Ein Ei essen und Federn schmecken. Schüler aller anderen sein. Die Knochen vieler, die die Knochen weniger beherbergen. Vielleicht hat er von individueller Empfindsamkeit gesprochen, und davon, dass man das gewöhnliche Leben als das Wichtigste in einer Gesellschaft betrachten sollte. Vielleicht wollte er das mit seinen Schriften sagen.«

Im »Corn Exchange« weinte Gus ein bisschen und Laidlaw fiel es schwer, nicht mitzuweinen. Sie waren über die Stadt hergefallen, als hätten sie sie austrinken wollen, und waren zum Schluss nach eins noch im »Ad Lib« gelandet und hatten ein paar Burger verschlungen. Jetzt hatten sie sich auf komplizierte betrunkene Art geeinigt, dass Gus mit dem Taxi zu Marie, die inzwischen vermutlich fest davon überzeugt war, er sei ausgewandert, nach Hause fahren sollte. Laidlaw würde es sich bis zum Burleigh Hotel mit ihm teilen.

»Na ja«, sagte Gus und schmiegte sich in den Gedanken wie in den Mantel, den keiner von beiden trug. »Dauert nicht mehr lange. Ist doch nirgends so schön wie zu Hause.«

»Stimmt«, sagte Laidlaw. »Nicht mal zu Hause.«

Er machte sich nicht die Mühe, seine kryptische Entgegnung zu erklären.

Von der Ironie zu sprechen, an der seine Ehe letztlich zerbrochen war, brachte er jetzt nicht mehr über sich. Auf dem Umschlag, auf dem er die Telefonnummer notiert und den er Gina gegeben hatte, hatte auch seine Adresse gestanden und Gina hatte darüber seine private Telefonnummer herausbekommen und mehrmals bei ihm zu Hause angerufen und nach ihm gefragt. Enas falscher Verdacht entsprach exakt dem, was mit ihnen geschehen war, und beide wussten es. Sie hatten sich darauf geeinigt, dass er auszog. Der Gedanke an die möglichen Folgen für die Kinder war ein von unendlich großer Schuld geprägter Blick in die Zukunft. Die Erinnerung an die Familie, aus der er kam, gab ihm das Gefühl, die eigene Vergangenheit verraten zu haben. Die Entscheidung wuchs sich in seinem Kopf zu einem Wirrwarr an Problemen aus. Der Abend heute war der gescheiterte Versuch, diese hinauszuschieben.

Aber so trostlos der Augenblick auch war, die Stadt wollte ihm keine Ruhe lassen. Als er sich umsah, glaubte er, vielleicht niemals ein anderes Zuhause als dieses hier zu finden, als die Straßen dieser Stadt. In der Schlange standen so viele Menschen wie in einem kleinen Fußballstadion, und im Nieselregen hätte das eine Formel für Kummer sein können. Stattdessen aber machte die Stadt Freudensprünge.

Ein kleiner Mann ging an der Schlange vorbei, spielte Mundharmonika und sammelte Geld. Anscheinend hatte er das Instrument erst kürzlich irgendwo gefunden, denn er glitt nicht ein einziges Mal in eine Melodie ab. Wässrige Geräuschansammlungen waren alles, was er von sich gab. Als sich jemand ein Lied wünschen wollte, sagte er: »Fahr zur Hölle. Ich spiele keine Lieder.«

Als Laidlaw in die Tasche griff, um die Unverschämtheit zu belohnen, nahm er eine Handvoll Münzen, suchte ein paar heraus und erklärte Gus philosophisch: »Weißt du, wenn du saufen gehst, hast du zum Schluss Geld in der Tasche wie ein Buchmacher. Immer bezahlst du mit Scheinen. Münzen sind unter deiner Würde. So wirst du zum Whisky-Millionär.«

Der Mann hatte einiges verdient. Seine fröhliche Musik war der betrunkene Puls der Gruppe. Die Leute lachten und schrien, lebendige regennasse Gesichter und laute Stimmen, eine Taxischlange von Hogarth. Ein paar Frauen tanzten wie Mänaden um den kleinen Mann herum. Die ganze Schlange bildete eine seltsame dynamische Einheit, wie ein Tausendfüßler auf LSD.

Eine kleine alte Frau stand hinter Laidlaw und tippte ihm auf die Schulter. Er drehte sich um.

»Junger Mann«, sagte sie. »Das ist die beste Schlange, in der ich je gestanden hab.«

Laidlaw lachte und bedeutete ihr, sie möge heraustreten und mit ihm tanzen. Während Gus sie beobachtete, wie sie gesetzt über den Bürgersteig schwangen, dachte er betrunken, dass er etwas Wunderbares sah, einen Geist so voller Lebensfreude, dass sogar das Schlangestehen dadurch eine eigene Ästhetik bekam.